Die Dame im Auto mit Sonnenbrille und Gewehr Dany Longo erwacht aus der Bewußtlosigkeit mit dem Gedanken: »Ich habe das Meer nie gesehen.«
Ganz spontan hatte sich die Sekretärin einer Pariser Werbeagentur für eine Spritztour ans Meer den Ford Thunderbird ihres Chefs »ausgeliehen«. Doch der so fröhlich beginnende Ausflug entwickelt sich immer mehr zu einem Alptraum. An einer Tankstelle wird Dany auf der Toilette überfallen und jemand bricht ihr die linke Hand. Und dann trifft sie lauter Leute, die behaupten, sie wenige Stunden zuvor, in umgekehrter Richtung fahrend, schon einmal gesehen zu haben. Als sie in Cassis schließlich in ihrem Kofferraum eine männliche Leiche findet, beginnt sie an ihrem Verstand zu zweifeln. Sie droht in Panik zu geraten und an ihren eigenen Erinnerungen irre zu werden. Ist sie eine Mörderin oder spielt da jemand ein hinterhältiges Spiel mit ihr?

Sébastien Japrisot (Pseudonym für Jean-Baptiste Rossi) wurde 1931 in Marseille geboren und von Jesuiten erzogen. Er studierte an der Sorbonne und lebt heute in Paris. Mit siebzehn schrieb er seinen ersten Roman. Er übersetzte Salingers ›Fänger im Roggen‹ ins Französische, veröffentlichte mehrere Kiminalromane, die alle verfilmt wurden, und viele Drehbücher. Für seinen Roman ›Die Dame im Auto mit Sonnenbrille und Gewehr‹ erhielt er in Frankreich den *Prix d'Honneur* und in England die Auszeichnung *Best Crime Novel.* Auf deutsch erschien zuletzt sein Roman ›Die Mimosen von Hossegor‹ (1996).
Ebenfalls lieferbar: Sébastien Japrisot, ›Mord im Fahrpreis inbegriffen‹ (Bd. 14224 – April '99).

Sébastien Japrisot

Die Dame im Auto mit Sonnenbrille und Gewehr

Roman

Aus dem Französischen
von Gottlieb Knecht

Fischer Taschenbuch Verlag

Die deutsche Erstausgabe erschien 1967 unter dem Titel
›Porträt einer Dame im Auto mit Brille und Gewehr‹.

Veröffentlicht im Fischer Taschenbuch Verlag GmbH,
Frankfurt am Main, März 1999

Lizenzausgabe mit freundlicher Genehmigung des
Elster Verlags im Rio Verlag und Medienagentur AG, Zürich

Titel der französischen Originalausgabe:
›La Dame dans l'auto avec des lunettes et un fusil‹

Gesamtherstellung: Clausen & Bosse, Leck
Printed in Germany
ISBN 3-596-14223-7

Die Dame

Ich habe das Meer nie gesehen.

Dicht vor meinen Augen wogt der schwarzweiß gekachelte Fußboden.

Mir ist sterbenselend.

Ich bin nicht tot.

Als ich überfallen wurde … Ich bin nicht verrückt – jemand, irgend jemand hat mich überfallen … Als ich gepackt wurde, dachte ich: ich habe das Meer nie gesehen. Schon seit Stunden habe ich Angst gehabt. Angst, daß sie mich festnehmen würden. Überhaupt vor allem. Ich hatte mir eine Unzahl fadenscheiniger Ausreden zurechtgelegt, und ausgerechnet die allerfadenscheinigste ging mir durch den Kopf: Tun Sie mir nichts, ich bin nicht durch und durch böse, es ist nur, weil ich das Meer sehen wollte.

Ich erinnere mich auch, daß ich geschrien habe, aus Leibeskräften, und trotzdem keinen Ton herausbrachte. Jemand riß mich hoch. Ich verlor den Boden unter den Füßen. Jemand hielt mir den Mund zu, erstickte mich. Ich schrie und schrie und dachte dabei, das kann nicht wahr sein, das ist ein Albtraum, gleich wache ich zu Hause auf und es ist heller Tag.

Und dann passierte es.

Lauter, viel lauter als meinen Aufschrei hörte ich das Knacken. Die Knochen meiner Hand knackten. Jemand zermalmte meine Hand.

Der Schmerz ist weder schwarz noch rot. Er ist ein Brunnenschacht aus blendendem Licht, den es gar nicht gibt, nur im eigenen Kopf. Und trotzdem stürzt man hinein.

Meine Stirn liegt auf den kühlen Fliesen. Ich bin wohl noch einmal ohnmächtig geworden.

Ich darf mich nicht bewegen. Ich darf mich keinesfalls bewegen.

Ich liege nicht auf dem Boden. Ich kauere zusammengekrümmt auf den Knien, presse meinen glühenden linken Arm gegen den Leib und versuche gegen den Schmerz anzugehen, der bis zu den Schultern, dem Nacken, den Nieren dringt.

Dicht vor mir, durch den Vorhang meines herabhängenden Haares, sehe ich eine Ameise über eine weiße Kachel kriechen. Dahinter – eine graue, senkrechte Form, wahrscheinlich das Abflußrohr des Waschbeckens.

Ich weiß genau, daß ich meine Brille nicht abgenommen habe. Sie muß heruntergefallen sein, als ich hinterrücks gepackt wurde ... Nein ich bin nicht verrückt; irgend jemand hat mich hinterrücks angefallen und meinen Aufschrei erstickt ... Ich muß unbedingt meine Brille finden.

Wie lange knie ich schon so, in diesem zwei mal drei Schritt großen dämmrigen Raum? Stundenlang? Oder nur ein paar Sekunden?

Noch nie in meinem Leben bin ich ohnmächtig geworden. Die Ohnmacht ist kein Loch, sie ist nur ein Kratzer im Gedächtnis.

Wenn ich schon länger hier wäre, hätte irgend jemand draußen etwas gemerkt. Ich muß mir gerade die Hände gewaschen haben – ja, so muß es gewesen sein: Ich stand vor dem Waschbecken, und ... Ich lege die rechte Hand an die Wange. Die Hand ist noch feucht.

Ich muß unbedingt meine Brille finden. Ich muß aufstehen ... Ich hebe den Kopf – hastig, viel zu hastig. Die Fliesen fangen an, sich zu drehen. Ich darf nicht noch einmal ohnmächtig werden. Doch jetzt steht alles still. Das Brausen in meinem Kopf läßt nach, dann auch der Schmerz. Er fließt in meine linke Hand zurück. Ich traue mich nicht, sie anzuschauen. Sie ist schwer wie ein Stein und dick geschwollen.

Ich halte mich mit der rechten Hand am Waschbecken fest und richte mich auf.

Ich stehe. Mit mir bewegt sich mein verschwommenes Spiegelbild. Die Zeit steht nicht mehr still.

Ich weiß, wo ich bin: im Waschraum einer Tankstelle an der

Straße nach Avallon. Ich weiß, wer ich bin: eine dumme Gans, die vor der Polizei davonläuft. Ich nähere mein Gesicht dem Gesicht im Spiegel so weit, daß sich beide fast berühren. Ich hebe meine schmerzende Hand an die Augen, damit ich sie sehen kann. Eine Träne läuft mir über die Wange und tropft auf die Hand. In der Totenstille atmet jemand. Ich atme.

Als ich hereinkam, habe ich meine Handtasche auf ein Tischchen neben diesen Spiegel gestellt. Dort steht sie noch immer.

Ich öffne sie mit der rechten Hand und den Zähnen. Ich krame nach meiner zweiten Brille, die ich zum Tippen aufsetze.

Jetzt erst sehe ich mein verschmiertes, verweintes, angstverzerrtes Gesicht im Spiegel.

Ich presse meine linke Hand gegen mein weißes, verschmutztes Kostüm. Ich bringe es nicht fertig, sie anzusehen. Die Tür des Waschraums ist geschlossen, obwohl ich sie hinter mir offengelassen hatte.

Ich bin nicht verrückt. Ich habe vor der Zapfsäule gehalten und volltanken lassen. Ich wollte mich rasch kämmen und mir die Hände waschen. Man wies mich zu einem weißen Gebäude hinter der Tankstelle. Ich ließ die Tür hinter mir offen, weil es drinnen zu dunkel war. Ich weiß nicht mehr, ob es gleich passierte oder ob ich noch Zeit hatte, mich zu kämmen. Ich weiß nur noch, daß ich den Wasserhahn aufdrehte, daß das Wasser kühl war … Doch, ich weiß es wieder: Ich habe mich noch gekämmt. Und plötzlich spürte ich einen Luftzug. Etwas Lebendiges, etwas Gewalttätiges tauchte hinter mir auf. Ich wurde hochgerissen, ich verlor den Boden unter den Füßen, ich schrie aus Leibeskräften und brachte trotzdem keinen Laut über meine Lippen. Es ging so schnell, daß ich nicht begriff, was mit mir geschah. Der Schmerz in meiner Hand warf mich um. Ich lag auf den Knien. Ich war allein, so wie jetzt.

Ich öffne noch einmal meine Handtasche.

Das Geld ist an Ort und Stelle, in dem Umschlag mit dem Aufdruck der Agentur. Nichts fehlt.

Das ist unverständlich. Das ist unmöglich.

Ich zähle die Scheine, verzähle mich, fange wieder von vorn an … Alles da. Mich überläuft es kalt. Nicht auf mein Geld oder irgend etwas anderes hat man es abgesehen. Man wollte mir … Ich bin verrückt. Ich werde verrückt. Man wollte mir die Hand zerschmettern.

Ich starre auf meine linke Hand, auf meine geschwollenen, violett angelaufenen Finger, und plötzlich halte ich es nicht mehr aus. Ich sinke gegen das Waschbecken, falle wieder auf die Knie und schreie. Bis in alle Ewigkeit werde ich schreien, weinen und mit den Füßen trampeln, so lange, bis jemand kommt und ich das Tageslicht wiedersehe.

Eilige Schritte. Stimmen. Kies knirscht.

Ich schreie.

Die Tür wird aufgestoßen. Helles Tageslicht dringt herein.

Die Julisonne steht unverändert über den Hügeln. Männer stürzen herein und beugen sich über mich. Sie reden alle auf einmal; es sind die gleichen Männer wie vorhin, als ich aus dem Wagen stieg. Ich erkenne den Besitzer der Tankstelle und die beiden Kunden, die wohl aus dieser Gegend stammen.

Während sie mir hochhelfen und ich herzzerreißend schluchze, nehme ich eine lächerliche Kleinigkeit wahr: Der Wasserhahn läuft noch. Ich will ihn zudrehen. Ich muß ihn unbedingt zudrehen.

Die Männer beobachten mich verblüfft. Sie begreifen nicht, daß ich nicht weiß, wie lange ich hier drinnen stecke. Sie begreifen auch nicht, daß ich zwei Brillen habe; sie halten mir die heruntergefallene hin, und ich muß zehnmal wiederholen, daß sie mir gehört, daß sie tatsächlich mir gehört. Sie reden mir gut zu: *Beruhigen Sie sich doch; in Gottes Namen, beruhigen Sie sich …* Sie halten mich für verrückt.

Draußen ist alles so hell, so ruhig und so entsetzlich wirklich, daß mein Tränenstrom versiegt. Eine Tankstelle wie jede andere. Benzinpumpen, Kies, weiße Mauern, ein grelles Plakat an einer Fensterscheibe, Oleanderhecken. Ein Sommerabend, sechs Uhr. Wie konnte ich nur so schreien und mich am Boden wälzen?

Ich sehe, daß der Wagen noch immer an der gleichen Stelle steht. Angst steigt in mir hoch, die gleiche Angst, die mich befiel, als es passierte. Sie werden mich verhören, wissen wollen, woher ich komme und was ich getan habe. Ich werde mir widersprechen, und alle werden merken, daß ich etwas zu verbergen habe.

Ich werde zur Tankstelle gebracht. In der Bürotür steht eine Frau mit blauer Schürze und ein sechs- oder siebenjähriges Kind. Es starrt mich mit einer Mischung aus Neugier und Erregung an – als wäre das Ganze eine Filmszene.

Gestern abend, zur selben Zeit, hat mich auch ein kleines Mädchen mit langem Haar und einer Puppe im Arm angestarrt. Auch gestern abend habe ich mich geschämt. Warum, weiß ich nicht mehr.

Das heißt, natürlich weiß ich es, ich weiß es sogar ganz genau. Ich kann Kinderaugen nicht ertragen. In ihnen sieht mich immer das kleine Mädchen an, das ich einmal gewesen bin.

Das Meer.

Schlimmstenfalls, wenn ich festgenommen werde, wenn ich – wie heißt das doch? – ein Alibi liefern muß, eine Erklärung für mein Verhalten, bleibt mir nichts anderes übrig, als vom Meer anzufangen.

Das ist zwar nur die halbe Wahrheit. Aber ich werde pausenlos, ohne Atem zu schöpfen, mit tränenerstickter Stimme auf sie einreden. Ich werde das unschuldige Opfer eines Dreigroschentraums spielen. Mit einem Wort: ich werde das Blaue vom Himmel herunterlügen, nur damit ich glaubwürdig wirke. Anfälle von Persönlichkeitsspaltung, Großeltern in der Trinkerheilanstalt, und als Kind bin ich die Treppe hinuntergefallen ... Ich muß ihnen auf die Nerven fallen, sie im zähflüssigen Strom meiner Salbaderei ertränken.

Ich werde sagen, ich wußte nicht, was ich tat; ich habe es getan und wiederum doch nicht getan – können Sie das nicht begreifen?

Ich dachte nur, das ist eine hübsche Gelegenheit, endlich mal das Meer zu sehen. Schuld daran ist die andere.

Na schön, werden sie sagen, wenn Sie so wild darauf waren, das Meer zu sehen, hätte sich dazu längst eine Gelegenheit geboten. Warum haben Sie nicht eine Fahrkarte gelöst und ein Zimmer in einer Pension in Palavas-les-Flots gemietet? Das haben andere vor Ihnen getan, und sie sind auch nicht daran gestorben. Schließlich gibt es ja so etwas wie den bezahlten Urlaub.

Ich werde ihnen antworten, daß ich es oft genug vorhatte, aber irgendwie nie dazu gekommen bin.

Das stimmt übrigens. Sommer für Sommer, seit sechs Jahren, schreibe ich Reisebüros und Hotels an. Prospekte werden mir ins Haus geschickt; ich bleibe vor den Schaufenstern stehen und sehe mir Badeanzüge an. Einmal hätte ich mich beinahe in einen Ferienclub eingeschrieben: vierzehn Tage am Strand der Balearen, Hin- und Rückflug und ein Ausflug nach Palma einbegriffen, Konzerte, Schwimmunterricht, ein Segelboot zur ständigen Verfügung, Wetterversicherung ... Man wurde schon braun, wenn man nur den Prospekt las. Aber dann ... So unwahrscheinlich es klingen mag, jeden Sommer verbringe ich die Hälfte meines Urlaubs im Hotel Principal (es gibt nur das eine) in Montbriand, Département Haute-Loire, und die zweite Hälfte in der Nähe von Compiègne bei einer Klassenkameradin mit Ehemann und tauber Schwiegermutter. Wir spielen Bridge.

Nicht etwa, weil ich ein Gewohnheitstier bin oder eine leidenschaftliche Kartenspielerin. Ich bin auch nicht schüchtern. Es gehört schon eine gehörige Portion Kaltschnäuzigkeit dazu, seinen Bekannten glaubhaft vom Meer und von Saint-Tropez vorzuschwärmen und in Wirklichkeit aus dem Wald von Compiègne zu kommen. Oder nicht?

Ich verachte die Leute, die das Meer kennen. Ich verachte die Leute, die das Meer nicht kennen. Ich glaube, ich verachte jedermann. Jawohl. Wahrscheinlich verachte ich sogar mich selbst. Vielleicht erklärt das einiges.

Ich heiße Dany Longo. Oder eigentlich Marie Virginie Longo; den Namen Danielle habe ich mir ausgedacht, als ich noch klein war. Seit ich atme, lüge ich. Augenblicklich gefällt mir der Name

Virginie besser. Aber es wäre verflucht schwer, ihn unter die Leute zu bringen.

Meinem Paß nach bin ich sechsundzwanzig Jahre alt. Geistig muß ich mit elf oder zwölf stehengeblieben sein. Ich bin einsachtundsechzig groß. Mein Haar ist mattblond, und ich bleiche es einmal im Monat mit dreiprozentigem Wasserstoff. Ich bin nicht häßlich, aber ich trage eine Brille – mit dunklen Gläsern, ja? Damit keiner merkt, daß ich kurzsichtig bin. Und alle merken es natürlich sofort, du dumme Gans. Einziger Vorzug: Ich kann den Mund halten.

Mehr als belanglose Sätze wie *Reichen Sie mir doch bitte das Salz herüber* habe ich mit niemandem gewechselt. Zwei Fälle ausgenommen, und zweimal habe ich es bereut. Ich verachte Leute, die nicht auf Anhieb verstehen, wenn man sie in ihre Schranken verweist. Ich verachte mich.

Ich bin in einem kleinen Ort in Flandern geboren. Ich weiß nur noch, wie es dort roch: nach Kohle und nach dem mit Kohlebrocken vermischten Schlamm, den sich die Frauen von den Abraumhalden der Bergwerke holen durften. Mein Vater war aus Italien eingewandert. Er arbeitete bei der Bahn und starb, als ich zwei Jahre alt war. Er wurde von einem Güterwagen überrollt, aus dem er gerade eine Kiste Sicherheitsnadeln gestohlen hatte. Da ich meine Kurzsichtigkeit von ihm geerbt haben soll, nehme ich an, daß er die Aufschrift auf der Kiste nicht lesen konnte ... Sicherheitsnadeln!

Da es während der Besatzungszeit geschah und der Zug Nachschub für die deutsche Armee brachte, wurde mein Vater nach einigen Jahren rehabilitiert, und so kam ich zu dem einzigen Andenken, das ich von ihm besitze – ich weiß nicht, in welcher Schublade es steckt: eine Medaille aus versilbertem Metall mit einem zarten jungen Mädchen darauf, das wie der Herkules auf dem Jahrmarkt seine Ketten sprengt. Immer wenn so ein Kettensprenger seine Nummer auf dem Gehsteig vorführt, muß ich an meinen Vater denken.

Meine Familie setzt sich jedoch nicht durchweg aus Helden

zusammen. Während der Befreiung, kaum zwei Jahre nach dem Tode meines Vaters, sprang meine Mutter aus dem Fenster unseres Rathauses, weil man ihr den Kopf geschoren hatte. Sie hat mir nichts hinterlassen. Und falls ich diese Geschichte eines Tages erzählen sollte, werde ich hinzufügen: nicht mal eine Locke. Da werden sie dumm gucken. Soll'n sie doch.

Ich hab das arme Luder in diesen zwei Jahren nur zwei-, dreimal gesehen, und zwar im Sprechzimmer des Waisenhauses. Beim besten Willen könnte ich nicht sagen, wie sie aussah. Schäbig wahrscheinlich, wie arme Leute eben aussehen. Sie kam auch aus Italien. Sie hieß Renata Castellani. Geboren in San Appolinare, Provinz Frosinone. Als sie starb, war sie vierundzwanzig Jahre alt. Meine Mutter ist jünger als ich.

Das steht alles in meinem Geburtsschein. Die Nonnen, die mich großzogen, weigerten sich hartnäckig, über meine Mutter zu sprechen. Nach dem Abitur bin ich mal in meinen Geburtsort gefahren. Jemand zeigte mir die Stelle auf dem Friedhof, wo sie begraben liegt. Ich wollte sparen, ihr noch irgend etwas Gutes tun, ihr ein eigenes Grab kaufen. Weil sie jedoch mit anderen zusammenlag, bekam ich keine Erlaubnis.

Ist ja letzten Endes auch egal.

Ein paar Monate lang arbeitete ich in Le Mans als Sekretärin in einer Spielzeugfabrik, danach in Noyon bei einem Notar. Mit zwanzig fand ich eine Stelle in Paris. Die Stelle habe ich gewechselt, in Paris lebe ich heute noch. Dafür, daß ich maschineschreibe, Akten ablege, das Telefon bediene und gelegentlich Papierkörbe ausleere, verdiene ich in einer Werbeagentur mit achtundzwanzig Angestellten 1270 Francs im Monat, abzüglich der Steuern.

Mit diesem Gehalt kann ich mir jeden Mittag ein Steak mit Pommes frites leisten, wenn ich jeden Abend Joghurt mit Marmelade esse; ich kann mich fast so anziehen, wie ich mich anziehen möchte, die Miete einer Einzimmerwohnung mit Küche und Bad in der rue de Grenelle bezahlen sowie mich alle vierzehn Tage geistig an *Marie-Claire* erbauen und allabendlich mit einem zweikanaligen Superfernsehapparat, von dem ich nur noch die drei letzten Raten überweisen muß. Ich schlafe gut, ich trinke nicht, ich rauche mäßig, ich hatte ein paar Verhältnisse, aber nicht solche, die eine Portiersfrau schockieren. Hier gibt es keine Portiersfrau, und meine Flurnachbarn schätzen mich. Ich bin ungebunden, ohne Sorgen, und ich bin todunglücklich.

Wahrscheinlich würden sich die Leute, die mich kennen, wundern – die Grafiker in der Agentur und der Lebensmittelhändler um die Ecke –, wenn sie wüßten, daß ich mich beklage. Doch noch ehe ich laufen konnte, hatte ich begriffen, daß sich kein Aas für mich beklagt, wenn ich es nicht tue.

Freitag, den 10. Juli, gestern abend. Mir kommt es vor, als sei ein Jahrhundert vergangen, als sei das alles in einem früheren Leben geschehen. Es war eine Stunde vor Büroschluß. Die Agentur nimmt in einem Gebäude voller Schnörkel und Säulen, in der Nähe des Trocadero, zwei Stockwerke ein, in denen vor kurzem noch Leute wohnten. Überall hängen noch Kristallüster, die bei jedem Luftzug klirren. An den Wänden sind trübe Spiegel angebracht und Marmorkamine eingelassen. Mein Arbeitszimmer befindet sich im zweiten Stock.

Die Sonne fiel durch das Fenster hinter mir auf die Papiere auf meinem Schreibtisch. Ich hatte den Entwurf einer Werbekampagne für Frosey (*das taufrische Eau de Toilette ...*) geprüft, zwanzig Minuten mit einem Wochenblatt telefoniert, um den Preis einer schlecht plazierten Anzeige herunterzuhandeln, und zwei Briefe getippt. Kurz vorher war ich wie jeden Tag mit zwei Texterinnen und dem Herzchen aus der Anzeigenakquisition einen Kaffee in der *bar-tabacs* nebenan trinken gegangen. Das Herzchen hatte mich gebeten, den Anruf wegen der verkorksten Anzeige zu übernehmen. Wenn er selbst verhandelt, hauen sie ihn immer übers Ohr.

Es war ein Nachmittag wie jeder andere und doch auch wieder nicht. Im Atelier schwatzten die Grafiker über Autos und Leslie Caron. Ein paar Nichtstuer kamen zu mir herein und schnorrten Zigaretten. Der Assistent des Assistenten vom Chef, der ständig umherrennt und Lärm macht, um seine Daseinsberechtigung nachzuweisen, schimpfte im Korridor. Die Atmosphäre war wie eh und je. Aber jedermann verriet durch seine Unruhe und Ausgelassenheit, daß ein langes Wochenende in Sicht war.

Der 14. Juli fällt in diesem Jahr auf einen Dienstag. Seit Januar (das heißt, von dem Augenblick an, als wir unsere Kalender bekamen) verstand es sich von selbst, daß der Betrieb für vier Tage schliessen würde. Um den ausgefallenen Montag wieder einzuholen, arbeiteten wir an zwei Samstagvormittagen, an denen niemand auf Urlaub war. Niemand außer mir. Ich hatte im Juni Urlaub genommen. Nicht etwa, um für jemanden einzuspringen, der im Juli wegfahren wollte, sondern einfach deshalb, Gott soll mich strafen, wenn ich lüge, weil sogar das Hotel Principal in Montbriand, Haute-Loire, für den Rest der Saison vollbelegt war. So sind die Leute eben.

Ich werde wohl auch das erklären müssen, wenn man mich festnimmt: meine sogenannte Rückkehr vom Mittelmeer. Ich war braungebrannt von 220 Volt (ich habe mir zum Geburtstag eine Höhensonne geschenkt, hundertachtzig Francs, es heißt, man kriegt Krebs davon, aber das ist mir egal). Im Büro traf ich auf einen Haufen aufgeregter Leute, die in Urlaubsvorbereitungen steckten. Für mich war es vorbei, futsch für eine Ewigkeit, das heißt bis zum nächsten Jahr. Für mich hat die Urlaubszeit zumindest etwas Gutes: daß ich sie leicht und ohne Bedauern vergesse, sobald ich mein Arbeitszimmer betrete. Aber nein, so rasch ließ man sie mich nicht vergessen. Es hat eine Weile gedauert.

Die Jungs waren versessen auf Jugoslawien. Wie sie es anstellen, weiß ich nicht. Na ja, sie entwerfen für die Jugoslawen Konservendosenetiketts, sie haben dort ständig Geld auf einem Sperrkonto. Sie behaupten, es ist nicht so toll damit – *aber für ein paar Sous lebst du an einem atemberaubenden Strand wie ein Nabob, Frau, Schwägerin und sämtliche Gören eingeschlossen, und wenn du dich geschickt anstellst beim Zoll, kannst du sogar Andenken mitbringen, was zu trinken oder eine Mistgabel, die einen originellen Kleiderständer abgibt* ... Mir schwirrte der Kopf von Jugoslawien.

Die Mädchen sind für Cap d'Antibes: *Wenn du da durchkommst, besuch mich mal, ein Freund von mir wohnt in der Nähe, er hat einen tollen Swimmingpool ...* In der Mittagspause plünderten sie die Geschäfte, in der einen Hand ein Sandwich, das Juligehalt in der anderen. Ich sah sie im Büro eintrudeln, noch rot von der Hetzerei und vom Handgemenge des Ausverkaufs, ihre Beute an sich gepreßt: ein Cocktailkleid aus Nylon, das in eine Zigarettenschachtel paßt, oder ein Transistorgerät, *made in Japan* – mit einer mußte ich sogar eines Nachmittags auf die Toilette gehen, um ihren neuen Badeanzug zu begutachten.

Am letzten Samstag, dem 4. Juli, nach dem Durcheinander des allgemeinen Aufbruchs, habe ich meinen sechsundzwanzigsten Geburtstag gefeiert. Ich bin zu Hause geblieben. Ich habe ein bißchen Hausarbeit gemacht und niemand eingeladen. Ich kam mir alt vor, überflüssig, traurig, kurzsichtig, dumm und vor allem neidischer, als es der Anstand erlaubt. Selbst jemandem, der meint, er glaube nicht mehr an Gott, muß so viel Neid wie eine Sünde vorkommen.

Auch gestern abend war es nicht besser. Ich hatte ein endloses Wochenende vor mir, wußte nicht, wie ich die Zeit totschlagen sollte und mußte mir außerdem die Pläne der anderen in den Zimmern nebenan anhören: einmal, weil sie laut sprachen, zum anderen, weil ich eine Masochistin bin und ihnen zuhörte.

Immer haben sie irgendwas vor. Ich hingegen ... Ich kann nicht planen. Ich telefoniere im letzten Augenblick, und dann ist entweder keiner zu Hause, oder alle Leute sind bereits verabredet. Einmal, da habe ich eine Texterin, die mir bei der Arbeit geholfen hatte, und ihren Liebhaber zum Abendessen eingeladen, einen ziemlich bekannten Schauspieler. Damit ich nicht zu altjüngferlich wirkte, bat ich einen Grafiker aus der Agentur dazu. Wir hatten uns vierzehn Tage vorher verabredet, ich hatte es auf vierzehn Seiten meines Kalenders notiert – und als sie schließlich mit großem *Hallo, wie geht's?* ankamen, hatte ich es doch vergessen. Ich konnte ihnen nur Joghurt und Marmelade vorsetzen. Schließlich sind wir in ein chinesisches Restaurant essen gegangen, und es gab einen großen Tanz, ehe sie mich die Rechnung bezahlen ließen.

Ich weiß nicht, warum ich so bin. Vielleicht weil ich achtzehn Jahre meines Lebens nur Anordnungen folgen mußte. Alles wurde für mich geplant, die Ferien oder ein ganz gewöhnlicher Sonntag. Es lief immer auf das gleiche hinaus: ich tünchte die Wände der Kapelle mit denen, die wie ich niemanden außerhalb des Waisenhauses hatten (ich streiche übrigens sehr gern an), ich schlenderte mit einem Ball unter dem Arm über ausgestorbene Spielplätze, und manchmal durfte ich mit nach Roubaix fahren, wo Mama-Obs, die Schwester Oberin, einen Bruder hatte, der Apotheker war. Ich saß ein paar Tage lang an der Kasse und bekam vor jeder Mahlzeit ein Kräftigungsmittel. Dann holte mich Mama-Obs wieder ab.

Als ich sechzehn Jahre alt war und gerade wieder einmal in Roubaix, sagte oder tat ich irgendwas, das sie traurig machte – ich weiß nicht mehr, was es war; es tut auch nichts zur Sache. Jedenfalls beschloß sie kurz vor der Abfahrt des Zuges, dazubleiben. Sie spendierte mir Muscheln in einem Restaurant, und danach gingen wir ins Kino. Wir sahen *Sunset Boulevard.* Hinterher schämte sich Mama-Obs zu Tode. Sie hatte diesen Film ausgesucht, weil sie sich an Gloria Swanson in den Rollen reiner junger Mädchen erinnerte. Jetzt war sie davon überzeugt, daß in zwei Stunden all die Schandtaten vor meinen Augen vorübergezogen waren, die sie von jeher sorgfältig vor mir verborgen hatte.

Auch ich weinte auf dem Weg zum Bahnhof (wir mußten wie die Verrückten rennen, um den letzten Zug zu erwischen), aber nicht, weil ich mich schämte, sondern weil ich hingerissen war. Einen so köstlichen Schmerz fühlte ich, daß ich kaum noch atmen konnte. Es war der erste und schönste Film, den ich je gesehen habe. Als sie auf William Holden schoß und er, von Kugeln durchlöchert, zum Schwimmbassin taumelte, als Erich von Stroheim die Wochenschaukameras auf sie lenkte und sie die Treppe herunterstieg und glaubte, in einem neuen Film zu spielen, da dachte ich, ich müßte sterben auf meinem harten Sitz in einem Kino von Roubaix. Ich kann es nicht erklären. Ich war in sie alle verliebt. Ich wollte so wie sie sein, wie Holden, Stroheim und Gloria Swanson. Selbst Holdens kleine Freundin liebte ich. Als sie mit ihm durch die Kulissen des leeren Ateliers spazierte, wünschte ich verzweifelt, daß ich ein Teil dieser Geschichte wäre, daß sie endlos weiterginge, mit mir als unersetzliche Mitspielerin.

Um sich selbst zu beschwichtigen, wiederholte Mama-Obs auf der Heimfahrt in einem fort, daß Gott sei Dank das Peinlichste in diesem abscheulichen Machwerk nur angedeutet sei, daß sogar sie es nicht ganz verstanden habe und ich sicherlich noch weniger ... Ich habe den Film später in Paris noch ein paarmal gesehen und dabei festgestellt, daß mir beim erstenmal nichts Wesentliches entgangen ist.

Gestern abend, als ich gerade die letzten beiden Briefe kuvertierte, spielte ich mit dem Gedanken, ins Kino zu gehen; und wenn ich nur halb so clever wäre, wie die Leute immer sagen, dann hätte ich es auch getan. Ich hätte mich ans Telefon gehängt und mich ausnahmsweise mal ein paar Stunden vorher mit jemand verabredet ... Ich kenne mich: nicht einmal eine Wasserstoffbombe auf Paris hätte mich dann von meinem Vorhaben abhalten können – und nichts wäre passiert.

Aber wer weiß? Wahrscheinlich wäre dann dasselbe gestern, heute oder in sechs Monaten auf mich zugekommen. Ich bin mein eigener Schicksalsschlag.

Ich hängte mich also nicht ans Telefon. Ich zündete mir eine Zigarette an und brachte meine beiden Briefe zum Postkorb im Korridor. Dann stieg ich ein Stockwerk tiefer. Ich verbrachte einige Minuten in der Rumpelkammer, in der die Zeitungen geordnet werden und die anspruchsvoll «Archiv» genannt wird. Georgette, das Mädchen, das dort arbeitet, schnitt Anzeigen aus, die Zunge zwischen den Zähnen. Ich sah mir die Kinoprogramme in der Morgenausgabe des *Figaro* an. Aber ich fand nichts, was mich interessierte.

Als ich wieder nach oben kam, stand der Chef in meinem Zimmer. Mir stockte der Atem, als ich die Tür öffnete und ihn mitten im Zimmer stehen sah, das ich für leer hielt.

Er ist fünfundvierzig Jahre alt – na ja, vielleicht ein bißchen älter – und ziemlich groß; er muß ungefähr hundert Kilo wiegen; Er trägt das Haar kurz, fast geschoren. Seine Gesichtszüge wirken leicht aufgedunsen, aber sympathisch; man könnte sogar sagen, daß er gut ausgesehen haben muß, als er jünger und schlanker war. Er heißt Michel Caravaille. Er hat die Agentur gegründet. Er ist ein sehr begabter Werbemann. Er kann in knappen Sätzen formulieren, was er meint, und in diesem Beruf, in dem es mehr darauf ankommt, Werbeleiter zu überzeugen als das kaufende Publikum, ist er ein erstklassiger Verkäufer.

Sein Verhältnis zum Personal beschränkt sich auf das Dienstliche. Was mich betrifft, so kenne ich ihn kaum. Ich sehe ihn nur einmal in der Woche, am Montagmorgen, während der halbstündigen Konferenz in seinem Büro. Er bespricht dort die laufenden Angelegenheiten. Noch bin ich nur dabei, um mitzustenografieren.

Vor drei Jahren hat er geheiratet. Sie ist so alt wie ich und heißt Anita; ich war ihre Sekretärin in einer anderen Agentur. Wir waren befreundet, wie man eben befreundet ist, wenn man vierzig Stunden in der Woche im selben Büro verbringt, jeden Mittag im selben Selbstbedienungsrestaurant in der rue La Boétie ißt und hin und wieder mal samstags zusammen tanzen geht.

Als sie heiratete, schlug sie mir vor, zu Caravaille zu kommen. Sie arbeitete dort seit einigen Monaten. Ich mache ungefähr dasselbe wie sie, aber ohne ihre beachtlichen Fähigkeiten, ohne ihren Ehrgeiz und natürlich ohne ihr Gehalt. Nie bin ich einem Menschen begegnet, der sich so zielstrebig und so eigennützig hochgearbeitet hat. Sie ging davon aus, daß sich die meisten Leute ducken, wenn ein Unwetter kommt, und daß dies der geeignete Moment ist, um über sie hinweg zu klettern. Sie hieß allgemein *Das Mistvieh*, wußte es auch, und unterzeichnete so die Laufzettel, mit denen sie die Kollegen piesackte.

Ungefähr drei Wochen nach der Hochzeit bekam sie ein Kind,

ein Mädchen. Seitdem arbeitet sie nicht mehr, und ich sehe sie fast nie. Was Michel Caravaille betrifft, so hatte ich bis gestern abend den Eindruck, daß er längst vergessen hat, daß ich seine Frau kenne.

Er sah müde oder angegriffen aus. Sein Gesicht war blaß, wie immer, wenn er eine mehrtägige Abmagerungskur macht. Er nannte mich Dany und sagte, er habe Ärger.

Auf dem Besuchersessel vor meinem Schreibtisch lag ein Aktenstapel. Ich schaffte die Akten fort, aber er setzte sich nicht. Er sah sich um, als wäre er zum ersten Mal in meinem Zimmer.

Er sagte, er müsse am nächsten Morgen in die Schweiz fliegen – wir haben einen wichtigen Kunden in Genf: *H. Milkaby, die Trockenmilch für Ihr Baby!* Die Fotos seien auch fertig – Kopien auf Glanzpapier, mit denen er vor einem Dutzend eisiger und affektierter Direktoren mit Anstand über die Runden kommen könne. Aber wegen unserer literarischen *force de frappe* werde er wahrscheinlich das Flugzeug verpassen: Ein umfangreicher Bericht über die Verkaufspolitik der Konkurrenz und unsere Vorschläge für Gegenmaßnahmen liegen zwar bereit, aber das sei alles Mist, und er müsse das noch völlig umkrempeln ...

Er sprach schnell, ohne mich anzusehen, als sei es ihm peinlich, mich um einen Gefallen bitten zu müssen. Er sagte, er könne weder mit leeren Händen abfliegen noch den Termin absagen – das hätte er schon zweimal getan, und selbst die Schweizer würden beim dritten Mal kapieren, daß wir ein Sauhaufen wären und sie besser daran täten, ihre Trockenmilch gratis an die Haushalte zu verteilen.

Ich wußte, worauf er hinauswollte, aber ich sagte nichts. Es entstand ein Schweigen; er spielte zerstreut mit einem der winzigen Spielzeuge, die auf meinem Schreibtisch stehen. Ich hatte mich hingesetzt und mir eine neue Zigarette angezündet. Ich hatte auf mein Päckchen Gitanes gezeigt, aber er wollte keine.

Schließlich fragte er, ob ich am Abend etwas vorhätte. Ich wußte nicht, ob ich ja oder nein sagen sollte, ich dumme Gans.

«Wie viele Seiten sind es denn?» Es klang nicht ganz so unpersönlich, wie es meine Absicht gewesen war.

«Etwa fünfzig.»

Ich stieß den Rauch in einer kleinen mißbilligenden Wolke aus. Dabei dachte ich, du trägst zu dick auf, du stößt den Rauch aus wie im Film, er sieht natürlich, daß du dich interessant machen willst ...» Und das soll ich heute abend tippen? Das schaff' ich nie. Ich tippe sechs Seiten in der Stunde, wenn's gut geht. Geben Sie's doch der Blondeau, die schafft's vielleicht.»

Er sagte, Madame Blondeau kommt nicht in Frage, sie tippt zwar schnell, aber sie kapiert nicht, was sie schreibt, und in einem Text voller Verbesserungen, Einschübe und halber Sätze findet sie sich nie zurecht ... Und überhaupt, seine Maschine starte erst gegen Mittag.

Dann sagte er noch etwas, und ich glaube, das gab den Ausschlag. Er wolle nicht, daß ich nach Dienstschluß im Büro schreiben sollte (das will er nie, weil es Krach mit der Hausverwaltung gibt wegen der Mieter in der Etage über uns, die sich jedesmal beschweren), nein, ich könne doch bei ihm zu Hause arbeiten, dort auch übernachten, um keine Zeit zu verlieren, und den Rest am nächsten Morgen vor seinem Abflug schreiben.

Ich bin nie bei ihm zu Hause gewesen. Das und die Aussicht, Anita wiederzusehen, war zu verlockend. Eine Sekunde lang ging mir wer weiß was durch den Kopf – ich bin eben so blöd: ein Abendessen zu dritt, nicht wahr, in einem großen Raum, bei gedämpftem Licht. Leises Gelächter, das jede Erinnerung begleitet. *Aber so nehmen Sie doch noch ein paar Krabben.* Anita führt mich an der Hand in mein Zimmer, ein bißchen gerührt und gefühlsduselig vom Wein, den wir getrunken haben. Ein offenes Fenster vor dem nächtlichen Himmel, ein Windzug, der die Vorhänge bläht ...

Er gab mir gleich einen Dämpfer. Er sah auf die Uhr und sagte, ich könne in Ruhe arbeiten, weil die Hausangestellten gerade zu Hause in Spanien auf Urlaub seien und er mit Anita noch ins Palais de Chaillot wolle, zum Festival des Werbefilms. Immerhin fügte er hinzu:

«Anita wird sich freuen, Sie wiederzusehen. Sie waren doch so was wie ihr Schützling, nicht wahr?»

Aber er sah mich dabei nicht an. Er ging auf die Tür zu, als sei ich gar nicht da – ich meine, als sei er kein menschliches Wesen, sondern ein IBM-Elektronengehirn, das auf *Chef* programmiert worden ist.

Bevor er hinausging, drehte er sich noch einmal um, deutete auf meinen Schreibtisch und fragte mich, ob ich noch etwas Wichtiges zu tun hätte. Ich wollte eigentlich die Fahnenabzüge einer Industriebroschüre korrigieren, aber das hatte Zeit. Wenn mir einmal eine vernünftige Antwort einfällt, halte ich sie nicht zurück:

«Ich wollte mein Geld abholen.»

Das dreizehnte Monatsgehalt: die eine Hälfte im Dezember, die andere zum 14. Juli – wer da gerade im Urlaub ist, kriegt's schon mit dem Junigehalt. Für die anderen wandelt der Oberbuchhalter wie an jedem Monatsende durch die Büros und händigt jedem seinen Umschlag aus. Zu mir kommt er immer so eine halbe Stunde vor Büroschluß. Vorher geht er in die Textabteilung, wo er eine Art Erdbeben auslöst. Aber gestern abend hatte ich noch nichts von dem Radau gehört, mit dem sich die Texterinnen auf den armen Mann zu stürzen pflegen.

Der Chef blieb stehen, die Hand auf die Klinke gelegt. Er erklärte, daß er nach Hause fahren und mich gleich mitnehmen wolle; er würde mir meinen Umschlag selber aushändigen und sich erlauben, zusätzlich etwas hineinzustecken – sagen wir dreihundert Francs, wenn es mir recht sei? Es war mir recht und er erleichtert.

«Machen Sie sich fertig, Dany. Ich erwarte Sie in fünf Minuten vor dem Eingang.»

Er ging hinaus und schloß die Tür hinter sich. Gleich darauf öffnete er sie wieder. Ich war gerade dabei, das Spielzeug, das er in die Hand genommen hatte, wieder in die Reihe der anderen zu stellen. Ein kleiner Elefant mit beweglichen Gliedern, bonbonrosa. Er entschuldigte sich und sagte, er zähle auf meine Verschwiegenheit den anderen gegenüber, was diese Arbeit außerhalb der Bürozeit betreffe. Ich verstand: Er wollte nicht, daß die Sache mit dem unfertigen Bericht publik wurde – wahrscheinlich hatte er ein schlechtes Gewissen. Er wollte noch etwas hinzufügen, vielleicht zugeben, daß er ein schlechtes Gewissen hatte, aber dann warf er nur einen Blick auf den kleinen rosa Elefanten und ging endgültig hinaus.

Ich blieb einen Augenblick sitzen und fragte mich, was wohl geschehen würde, wenn ich nicht rechtzeitig mit den fünfzig Seiten fertig sein würde. Ich hatte zwar die Nacht und den Vormittag zur Verfügung, aber wenn ich mehrere Stunden hintereinander tippen muß, kann ich mich nicht auf meine Augen verlassen. Sie werden rot, sie tränen, ich sehe Sterne und manchmal schmerzen sie derart, daß ich überhaupt nichts mehr sehe.

Ich dachte auch an Anita, und dabei fiel mir albernerweise ein: Hatte ich am Morgen gewußt, daß ich sie wiedersehen würde, hätte ich mein weißes Kostüm angezogen ... Wir mußten auf jeden Fall bei mir zu Hause vorbeifahren. Ich mußte mich umziehen. Früher, als ich mit ihr zusammenarbeitete, trug ich noch die Röcke, die ich mir im Waisenhaus selbst geschneidert hatte. Sie sagte immer: *Ich finde es ekelhaft, wie du mit deinen Lumpen deine unglückliche Kindheit zur Schau stellst* ... Ich wollte, daß sie mich verändert fand. Ich wollte das Beste anziehen, was ich hatte. Dann fiel mir plötzlich ein, daß der Chef mir fünf Minuten gegeben hatte. Für ihn sind fünf Minuten dreihundert Sekunden. Mit seiner Genauigkeit kann er eine Kuckucksuhr zur Verzweiflung bringen.

Ich kritzelte auf ein Blatt meines Blocks:

Fahre übers Wochenende fort. – Dany.

Gleich darauf zerriß ich das Blatt in kleine Stücke und schrieb auf das nächste, diesmal sorgfältiger:

Fliege übers Wochenende fort. Bis Mittwoch. Dany!

Beim dritten Anlauf hätte ich wahrscheinlich mein ganzes Leben erzählt. Fliegen, das war nicht genug. Ich hätte schreiben sollen: nach Monte Carlo. Aber ich sah auf die Uhr, der große

Zeiger stand schon fast auf halb fünf, und außerdem bin ich wahrscheinlich sowieso die einzige in der Agentur, die noch nie geflogen ist. Damit kann ich weiß Gott keinen beeindrucken.

Ich befestigte das Blatt mit einer Heftklammer am Schirm meiner Schreibtischlampe. Es war unwichtig, wer es finden würde. Ich glaube, ich war glücklich … Das ist schwer zu erklären; wenn man so will – ich spürte auch jetzt jene Unruhe, die mir während des ganzen Nachmittags bei den anderen aufgefallen war.

Als ich in meinen Sommermantel schlüpfte, fiel mir ein, daß die Caravailles ein kleines Mädchen hatten. Ich nahm den rosa Elefanten und steckte ihn in die Tasche.

Ich erinnere mich, daß die Sonne noch immer durch das Fenster hinter mir auf die Papiere auf meinem Schreibtisch fiel.

Im Auto – es war ein schwarzer Citroën mit Ledersitzen – schlug er von sich aus vor, zuerst bei mir vorbeizufahren, damit ich mir ein Nachthemd und eine Zahnbürste einstecken konnte.

Es war noch nicht Hauptverkehrszeit, und er fuhr ziemlich schnell. Ich sagte ihm, daß er müde aussehe. Er antwortete, alle Leute seien müde. Ich murmelte etwas, wie bequem der Wagen sei. Das interessierte ihn auch nicht, und so schwiegen wir.

Wir überquerten die Seine, und in der rue de Grenelle fand er einen Parkplatz vor dem Fotogeschäft, meinem Haus fast gegenüber. Er folgte mir, als ich aus dem Wagen stieg. Er fragte mich nicht, ob er mit heraufkommen dürfe, nichts dergleichen. Er trat hinter mir ins Haus.

Ich schäme mich meiner Wohnung nicht – wenigstens glaube ich es nicht – und war auch sicher, daß ich keine Wäsche zum Trocknen über die Gasheizung gehängt hatte. Trotzdem störte es mich, daß er mit hinaufkam. Er würde sich breitmachen, und ich mußte mich dann im Bad umziehen. Wenn man dort an eine Wand stößt, hallt das Echo von den drei anderen wider. Außerdem liegt die Wohnung im vierten Stock, ohne Fahrstuhl.

Ich sagte ihm, es sei nicht nötig, mich zu begleiten, ich würde nur ein paar Minuten brauchen. Er antwortete, aber nicht doch, das ist doch selbstverständlich. Ich weiß nicht, was er sich dachte. Vielleicht, daß ich einen Kabinenkoffer mitnehmen würde.

Niemand sah uns im Treppenhaus, und das zumindest war erfreulich. Ich habe eine Nachbarin, deren Mann liegt im Krankenhaus, weil er in der falschen Richtung in die rue François-Premier eingebogen ist, und das ist eine Einbahnstraße. Na ja, und sie ist jedesmal zu Tode beleidigt, wenn man sie nicht fragt, wie es ihm geht – und wenn man sie fragt, steht man um Mitternacht noch mit ihr im Treppenhaus ... Ich betrat als erste meine Wohnung und schloß die Tür gleich hinter Caravaille. Er sah sich um, ohne etwas zu sagen. Offenbar wußte er nicht, was er mit seinem großen Körper anfangen sollte. Er sah jünger aus und – wie soll ich sagen – wirklicher, lebendiger als im Büro.

Ich holte mein weißes Kostüm aus dem Wandschrank und schloß mich im Bad ein. Ich hörte ihn nebenan auf und ab gehen. Während ich mich auszog, sagte ich durch die Tür zu ihm, daß er in der Truhe unter dem Fenster etwas zu trinken finden würde. Ob ich noch Zeit hätte, mich zu duschen? Er antwortete nicht. Also duschte ich nicht, sondern wusch mich rasch mit dem Waschlappen.

Als ich angezogen, frisiert, geschminkt, aber barfuß ins Zimmer zurückkam, saß er auf der Couch und telefonierte mit Anita. Er sagte ihr, daß wir gleich kommen würden. Dabei betrachtete er mein Kostüm. Auf der Armlehne eines Sessels sitzend, schlüpfte ich in meine weißen Schuhe, ohne ihn aus den Augen zu lassen. In seinem Blick las ich Langeweile.

Er sprach mit Anita: Ja, Anita. Nein, Anita ... Es war ganz klar, daß sie es sein mußte, mit der er sprach. Ich erinnere mich nicht mehr, was er ihr im einzelnen erzählte – daß ich mich nicht verändert hätte ... *Ja, ziemlich schlank, ja, sehr hübsch sieht sie aus; ja, blond, sehr blond und braungebrannt* ... Lauter solche Sachen; es sollte schmeichelhaft sein, es war sicher auch schmeichelhaft, aber seine Stimme strafte ihn Lügen. Mir klingt diese Stimme noch immer in den Ohren: beflissen, eintönig, die Stimme eines Gerichtsvollziehers. Er stand Anita Rede und Antwort, er ertrug geduldig eine ihrer Launen. Sie wollte, daß er mich beschrieb – also beschrieb er mich; Anita war ein menschliches Wesen. Ich, Dany Longo, hätte genausogut eine Waschmaschine im Schaufenster sein können.

Und noch etwas sagte er, ohne große Umschweife, ohne darauf zu achten, ob ich mich darüber ärgerte oder nicht: Er teilte seiner Frau mit, daß ich noch kurzsichtiger geworden sei. Er gab einen nicht sonderlich feinfühligen Bericht; er sagte, daß die Brille meine Augenfarbe verberge ... Ich lachte. Ja, ich nahm sogar die Brille ab, um ihm meine Augen zu zeigen. Sie sind nicht so blau und so leuchtend wie Anitas Augen, wenn sie mir im Selbstbedienungsrestaurant in der rue La Boétie gnädig erlaubte, ihr Tablett mit dem meinen zusammen hinter ihr herzubalancieren. Meine Augen sind mürrisch, starr und ausdruckslos, wie die öde Ebene im Norden, und ohne Brille blind.

Ich weiß nicht, ob es wegen dem war, was er über meine Augen sagte oder ob ich plötzlich begriff, daß ich für die beiden liebenden Gatten nur ein Verlegenheitsthema am Telefon darstellte – noch während ich lachte, war ich schon traurig und wie vor den Kopf gestoßen. Am liebsten hätte ich diesen Abend schon hinter mir gehabt und sie in ihrem blöden Werbefilmfestival gewußt.

Dann brachen wir auf. In meiner Handtasche trug ich ein Nachthemd und meine Zahnbürste, wie er es verlangt hatte. Wir fuhren am Seineufer entlang bis zum pont d'Auteuil. Bevor wir bei ihm zu Hause ankamen, fiel ihm noch etwas ein; er hielt in einer Ladenstraße neben der Reihe der parkenden Autos.

Er gab mir fünfzig Francs und sagte, er esse abends nie etwas, auch Anita nicht, und es sei wahrscheinlich nichts für mich im Hause. Hätte ich etwas mehr Sinn für Humor, wäre ich wahrscheinlich in schallendes Gelächter ausgebrochen im Gedanken an das Essen zu dritt bei gedämpftem Licht, das ich mir vorgestellt hatte. Statt dessen wurde ich rot. Ich sagte, ich würde auch nichts essen, doch er glaubte mir nicht: *Aber ich bitte Sie!*

Während er im Wagen wartete, kaufte ich in einer Bäckerei zwei Hörnchen und eine Tafel Schokolade. Er hatte mich auch gebeten – *Wenn Sie ohnehin aussteigen* – in eine Apotheke zu gehen und ein Medikament für ihn zu besorgen. Als das Rezept abgestempelt wurde, las ich auf der Schachtel, in der die Flasche steckte, daß es sich um Herztropfen handelte. Erst macht er Hungerkuren und dann pumpt er sich, um einem Herzschlag vorzubeugen, mit Digitalis voll. Umwerfend.

Während er das Wechselgeld wegsteckte, fragte er, wo ich mein Kostüm gekauft hätte. Er sah mich nicht an dabei; er gehört zu den Ehemännern, die es nicht ertragen können, wenn eine andere Frau außer ihrer eigenen sich gut anzieht. Ich sagte, ich hätte es geschenkt bekommen, nach dem Fotografieren – ein Kunde im faubourg Saint-Honoré wollte es in einem Prospekt haben und hatte es deshalb in die Agentur geschickt. Er schüttelte den Kopf und machte ein Gesicht, als ob er sagen wollte, das hab' ich mir doch gleich gedacht … Er sagte es aber nicht, sondern stellte höflich fest:

«Für Konfektion ist es aber sehr elegant.»

Auteuil geht mir auf die Nerven, darum komme ich praktisch nie hin. Obwohl es zu Paris gehört, erinnert es mich mit seinen sonntäglichen schnurgeraden Alleen an eine Niederlassung von Rentnern aus der Provinz. Die Caravailles wohnten in der avenue des Trembles. Es gab auch eine avenue des Tilleuls und bestimmt auch eine des Marronniers. Lauter Bäume. Es stimmt sogar – vor dem Haus standen tatsächlich Pappeln. Das mit den Linden und Kastanien weiß ich nicht mehr so genau. Das Haus jedenfalls sah genauso aus, wie ich es mir vorgestellt hatte: groß, schön, von Blumen umgeben.

Ich erinnere mich an unsere Ankunft, an das Geräusch unserer Schritte in der Stille des späten Nachmittags. Obwohl es heller Tag war, brannten alle Lampen in der rotgekachelten Halle, die ein riesiger Teppich mit eingewebten Einhörnern bedeckt. Eine Steintreppe führte nach oben, und auf der ersten Stufe stand ein kleines blondes Mädchen in einem blaßblauen, spitzenbesetzten Samtkleid; es trug Kniestrümpfe – einer rutschte – und Lackschuhe. Die Kleine drückte eine kahlköpfige Puppe gegen die Brust und sah mich abwesend an.

Ich ging auf sie zu, beugte mich zu ihr herab, küßte sie und zog ihren Kniestrumpf wieder hoch. Sie ließ es zu, ohne etwas zu sagen. Sie hatte Anitas große blaue Augen. Ich fragte, wie sie heiße: Michèle Caravaille. Sie sprach es *Cravaille* aus. Ich fragte, wie alt sie sei: *krei Jahre.* Ich dachte an den rosa Elefanten, den ich ihr hatte schenken wollen, aber er steckte in meiner Manteltasche, und mein Mantel hing zu Hause.

Gleich darauf rief mich ihr Vater in ein großes Zimmer, das ich praktisch nicht mehr verließ. Sofa und Sessel waren mit schwarzem Leder bezogen, die Möbel dunkel und die Wände mit Büchern gepflastert. Ein Zirkuspferd trug eine breite Lampe.

Ich wechselte meine Brille und probierte die Maschine aus. Es war eine Remington aus den vierziger Jahren, ein halbes Reisemodell, und obendrein hatte sie eine englische Tastatur. Immerhin schaffte sie sechs lesbare Kopien, aber Caravaille sagte, daß vier genügten. Er öffnete den Schnellhefter für *Milkaby.* Die Seiten waren mit einer winzig kleinen Schrift bedeckt (ich habe nie verstanden, wie ein solcher Klotz von Mann so klein schreiben kann). Er erklärte mir die Schwierigkeiten, auf die ich stoßen würde. Und dann mußte er noch wegen irgendeiner Sache in eine Druckerei. Er verabschiedete sich und sagte, Anita werde gleich kommen.

Ich arbeitete.

Anita kam eine halbe Stunde später herunter, das Haar im Nacken geknotet, eine Zigarette in der Hand. Sie sagte: Na, also wir haben uns ja eine Ewigkeit nicht gesehen, wie geht's dir, ich hab' furchtbare Kopfschmerzen – alles sehr schnell, und dabei musterte sie mich nervös von Kopf bis Fuß wie früher.

Sie öffnete eine Tür in der Rückwand des Raumes und zeigte mir mein Zimmer. Sie erklärte mir, ihr Mann schliefe dort manchmal, wenn er bis spät in der Nacht zu tun hatte. Ein riesiges Bett stand darin; es war mit einem weißen Fell bedeckt, und an einer Wand hing ein vergrößertes Foto von Anita. Es zeigte sie nackt, quer auf einer Sessellehne sitzend. Das Foto war ausgezeichnet, man konnte sogar die Poren ihrer Haut erkennen. Ich lachte einfältig auf. Sie drehte das Foto, das auf eine Holzplatte aufgezogen war, zur Wand. Caravaille habe sich im Schuppen ein Amateurlabor einrichten lassen, sagte sie, aber sie sei sein einziges Modell. Dabei öffnete sie eine weitere Tür neben dem Bett und zeigte mir ein schwarzgekacheltes Badezimmer. Eine Sekunde lang trafen sich unsere Blicke, und ich begriff, daß sie das alles zu Tode langweilte.

Ich machte mich wieder an die Arbeit. Während ich tippte, legte sie ein Gedeck auf einen niedrigen Tisch und brachte zwei Scheiben Roastbeef, Obst und eine entkorkte Flasche Wein herein. Sie fragte mich, ob ich noch etwas brauche, wartete jedoch meine Antwort nicht ab, sondern murmelte bis dann also und verschwand.

Etwas später kam sie zurück. Sie blieb in der Tür stehen. Sie trug einen schwarzen Satinmantel, der am Hals mit einer schweren Brosche geschlossen war. Sie hielt ihre kleine Tochter an der Hand. Sie wolle sie zu ihrer Mutter bringen, ganz in der Nähe, boulevard Suchet (dort bin ich schon mal gewesen), und sich später im Palais de Chaillot mit ihrem Mann treffen. Sie sagte noch, daß es wohl kaum spät werden würde wegen der Reise in die Schweiz am nächsten Tag, ich solle jedoch nicht auf sie warten, wenn ich müde sei. Ich merkte, sie suchte nach ein paar herzlichen Worten zum Abschied, aber es fiel ihr nichts ein. Ich stand auf, um die Kleine besser zu sehen und ihr gute Nacht, Michèle, mein Schatz, zu sagen. Im Gehen drehte sie sich noch einmal um und sah mich an. Sie hielt noch immer ihre kahlköpfige Puppe gegen die Brust gepreßt.

Dann klapperte ich weiter. Zwei-, dreimal zündete ich mir eine Zigarette an, und weil ich beim Tippen ungern rauche, machte ich einen Rundgang durch das Zimmer. Ich schaute mir die Buchrücken an. An der Wand hing ein protziges, aber hinreißendes Ding: eine Mattscheibe, dreißig mal vierzig Zentimeter in einem goldenen Rahmen. Farbdias wechselten im Abstand von sechzig Sekunden – irgendwo verbarg sich dahinter wahrscheinlich einer dieser Apparate für Schaufensterwerbung. Ich sah Fischerhäfen in gleißendem Sonnenlicht; die Reflexe im Wasser verdoppelten die bunten Boote. Ich weiß nicht mehr, was das für Häfen waren; ich kann nur sagen, daß es sich um Agfacolor handelte. Ich mache diesen Zirkus nun schon so lange mit, daß ich genau weiß, wie ein Rot herauskommt.

Später, als meine Augen nachließen, kühlte ich sie in dem schwarzgekachelten Badezimmer mit kaltem Wasser. Von draußen drang kein Laut herein. Paris schien weit entfernt. Ich fühlte das leere Haus und die dunklen Zimmer auf mir lasten.

Um halb eins hatte ich dreißig Seiten getippt. Ich machte ständig Fehler, und mein Gehirn bestand nur noch aus Trockenmilch. Ich zählte die restlichen Seiten, etwa fünfzehn. Ich deckte die Maschine zu.

Ich hatte Hunger. Ich aß eines von den mitgebrachten Hörnchen, eine Scheibe Roastbeef, einen Apfel und trank etwas Wein.

Ich wollte nicht alles herumstehen lassen und suchte die Küche. Sie war geräumig und im Bauernstil eingerichtet, mit einem steinernen Ausguß, in dem sich zwei hohe, langsam verschimmelnde Tellertürme stapelten. Ich kenne meine Anita. Seit ihre Hausangestellten auf Urlaub sind, hat sie sich sicher nicht die Mühe gemacht, auch nur auf den Knopf des Toasters zu drücken.

Ich zog die Kostümjacke aus und wusch meinen Teller, mein Glas und mein Besteck ab. Dann löschte ich das Licht und ging schlafen. Es war heiß, und ich traute mich nicht – Gott weiß warum –, ein Fenster zu öffnen. Ich konnte nicht einschlafen. Ich dachte an Anita, an die Zeit, in der ich für sie arbeitete. Als ich mich auszog, hatte ich mich nicht beherrschen können und das Foto umgedreht, das sie nackt auf der Sessellehne zeigte. Ich will nicht sagen, daß es albern ist, loszulachen, wenn ein Kerl den Hintern seiner Frau fotografiert und die Wände seines Hauses damit schmückt – ich fand nur, daß mein Lachen albern klang.

Als wir noch Kolleginnen waren, verbrachte Anita öfter die Nacht bei mir. Sie wohnte damals bei ihrer Mutter und bat mich gelegentlich – bat mich, wie nur sie bitten kann, zärtlich, drohend und hartnäckig bis zum Äußersten –, ihr meine Wohnung zu leihen, damit sie mit einem Freund zusammensein konnte. Sie wechselte die Freunde, aber nie den Treffpunkt. Und weil ich einmal nachgegeben hatte, brachte ich später nicht mehr den Mut auf, es abzulehnen. Während sie sich amüsierte, ging ich ins Kino. Hinterher fand ich sie nackt, mit heißem Gesicht, die Beine über die Sessellehne gelegt, ungefähr so wie auf dem Foto. Sie las, rauchte und hörte Radio. Die Idee, das Bett zu machen, ist ihr nie gekommen. Ich erinnere mich noch genau an die zerwühlten Laken, die bis zum Fußende hingen. Darin mußte ich an ihrer Seite den Rest der Nacht verbringen. Wenn ich mich darüber beschwerte, nannte sie mich eine prüde Jungfer – *du bist ja bloß neidisch. Scher dich doch in ein Kloster* ... Oder sie machte ein zerknirschtes Gesicht und versprach, das nächste Mal meinen Küchentisch zu benutzen. Am nächsten Morgen im Büro war sie wieder Anita das Mistvieh – gut ausgeschlafen, angezogen wie eine höhere Tochter, unglaublich tüchtig und kühl bis ins Herz.

Ich schlief endlich ein, oder wahrscheinlich döste ich nur vor mich hin, denn etwas später hörte ich sie zurückkommen. Der Chef beklagte sich, daß er zuviel hätte trinken und zu viele Dummköpfe hätte begrüßen müssen. Darauf kam er an die Tür und fragte leise: «Schlafen Sie, Dany? Hat alles geklappt?» Ich antwortete, ja, und es sind nur noch fünfzehn Seiten übrig. Irgendein idiotischer Nachahmungstrieb zwang mich, gleichfalls zu flüstern – als hätte ich Angst, jemand aufzuwecken.

Ich hatte das Gefühl, gerade erst richtig eingeschlafen zu sein, als es an der Tür klopfte. Es war Morgen – heute morgen; die Sonne schien ins Zimmer und der Chef sagte: «Ich habe Kaffee aufgebrüht. Eine Tasse für Sie steht auf dem Tisch.»

Nachdem ich das Bett gemacht und gebadet hatte, zog ich mich an. Ich trank den kalten Kaffee neben der Schreibmaschine und machte mich wieder an die Arbeit.

Der Chef kam zwei-, dreimal, um nachzusehen, wie weit ich

war. Anita zeigte sich gleich darauf, diesmal ganz in Weiß, und suchte etwas, das sie nicht fand, eine Hand gegen ihre Morgenmigräne gepreßt, in der anderen die erste Zigarette des Tages. Sie mußte ihre Tochter am boulevard Suchet abholen. Dabei wurde mir klar, daß die ganze Familie den *Milkaby*-Termin zum Anlaß nahm, ein hübsches Wochenende in der Schweiz zu verbringen. Die Reisevorbereitungen machten Anita nervös. Das kannte ich noch nicht an ihr. Früher hielt sie sich an das Prinzip, daß Kunden und Liebhaber einen um so höher schätzen, je länger man sie warten läßt, und daß es kleinlich ist, sich eines Flugzeugs wegen abzuhetzen, wenn man genausogut das nächste nehmen kann.

Alle waren nervös – sie, ich und Caravaille. Ich tippte die letzten Seiten wie jene Tippsen, die ich nicht ausstehen kann, weil sie nicht einmal versuchen, das zu verstehen, was sie schreiben. Zwangsläufig vertippte ich mich oft; ich gebrauchte ausschließlich die linke Hand (ich bin Linkshänderin, und wenn es schnell gehen soll, vergesse ich meine rechte Hand). Mir war zumute wie einem Boxer, der gerade groggy geschlagen worden ist. Ja, ich war groggy – auch das muß ich sagen, wenn ich vernommen werde, und wenn es noch so dumm klingt. Diese Wochenendreise der Caravailles in die Schweiz hatte mich groggy gemacht. Ich bin einmal in der Schweiz gewesen, in Zürich: eine grauenhafte Erinnerung. Genf kenne ich nicht. Aber ich nehme an, daß es dort – zumindest für Leute wie die Caravailles – Luxushotels gibt mit großen, sonnenüberfluteten Terrassen, die abends festlich beleuchtet sind ... Ich werde diese Atmosphäre nie kennenlernen, und nicht nur deshalb, weil sie mit harten Franken bezahlt werden muß. Ich hasse mich deswegen – ja, ja – ich hasse mich, es ist wahr – aber so bin ich eben. Warum, das weiß ich selber nicht.

Gegen elf war ich fertig. Ich sortierte die Seiten und ordnete sie zu vier Exemplaren, als Caravaille mich erlösen kam. Er trug einen marineblauen Sommeranzug und eine abscheuliche, weißgepunktete Krawatte; er erdrückte mich mit seiner Größe und seiner Betriebsamkeit. Er war schnell zur Agentur hinübergefahren und hatte die Entwürfe geholt. Er hatte meinen Umschlag mit dem

Bonus dabei. Mit den versprochenen dreihundert hatte ich mehr als tausend Francs, fast ein Monatsgehalt. Ich sagte – ich verpasse keine Gelegenheit – vielen Dank, das ist ja wunderbar, das ist ja viel zuviel.

Er steckte das Getippte in eine schwarze Aktentasche und fragte etwas atemlos, ob ich den Führerschein hätte. Natürlich hab' ich den Führerschein; Anita hätte ihm das auch sagen können – als sie ihr erstes Auto kaufte, ein gebrauchtes Simca-Cabriolet, war sie so überängstlich, daß ich es aus der Garage fahren mußte.

Allerdings, so richtig zum Fahren gekommen bin ich nur damals mit dem kleinen Citroën-Kombiwagen des Waisenhauses. Mama-Obs hatte mir die Fahrstunden bezahlt (*weil es nützlich ist und dich außerdem zwingt, dir einen Mann mit fahrbarem Untersatz zu suchen, keinen Hungerleider mit schönen Augen*). Ich durfte als einzige den Wagen steuern. Ich war damals in der letzten Klasse. Es gab im Waisenhaus zwei ähnliche Kombiwagen. Mir wurde der ältere zugewiesen. *Fahr ihn ruhig zusammen,* sagte Mama-Obs, *dann lernst du's wenigstens. Hinterher kriegst du dann den schönen von Schwester Maria-Pieta ...* Aber bei dreißig krallte sie sich mit beiden Händen am Sitz fest, bei vierzig fing sie an zu schreien wie am Spieß, und einmal verlor sie vor Angst den Kopf und zog die Handbremse, daß wir beinahe durch die Windschutzscheibe geflogen wären.

Über seine Tasche gebeugt, sagte Caravaille hastig, daß es unmöglich sei, am Samstagmorgen ein Taxi zu bekommen, daß er das Telefon auf Kundendienst habe stellen lassen, daß er nicht noch einmal das Ganze umschalten lassen wolle, daß er seine Tochter noch abholen müsse und ich ihm einen Riesengefallen täte, wenn ich mit nach Orly kommen und dann seinen Wagen zurückfahren würde.

So was Verrücktes! Ich wandte ein, es gebe schließlich in Orly genug Parkplätze.

Er erwiderte, das sei ihm bekannt. «Nun seien Sie nicht so, Dany.»

Ich sagte, es sei unmöglich.

«Warum?» Er beugte sich zu mir herab und sah mich an.

Er war ungeduldig. Sein Gesicht war dicht vor dem meinen. Wenn mir jemand zu nahe kommt, verliere ich den Faden.

«Ich weiß nicht recht», stotterte ich. «Es geht eben nicht ...» So ungefähr das Dümmste, was ich sagen konnte.

Er zuckte die Achseln, sagte, ich solle mich nicht so anstellen und trug seine Aktentasche in die Diele. Für ihn war die Sache abgemacht.

Ich konnte nicht nach Orly mitfahren. Ich konnte den Wagen nicht zurückfahren. Ich mußte ihm unbedingt sagen, daß ich noch nie ein anderes Auto gelenkt hatte als den schrottreifen Kombiwagen des Waisenhauses und daß sich Mama-Obs immer erst angesichts einer Kirche beruhigte, weil wir dort rechtzeitig die Letzte Ölung empfangen konnten. Ich folgte ihm in die Diele; da kam Anita gerade die Treppe herab, und ich sagte es nicht.

Drei Koffer standen bereit. Einen davon trug ich in den Garten. Mit den Augen suchte ich die Citroën-Limousine – aber was ich statt ihrer entdeckte, verschlug mir vollends den Atem. Anita holte gerade einen langen, offenen, amerikanischen Wagen aus der Garage. Ein mittleres Schlachtschiff.

Ich ging in die Diele zurück und dann in das Zimmer, in dem ich gearbeitet hatte. Ich wußte selbst nicht, was ich dort suchte. Meine Handtasche. Ich nahm meine Handtasche. Ich stellte sie auf den Tisch zurück. Ich konnte diesen Wagen nicht fahren.

Caravaille schloß hastig die Türen. Als er mich dort stehen sah, festgemauert in der Erde, muß er wohl endlich begriffen haben, daß irgend etwas nicht stimmte. Er kam auf mich zu. Er legte die Hand auf meinen Arm und sagte:

«Es ist Anitas Wagen. Er hat ein automatisches Getriebe und ist kinderleicht zu fahren – nur Gas und Bremse.» Dann fügte er noch hinzu: «Na, seien Sie doch nicht so.»

Ich drehte mich zu ihm um. Ich sah, daß er blaue Augen hatte, ein sehr helles Blau, und daß sie vor Müdigkeit dunkel umrandet waren ... Blaue Augen. Ich hatte es nie zuvor bemerkt. Gleichzeitig wurde mir zum erstenmal bewußt, daß diese blauen

Augen mich zur Kenntnis nahmen. Caravaille nahm ein etwas albernes Mädchen zur Kenntnis, das er jedoch ganz gern hatte. Jedenfalls glaubte ich das. Ich verstand nicht, was er meinte mit dem *Na, seien Sie doch nicht so!* Ich habe es bis heute noch nicht verstanden. Er war wieder dicht an mich herangetreten, und er kam mir sehr groß und sehr stark vor. Ich fühlte, wie ich nachgab. Nach einer langen Pause – mir zumindest schien sie unerträglich lang – murmelte er, es werde sich schon eine Lösung finden, wenn ich nicht mitkommen wolle. Dann müsse er den Wagen eben auf dem Parkplatz stehenlassen. Es sei nicht weiter wichtig.

Ich senkte den Kopf und sagte, ich würde mitfahren.

Ich saß mit der Kleinen hinten. Sie trug einen roten Mantel mit Samtkragen. Sie hielt sich sehr gerade, ihre warme Hand lag in meiner, und sie sagte kein Wort. Auch Anita und ihr Mann schwiegen. Es war zwanzig vor zwölf, als wir an der porte d'Orléans den Vorstadtboulevard verließen und in die Autostraße nach dem Süden einbogen. Er saß am Steuer.

Ich fragte ihn, wo ich den Wagen lassen solle – im Garten, schrie er. Wir mußten schreien, denn er fuhr schnell und der Fahrtwind schnitt uns die Worte ab. Er sagte, daß die Papiere im Handschuhfach seien und der Schlüssel zum Gartentor am Bund mit den Autoschlüsseln. Er bewegte mit dem Zeigefinger den Schlüsselring, der am Anlasser baumelte. Ich fragte ihn, was mit den Schlüsseln geschehen solle. Er überlegte, dann sagte er, ich könne sie einfach behalten und sie ihm am Mittwoch geben, wenn er aus der Schweiz zurück sein würde.

Anita drehte sich ärgerlich um und warf mir den Blick zu, den ich von früher kannte. «Kannst du nicht mal einen Augenblick den Mund halten? Warum machst du alles so kompliziert? Lenk ihn doch nicht ab – bei dem Tempo!»

Die Kleine merkte, daß sich ihre Mutter über mich ärgerte und zog ihre Hand zurück.

Zehn vor zwölf – das Flugzeug flog um fünf nach zwölf ab – hielt Caravaille am Straßenrand vor dem Flughafengebäude. Sie verließen mich im Laufschritt. Vorher hatte Anita – sie trug einen mit grüner Seide gefütterten, beigefarbenen Mantel – die Kleine aus dem Wagen gehoben. Sie hatte die Kleine an sich gedrückt, als sie sich vorbeugte und mich küßte. Der Chef hatte erst einen Träger mit dem Gepäck losgeschickt und mir dann die Hand gegeben. Ich hatte sie verzweifelt festgehalten, denn plötzlich war mir noch etwas eingefallen: «Und wenn es regnet? Bis Mittwoch kann es doch regnen, nicht wahr ... Wie macht man das Verdeck zu?»

Er hatte einen fassungslosen Blick zum Himmel geworfen, der zu mir wanderte und schließlich auf dem Armaturenbrett hängenblieb. «Woher soll ich denn das wissen? Das ist doch Anitas Wagen ...»

Er hatte Anita zurückgerufen, die ungeduldig am Eingang der Halle wartete. Als sie begriffen hatte, was ich wollte, fing sie an zu toben. Sie sagte mir sehr laut und sehr unmißverständlich, wofür sie mich hielt – sie brauchte nur ein einziges Wort dazu – und wies auf einen Schaltknopf, der halb unter dem Armaturenbrett verborgen angebracht war. Dann hatte Caravaille hastig eingegriffen und seine Frau weggeführt.

Ich war allein in dem Schlachtschiff. Es war plötzlich sehr still um mich her.

Ich brauchte mehrere Minuten, ehe ich bemerkte, daß der Motor noch lief und die Vorübergehenden mich anstarrten. Dann kam ein Polizist herüber und sagte, ich dürfe hier nicht stehenbleiben. Um meine Fassung wiederzugewinnen und ihm Zeit zu lassen, weiterzugehen, nahm ich das Tuch ab, das ich mir um den Kopf gebunden hatte, als ich Caravailles Haus verließ. Ich faltete es sorgfältig zusammen. Es ist ein türkisgrünes Seidentuch. Ich habe es mir damals in Le Mans gekauft; es war während meines ersten Berufsjahres an dem Tag, an dem sie mir telegrafierten, daß Mama-Obs gestorben war. Ich trage es fast immer in meiner Handtasche.

In meinem leeren Kopf war auf einmal die Stimme von Mama-Obs: *Reg dich nicht auf. Fahr den Wagen erst mal auf einen Parkplatz. Das sind nur fünfzig Meter. Da hast du dann Zeit zum Nachdenken.*

Ich stieg aus dem weißen, in der Sonne glänzenden Wagen. Ich wollte und konnte nicht gleich ans Steuer. Ich nahm mir Zeit und ging zur Kühlerhaube, um mir die Marke anzusehen. Es war ein Thunderbird, ein weißer Riesenvogel unter dem Sommerhimmel, ein Donnervogel.

Ich stieg wieder ein. Es kam mir so vor, als hätte sich die Tür von selbst geschlossen. Die Ledersitze schimmerten sandfarben, alles um mich herum war Sand und blitzendes Chrom. Über das ganze Armaturenbrett hinweg, ja selbst zwischen den Vordersitzen waren Handgriffe und Knöpfe verteilt. Ich gab mir Mühe, sie nicht anzusehen. Ich fand kein Kupplungspedal, Caravaille hatte recht. Ich beugte mich vor und sah mir den Schalthebel an. Es war kein richtiger Schalthebel. Außer dem Leerlauf und dem Rückwärtsgang gab es nur Anfahren und Fahren. Meine Stirn war feucht, meine Kehle trocken, aber ich spürte nicht nur Widerwillen. Ich weiß nicht, was ich spürte. Ich war sicher, daß ich immer an diesen Augenblick denken und dabei bedauern würde, ihn nicht noch einmal erleben zu können. Ich zog meinen rechten Schuh aus, denn der Absatz störte mich beim Fahren. Ich sagte zu Mama-Obs, daß ich bereit sei, schaltete den Gang ein und fuhr los.

Zuerst machte der Wagen einen Satz, denn ich hatte zu rasch beschleunigt. Aber er beruhigte sich gleich und trug mich federleicht und majestätisch voran. Dann kam der Verkehrskreisel, von dem zahllose Straßen wegführten, die mich mehrmals in ein Netz von Einbahnstraßen geraten ließen. Ich landete immer wieder im Kreisel – vier- oder fünfmal. Ein Fahrer hinter mir zeigte mir den Vogel, weil ich den Blinker nicht betätigt hatte. Ich fand den Bedienungsknopf ganz leicht, nachdem ich den Scheibenwischer, die Heizung, Radio Monte Carlo und die Fensterscheibe der rechten Tür in Betrieb gesetzt hatte. Ich war nahe am Nervenzusammenbruch. Endlich entdeckte ich eine Parklücke, fuhr hinein und stieg aus. Mit zitternden Knien.

Aber gleichzeitig war ich stolz. Die Aufregung hatte sich gelohnt. Ich wußte, daß meine Angst überwunden war. Ich konnte mit diesem Wagen kilometerweit fahren. Jetzt erst hörte ich das Dröhnen der Maschinen auf den Abflugpisten. Ich steckte zwei Zwanzig-Centimes-Stücke in die Parkuhr, zog den Zündschlüssel ab, nahm meine Handtasche und mein Tuch und ging ein wenig frische Luft schnappen. Als ich die Straße vor dem Flugplatz überquerte, startete gerade eine Caravelle der Swissair. Wahrscheinlich saß Anita darin.

Ich löste eine Besucherkarte am Automaten in der Halle. Sie wimmelte von Menschen. Es war laut, und ich kam mir selbst wie eine Fremde vor. Ich fuhr mit der Rolltreppe zu den Terrassen hinauf. Ich sah, wie eine weiß-blaue Boeing der Air France auf der Piste einrollte; kanariengelbe Männer machten sich an ihr zu schaffen. Ich sah Passagiere, die sich brav in einer Schlange auf eine riesige Maschine zubewegten, und einen Piloten, der auf und ab ging, die Hände in den Taschen. Mit der Fußspitze stieß er einen Kieselstein vor sich her.

Ich stieg zu den unteren Stockwerken hinunter, hielt einen Augenblick vor den Vitrinen voller Souvenirs inne und bewunderte das flüchtige Spiegelbild eines blonden Mädchens im weißen Kostüm, das so aussah wie ich. Ich kaufte den *France-Soir* und versuchte im Restaurant die Schlagzeilen zu lesen. Zehnmal las ich, daß irgend jemand irgend etwas getan hatte, ohne zu erfassen, von wem und wovon die Rede war. Ich trank einen Wodka-Dubonnet und rauchte eine Zigarette. Ich sah Leute aufstehen, ihr Wechselgeld vom Tisch streichen und ans andere Ende der Welt reisen. Ich fühlte mich wohl, ich fühlte mich elend, was weiß ich. Ich trank ein zweites Glas, dann ein drittes und sagte mir: *Paß bloß auf, daß du mit dem Schlachtschiff noch fertig wirst ... Was hast du eigentlich vor?* Ich glaube, ich wußte sehr wohl, was ich vorhatte.

Nur war es noch nicht deutlich. Ich spürte eine unbestimmte Unruhe, etwas Ähnliches wie ein Angstgefühl. Eine gedämpfte, fast vertrauliche Frauenstimme wiederholte im Lautsprecher ohne Unterlaß, durch welche Tür man gehen mußte, um in Portugal oder Argentinien zu landen. Ich nahm mir vor, eines Tages wiederzukommen, zu diesem Tisch hier. Dann trank ich aus – auf das Wohl des Donnervogels –, zahlte, strich das Wechselgeld vom Tisch und fuhr los. Ans Meer.

Oh, ich habe es mir nicht gleich eingestanden. Ich bin großartig wenn es darum geht, mit mir Kompromisse zu schließen. Als ich wieder in den Wagen stieg, dachte ich nur, es ist doch nichts dabei, wenn ich ihn noch ein oder zwei Stunden behalte, selbst wenn Caravaille dahinterkommt – ich werde ja schließlich noch irgendwo unterwegs zu Mittag essen dürfen … Ich wollte durch Paris fahren, irgendwo halten, Steak und Pommes frites essen und einen Kaffee trinken. Ich wollte in aller Ruhe durch den Bois de Boulogne gondeln und den Wagen gegen vier Uhr im Garten abstellen – okay? Okay.

Ich nahm mir Zeit. Ich sah mir die Knöpfe auf dem Armaturenbrett genau an. Ich fand den, der das Verdeck schloß und dachte verbittert an Anitas Wutausbruch. Das Tachometer mit den dicken Metallziffern reichte für eine Spitzengeschwindigkeit von 120 Meilen. Ich rechnete mir aus, daß der Wagen rund 200 Stundenkilometer schaffen müßte und dachte, eine Wucht. Ich durchsuchte das Handschuhfach. Es enthielt nur Strafzettel, Reparaturrechnungen und Straßenkarten. Die Wagenpapiere fand ich in einer durchsichtigen Plastikhülle. Sie waren auf eine Firma ausgestellt: I. C. P., las ich – wahrscheinlich eine von Caravailles Scheinfirmen; es heißt, er hat vier Scheingesellschaften gegründet, um die Finanzen der Agentur zu manipulieren. Doch davon verstehe ich nichts, und der Oberbuchhalter macht ein riesiges Geheimnis daraus … Als Adresse war das Haus in der avenue des Trembles angegeben. Ich war beruhigt, als ich las, daß die Papiere nicht auf Anitas Namen ausgestellt waren. Was keinem gehört – keinem persönlich gehört auf alle Fälle –, leiht man sich unbedenklicher mal eben aus.

Ich stieg noch einmal aus und sah nach, was sich im Kofferraum befand: Putzlappen, ein Autoschwamm und ein Werbefaltblatt für den Thunderbird. Ich steckte das Faltblatt ohne rechte Absicht ein. Als ich mich wieder ans Steuer setzte – es ließ sich nach rechts schieben, so konnte man bequemer einsteigen, und der Motor wurde dadurch automatisch abgestellt: einfach toll –, merkte ich, daß sich die Passanten nach mir umdrehten. Es waren nicht die Blicke, die mir gewöhnlich zugeworfen wurden, selbst in Anbetracht meines zu engen Rockes, der von meinen Beinen mehr zeigte, als schicklich war. Ich sagte mir, daß ich diese Blicke dem Auto verdankte. Aber es war ein angenehmes Gefühl, von den anderen zu den besseren Leuten gerechnet zu werden.

Wie eine Königin fuhr ich rückwärts aus dem Parkplatz heraus, ich drehte eine elegante Kurve vor dem Flughafen und hielt an der ersten Kreuzung. Ein Straßenschild zeigte in Richtung Paris. Es zeigte auch in eine andere Richtung: nach Süden. Ich knotete mein Tuch um den Kopf und ließ mir Zeit zum Überlegen. Hinter mir hupte einer. Ich gab ihm mit einer Handbewegung zu verstehen, daß er sich zum Teufel scheren sollte. Dann scherte ich mich ebenfalls zum Teufel und fuhr in südlicher Richtung davon. Es wäre Unsinn gewesen, in Paris zu essen, das tue ich alle Tage. Ich wollte nach Milly-la-Forêt fahren. Der Name hörte sich verlockend an. Ich wollte irgend etwas entdecken. Ich wollte kein Steak mit Pommes frites essen, sondern irgend etwas Ungewohntes, Wunderbares – etwas mit Himbeeren; egal, was. Aber in einem Restaurant, wo man im Garten essen kann ... *Na schön. In Gottes Namen. Aber du hast drei Dubonnets in dich hineingegossen; paß auf, daß du die Karre nicht in Klumpen fährst.*

Kurz vor der Abzweigung nach Milly-la-Forêt überholte ich einen Wagen; es blieb mir keine Wahl – ich mußte weiterfahren. Ich wäre ohnehin weitergefahren. Das Steuerrad lag leicht in meinen Händen, die Sonne schien mir ins Gesicht, ein lauwarmer Wind streifte mich in den Kurven, die Kurven waren weich. Geräuschlos glitt ich dahin. Ich verdiente Prügel, und Prügel wären das einzige gewesen, was mich vielleicht dazu gebracht hätte, anzuhalten. Vielleicht, wohlgemerkt.

Es fuhren viele Leute nach Süden. Ich sah Autos, in denen Kinder, in Erwartung der Ferien, ihre Nasen gegen die Scheiben preßten. Wasserbälle steckten in überfüllten, mit Stricken zugebundenen Kofferräumen. Einige Wagen führten Anhänger mit Segelbooten mit sich, ihre heruntergeklappten Masten wiesen in Richtung des Meeres. Ein Pärchen, das einen Augenblick in gleicher Höhe mit mir fuhr, lächelte mir vertraulich zu: Bis zur nächsten Ausfahrt, nahm ich mir vor. Bis dorthin wollte ich mir – und vor allem den anderen – vormachen, daß ich weiter fahren werde wie sie, daß wir uns vielleicht alle irgendwo zwischen Valence und Avignon im gleichen Hotel wieder treffen würden ... Meschugge.

Als ich schon das Gas wegnahm, um abzubiegen, kam mir Mama-Obs dazwischen. *Also hör mal, allen Ernstes – du wirst in Teufels Küche kommen: Bring den Wagen zurück!* Die Ausfahrt flog vorbei. Ich schwor Mama-Obs hoch und heilig, beim ersten Restaurant zu halten – also beim ersten annehmbaren Restaurant, ja, und sofort nach dem Essen nach Paris zurückzufahren. Mama-Obs schimpfte und sagte, ich solle nicht so viel trinken, jeder weitere Kilometer würde mir nur noch mehr Ärger einbringen. Fünfzig Kilometer war ich bereits gefahren, stellte ich fest. Ich fühlte, wie angstvolle Spannung prickelnd in mir hochstieg ... Seither sind mehrere Stunden vergangen, fünf oder sechs vielleicht. Alles ist verschwommen, so entrückt wie ein Traum nach dem Erwachen.

Ich hielt vor einer Raststätte in der Nähe von Fontainebleau. Eine Welt aus Chrom und Plastik tat sich vor mir auf. Die großen Fenster waren weit geöffnet. Eins davon, meinem Tisch fast gegenüber, gab den Rahmen für den parkenden Thunderbird ab. Es waren wenige Gäste da, nur einige Pärchen. Als ich hereinkam, folgten sie mir mit den Augen, zweifellos des Wagens wegen, vielleicht auch, weil ich mich so übertrieben selbstsicher gab. Es war hell drinnen, und ich konnte meine dunkle Brille aufbehalten.

Ich bestellte eine Lammkeule mit Tomaten provençale, einen Löwenzahnsalat und eine halbe Flasche trockenen Rosé, weil es keine Viertelliterflasche gab und Rosé mich nicht so rasch benebelt wie Rotwein. Ich ließ mir eine Zeitung kommen und bekam denselben *France-Soir,* den ich in Orly liegengelassen hatte. Ich hatte ihn vorhin nicht gelesen. Zerstreut machte ich mich an das Spiel mit den zwei gleichen Zeichnungen, von denen die eine sieben Abweichungen enthält. Ich erinnerte mich, wie Anita über mich herfiel, wenn sie nicht alle sieben Abweichungen finden konnte. Ich erinnerte mich auch daran, daß ich ungefähr zweitausend Francs auf meinem Konto bei der Kommerz- und Industriebank haben mußte. Ich holte mein Scheckbuch heraus und prüfte es nach. Zweitausenddreihundert Francs, aber ich mußte noch eine Rate für den Fernsehapparat und die zweihundert Francs abziehen, die ich jeden Monat an das Waisenhaus überweise. Mit dem, was ich in meiner Geldbörse und dem Umschlag von heute früh hatte, kam ich auf über dreitausend Francs. Das reichte nicht aus, um ein Jahr lang im Négresco zu wohnen, aber für vier Tage – ich zählte an den Fingern ab: Samstag, Sonntag, Montag, Dienstag – konnte ich wie ein kleiner Krösus leben. Ich hatte keinen Hunger, ich ließ meinen Teller fast unberührt, dafür leerte ich die halbe Flasche Rosé. Das war mehr, als ich sonst während einer Woche trank.

Ein Paar blieb beim Hinausgehen an meinem Tisch stehen. Ein gelassener, braungebrannter Fünfziger mit gelichteter Stirn und eine junge Frau in Beige. Der Mann fragte mich, ob ich mit meinem Thunderbird zufrieden sei. Ich hob den Kopf und schob meine Brille am Bügel in die Kerbe zurück, die sie auf meiner Nase hinterläßt. Ich antwortete ihm, daß ich ihm umgehend Bescheid geben würde, wenn ich etwas am Wagen auszusetzen hätte. Sein Lächeln verschwand, er sagte: «Entschuldigen Sie bitte.» Ich hatte ja nicht so barsch sein wollen und rief ihn zurück; er lächelte wieder.

Ich weiß nicht mehr, was ich ihnen alles über den Wagen erzählte, aber sie setzten sich zu mir an den Tisch. Dabei aß ich meine gezuckerten Himbeeren auf. Sie hatten schon ihren Kaffee getrunken, aber sie bestellten einen zweiten und auch gleich einen für mich. Sie sagten mir, daß sie mich während des Essens beobachtet hätten, daß sie sicher seien, mich zu kennen oder daß sie mich zumindest schon irgendwo gesehen haben mußten. Die junge Frau fragte, ob ich Schauspielerin sei. Ich sagte, großer Gott, nein. Ich sei in der Werbung tätig – Leitung einer Agentur, nicht wahr. Dann also mußten sie mich wohl im Fernsehen gesehen haben, bei einem Inerview oder etwas Ähnlichem? Ich sagte, das sei gut möglich. Sie wandte sich triumphierend an den Mann: «Siehst du? Ich hab es doch gewußt!» Ob ich in den Süden fahre? Oder ob ich von dort käme? Ich sagte, daß ich einen Freund in Cap d'Antibes besuchen wolle – na ja, und nebenbei in Nizza ein Abschluß, nicht wahr. Sie sagten, ich sei glücklich dran, sie kämen gerade zurück. Die Straße sei bis Montélimar frei, aber dahinter hätten sie zwei Stunden warten müssen: eine mehrere Kilometer lange Autoschlange aus der Gegenrichtung hätte sie aufgehalten. Ich müsse auch einen Bogen um Lyon machen, Lyon sei die Hölle. Das beste sei, die 6 zu fahren, aber ich weiß nicht mehr, welches Kaff, um auf die 7 zu kommen. Ich sagte, na klar, so fahr' ich immer. Er war Stabsarzt in der Armee. Ich sagte, mein Vater auch, aber in der deutschen Armee – eine Schwäche meiner Mutter während der Besatzung; es hätte ihr einen rasierten Kopf eingetragen, Sie wissen schon. Sie fanden mich ausgesprochen amüsant und kritzelten mir beim Aufbruch ihre Adresse auf ein Blatt aus einem Taschenkalender. Ich verbrannte es im Aschenbecher, nachdem ich mir eine Zigarette angezündet hatte.

Mama-Obs warf mir vor, daß ich betrunken sei. Sie behauptete, ein Unwetter braue sich über meinem Kopf zusammen und ich täte gut daran, mich auf der Toilette zu verstecken, bevor ich mich blamieren und in Tränen ausbrechen würde. Aber ich habe nicht geweint. Ich habe mich entschlossen, den Wagen erst am Dienstag abend oder Mittwoch früh zurückzubringen. Ich konnte ihn ja vorher in einer Garage waschen lassen. Anita gehört nicht zu den Leuten, die auf den Kilometerzähler schauen. Niemand würde etwas erfahren.

Draußen steckte ich mir noch eine Zigarette an und schlenderte zum Wagen. Als ich einstieg, waren die Sitze glühend heiß. Ich fuhr nach Fontainebleau. Am Straßenrand fand ich eine Lücke. Ich schlüpfte in meinen rechten Schuh und stieg aus. Ich kaufte mir ein Kleid, das mir im Schaufenster auf Anhieb gefallen hatte und mich begeisterte, als ich es anprobierte; es war aus weißem Musselin mit einem Glockenrock. Im selben Geschäft kaufte ich auch einen Badeanzug mit goldenen Knöpfen, einen Büstenhalter, ein paar Schlüpfer, eine türkisfarbene Hose, einen weißen, ärmellosen Rollkragenpullover, zwei Frottiertücher und zwei verschiedene Waschlappen. Während das Kleid abgeändert wurde, ging ich über die Straße und kaufte ein Paar zur Hose passende Sandalen mit Goldspangen. Nie im Leben wäre ich jetzt nach Hause, in die rue de Grenelle gefahren, um einen Koffer zu packen – nicht des Zeitverlustes wegen, sondern weil ich Angst hatte, in endlose Grübeleien zu verfallen und den Mut nicht mehr aufzubringen, auch wirklich loszufahren.

Mit meinen Einkäufen in einer großen Papiertüte betrat ich eine Lederwarenhandlung. Ich suchte mir einen schwarzen Koffer aus und packte alles hinein. Ich dachte gar nicht daran, die Beträge der Schecks, die ich unterschrieb, zusammenzuzählen. Außerdem habe ich eine Alarmanlage im Kopf – ich bin es gewohnt, aufzupassen, und sie hätte sicher losgeschrillt, wenn ich mit meinen Ausgaben das Wochenende in Frage gestellt hätte.

Ich schob den Koffer in den Gepäckraum, zögerte, holte ihn wieder heraus und legte ihn auf den Rücksitz. Ich wollte ihn lieber in meiner Nähe fühlen. Auf der Uhr am Armaturenbrett war es vier. Ich entfaltete eine von Anitas Straßenkarten und rechnete mir aus, daß ich in der Umgebung von Chalon-sur-Saône oder Mâcon übernachten könnte, wenn ich bis abends durchfahren würde. Weiter unten las ich auf der Karte Namen, die mein Herz rascher schlagen ließen: Orange, Salon-de-Provence, Marseille, Saint-Raphaël. Ich band mir das Tuch um den Kopf, zog den rechten Schuh aus und fuhr los.

Als ich Fontainebleau verließ, erinnerte ich mich an das, was mir der Stabsarzt gesagt hatte. Ich fragte eine Frau an einem Blumenstand, wie ich zur Route Nationale 6 käme. Ich kaufte einen Veilchenstrauß und befestigte ihn an der Windschutzscheibe. Etwas weiter an einer Kreuzung sah ich zwei motorisierte Polizisten plaudern. Dabei fiel mir ein: *Und wenn Caravaille übers Wochenende zurückkommt? Wenn er aus irgendeinem Grund schon heute abend zurückkommt?* Unwillkürlich fuhr ich langsamer. Wenn der Wagen nicht da wäre, würde er denken, ich hätte einen Unfall gehabt. Er würde bei mir anrufen (*hat er eigentlich meine Nummer?*), aber ich wäre nicht zu Hause, und er würde sich an die Polizei wenden ... Ich stellte mir vor, wie mein Steckbrief überall durchgegeben wurde; ich sah Polizisten in Reih und Glied am Straßenrand stehen. Aber nein, das war einfach hirnverbrannt. Andere Leute sind anders als ich. Sie führen aus, wovon sie reden. Caravaille kommt nicht vor Mittwoch zurück. Er ist mit Frau und Tochter verreist, die paar Urlaubstage wird er ihnen nicht rauben. Er wird zu der Kleinen sagen, atme tief die gute Luft, und er wird mit ihr Boot fahren. Und außerdem: *Was soll er eigentlich in Paris? Bis Mittwoch ist alles geschlossen.* Ich durfte mir nicht selber Angst einjagen. Ich wollte den Wagen ja nicht stehlen; ich wollte bloß das Meer sehen ... Ich gab Gas. Am Himmel war keine Wolke. Das Blau war tief, fast violett, und in den Weizenfeldern flirrte das gleißende Licht. Aber Angst hatte ich immer noch.

Ich fuhr durch das Tal der Yonne. Ich erinnere mich, daß ich in Joigny vor einer *bar-tabacs* hielt, Zigaretten kaufte und in den Waschraum ging. Hinter der Theke hingen Fotos von verunglückten Lastwagen und ein blau-weiß-rotes Plakat, das die Ereignisse am Wochenende ankündigte. Fernfahrer schwatzten miteinander und tranken Bier. Sie verstummten, als ich an die Theke trat, und als ich meinen Fruchtsaft zahlen wollte, sagte einer zum Wirt, dies sei seine Runde. Ich wollte nicht, aber er sagte mit südlichem Akzent: «Das werden Sie mir doch nicht antun», und ich nahm mein Geld wieder an mich. Und dann, als ich gerade losfahren wollte, kam er mit einem anderen heraus und blieb vor mir stehen, bevor er zu seinem Lastwagen ging. Er war dunkelhaarig, braungebrannt und etwa so alt wie ich. Er gab sich nonchalant und lächelte wie auf einem Zahnpastaplakat. Mit dem gleichen Akzent wie vorhin sagte er, während sein Blick vom Heck der Karosserie bis zu meinem Ausschnitt wanderte: «Mit dem Schlitten muß man ja ganz schön aufdrehen können, was?» Ich nickte. Schade, meinte er, dann treffen wir uns wohl nicht wieder. Ich fuhr an; er kletterte in sein Führerhaus, winkte und rief: «Wenn wir uns doch wiedersehen sollten, geb' ich's Ihnen zurück.» Er hielt irgend etwas in der Hand, aber ich war schon zu weit weg, um es zu erkennen. Erst als ich auf die Windschutzscheibe schaute, merkte ich, daß er meinen Veilchenstrauß geklaut hatte.

Hinter Auxerre nahm ich eine Straße, an der die Arbeiten noch nicht beendet waren. Ich fuhr schneller, als ich es je in meinen Träumen gewagt hatte. Südlich von Avallon kam ich wieder auf die 6. Die Sonne stand nicht mehr so hoch, aber es war noch heiß. Trotzdem fror ich. In meinem leeren Kopf pochte es. Die Aufregung vielleicht oder die Angst, weil ich meinen nackten Fuß immer stärker auf den Gashebel preßte. Deshalb wohl habe ich einem nichtssagenden Zwischenfall kurz darauf mehr Bedeutung als nötig zugemessen. Wenn ich vernommen werde, möchte ich ihn nicht erwähnen. Es würde nur zusätzliche Verwirrung stiften; man würde sich fragen, ob ich richtig im Kopf bin und mir überhaupt nichts mehr glauben.

Es war in einem Ort passiert, dem ersten, den ich nach der großen Autostraße erreichte. Er kam mir vertraut vor, das ist wahr. Ja, das stimmt. Aber jedes Städtchen mit grauen Häusern, einem in den Himmel ragenden Kirchturm, Hügeln am Horizont und einer langen Straße, die von der Sonne derart überflutet war, daß mir die Augen weh taten und ich nicht weiterfahren konnte – ein solches Städtchen wäre mir immer bekannt vorgekommen. So als hätte ich es vor langer, sehr langer Zeit schon einmal besucht, vor einer Zeit, die viel zu lange zurückliegt, als daß man sich an Einzelheiten, an einen Namen erinnern kann.

Eine dürre alte Frau in schwarzer Schürze, mit einem zerfurchten Gesicht saß auf einem Klappstuhl vor einem Café. Die enge Tür des Cafés war nur ein Loch aus Schatten. Ich fuhr im Schrittempo halbblind vorbei, als mich plötzlich irgend etwas veranlaßte, den Kopf zu wenden. Die Frau machte mir ein Zeichen und rief etwas hinter mir her. Ich hielt am Randstein. Das Gehen machte ihr Mühe; langsam kam sie angehumpelt. Ich stieg aus. Ihre Stimme war scharf, aber heiser und asthmatisch. Ich verstand sie schlecht. Sie sagte, ich hätte am Morgen meinen Mantel bei ihr vergessen. Ich erinnere mich, daß sie in einer Hand Erbsenschoten hielt; sie hatte vorher auch einen Korb auf dem Schoß gehabt. Ich sagte ihr, daß sie sich irre; ich hätte meinen Mantel nicht bei ihr vergessen – aus dem sehr einfachen Grund, daß ich noch nie hiergewesen sei. Sie bestand darauf. Sie hätte mir Kaffee und Brötchen serviert, sie hätte gleich gemerkt, daß ich außer mir gewesen sei, und es hätte sie nicht gewundert, daß hinterher mein Mantel auf einem Stuhl liegengeblieben war. Ich sagte, das müsse ein Irrtum sein, aber vielen Dank trotzdem, und stieg eilig in den Wagen.

Sie jagte mir Angst ein. Ihre Augen bohrten sich fast bösartig in mein Gesicht. Sie kam hinter mir her. Sie stützte eine runzlige braune Hand mit hervortretenden Adern auf die Wagentür. Sie wiederholte, daß ich einen Kaffee getrunken und Brötchen gegessen hätte, während mein Wagen wieder «ganz gemacht» worden sei.

Ich fand den Anlasser nicht. Ich verlor den Kopf. Ich begann überflüssigerweise, mich zu rechtfertigen: Heute früh sei ich in Paris gewesen, -zig Kilometer von hier, sie verwechsle einfach zwei ähnliche Wagen. Mit einem hämischen Greisenlächeln gab sie etwas Erschreckendes zur Antwort – es kam mir zumindest in diesem Augenblick erschreckend vor:

«Den Wagen hab' ich überhaupt nicht gesehen; bloß Sie. Sie hab' ich gesehen.»

Ich weiß nicht, was mich überkam. Ich stieß ihre Hand von der Tür und schrie sie an – *Lassen Sie mich in Frieden, ich kenne Sie nicht, ich habe Sie nie gesehen, und Sie können mir doch nicht weismachen, daß Sie mich gesehen haben …* In diesem Moment sah ich andere Bewohner des Ortes, die in Hörweite standen und uns anstarrten. Ich fuhr los.

Das war vor einer Viertelstunde. Ich fuhr geradeaus. Ich versuchte an Mama-Obs zu denken oder an etwas anderes, das mich beruhigte; an mein Zimmer, an das Meer – es ging nicht. Links an der Straße sah ich eine Tankstelle. In Orly hatte ich mir die Benzinuhr angesehen, der Tank war fast voll gewesen. Jetzt war er halbvoll. Ich hätte zwar noch eine hübsche Strecke weiterfahren können, aber ich hielt an.

Der Mann, der herauskam, um mich zu bedienen, scherzte mit zwei Autofahrern. Er trug weder Mütze noch Uniform. Ich ging in ein Gebäude mit weißgekachelten Mauern. Ich nahm mein Tuch ab. Ich erinnere mich, daß der Kies unter meinen Füßen knirschte und daß die Sonne flimmernd über den Hügeln hinter den Bäumen stand. Drinnen war es halbdunkel und still. Ich kämmte mich und drehte den Wasserhahn am Waschbecken auf. Dann schrie mein anderes Ich, meine Angst. Jemand packte mich so plötzlich von hinten, daß mir keine Zeit blieb, mich zu wehren. Jemand … Ich weiß; ja: ich *weiß*, ich begriff blitzartig und flehte, bettelte, mir das nicht anzutun … Jemand zerschmetterte mir kaltblütig die Hand.

Das Auto

Manuel hätte genau angeben können, was er vor sich sah: einen Thunderbird aus dem selben Jahr, vollautomatisch, V-8-Motor mit dreihundert PS, Spitzengeschwindigkeit über einhundertachtzig Stundenkilometer, Tankinhalt hundert Liter. Seit seinem vierzehnten Lebensjahr hatte er mit Autos zu tun – er war jetzt fast vierzig –, und er interessierte sich für alles, was auf vier Rädern rollte. Fast ebensosehr wie für alles, was auf zwei hübschen Beinen und hohen Absätzen lief. *L'Argus de l'Automobile* war seine einzige Lektüre, abgesehen von einem Prospekt für bestimmte Kosmetika hin und wieder, den er auf dem Ladentisch einer Apotheke fand.

In Amerika hätte er mit seinen Kenntnissen prahlen können. Dort findet man Zuhörer. Auch wenn man die Sprache schlecht beherrscht und eine Ewigkeit braucht, bevor einem das richtige Wort einfällt. Manuel war Baske und hatte seine Jugend in Amerika verbracht, die meiste Zeit in Toledo, Ohio. Er hatte drüben noch einen Bruder, den älteren, seinen Lieblingsbruder. Was er am meisten aus Amerika vermißte, war sein Bruder und ein rothaariges Mädchen mit dem er bei einem Fest der baskischen Kolonie auf dem Maumee River gerudert hatte. Es war weiter nichts zwischen ihnen vorgefallen. Einmal nur war sie auf sein Zimmer mitgekommen, und er hatte versucht, ihr unter den Rock zu fassen. Aber sie hatte nicht gemocht.

Manuel wollte niemanden auf die Nerven fallen, am allerwenigsten den Kunden. Er wußte aus Erfahrung, daß die Frage *Was taugt die Karre?* sich letzten Endes doch nur auf den Preis bezieht. Abgesehen einmal von französischen Wagen, deren Preis ohnehin jeder kennt. Für Motoren interessierte sich niemand, ausgenommen natürlich die Kenner, aber die brauchen nicht zu fragen. Das sind die, die einem dann selber auf die Nerven fallen.

Also antwortete er auch auf die Fragen nach dem Thunderbird mit den sandfarbenen Sitzen: «Muß eine hübsche Stange Geld gekostet haben, -zig Tausende.»

Er hatte ihn vollgetankt. Er hatte die Windschutzscheibe gewaschen. Charles Baulu stand daneben, ein Winzer aus dem Ort, und ein Immobilienmakler aus Saulieu, eine dürre Bohnenstange mit einem Peugeot 404, der dreimal die Woche vorbeikam; aber Manuel wußte nicht, wie er hieß. Sie hörten alle den Schrei. Manuel erstarrte sekundenlang zur Salzsäule wie die anderen auch, und doch war er nicht wirklich überrascht. Nicht so, wie er es hätte sein müssen, wenn eine andere Frau geschrien hätte.

Er hatte gleich so ein komisches Gefühl gehabt, als diese Frau aufgetaucht war. So als wenn etwas mit ihr nicht stimmte. Vielleicht lag es an der Sonnenbrille, an ihrer Schweigsamkeit (sie hatte nur das Allernotwendigste gesagt) oder auch an der Art, wie sie gleichgültig, ja nachlässig beim Gehen den Kopf zur Seite neigte. Ihr Gang war schön und eigenartig, als käme jede Bewegung ihrer langen Beine aus der Wirbelsäule. Manuel mußte an ein verwundetes Tier denken; an eine Antilope oder vielleicht auch an ein Raubtier – auf jeden Fall an ein Tier, das das Licht scheut. Unter dem blonden Haar erriet er düstere, lichtscheue Gedanken.

Alle drei drängten sich um sie, während sie jetzt auf Manuels Büro zuging. Sie hatten sie im Waschraum stützen wollen, aber sie hatte sich gleich losgemacht. Sie weinte nicht mehr. Sie preßte ihre geschwollene Hand an sich. Über den Knöcheln sah er eine dicke, bläuliche Schwellung. Sie ging wieder wie zuvor, den Kopf mit dem glatten, unbewegten Profil, der kurzen, geraden Nase und den zusammengepreßten Lippen zur Seite geneigt. Aber selbst in ihrem verschmutzten Kostüm und mit ihrem zerzausten Haar sah sie für Manuel noch immer nach dem aus, was sie wahrscheinlich war: ein zartes Tierchen für den Herrn Geldsack.

Nicht allein das unbestimmte Gefühl, daß er ein armer Teufel und diese Frau für ihn unerreichbar war, ärgerte Manuel, sondern vor allem, daß die Kleine mit ihrer Mutter im Eingang zum Büro stand. Manuel hätte sie lieber woanders gesehen. Sie war sieben Jahre alt, und obwohl er sich immer darüber im klaren gewesen war, daß es sich nicht um seine wirkliche Tochter handelte, hing er an ihr. Sie erwiderte seine Zuneigung. Sie bewunderte ihn sogar, denn die Väter ihrer Klassenkameradinnen kamen fast demütig zu ihm, wenn der Motor nicht mehr ging. Er brachte alles mit seinen bloßen Händen wieder in Ordnung. Sie sollte ihn nicht in dieser Situation sehen.

Er ließ die Dame mit dem Thunderbird in seinem Büro Platz nehmen. Niemand sagte etwas. Er wagte es nicht mehr, die Kleine fortzuschicken. Er ging in die Küche, nahm eine Flasche Cognac aus dem Wandschrank und ein sauberes Glas vom Spülstein. Miette, seine Frau, folgte ihm.

«Was ist eigentlich los?»

«Keine Ahnung. Ich weiß es auch nicht.»

Im Büro stellte er ein halbvolles Glas auf den Metalltisch. Alle starrten es schweigend an. Die Dame mit dem Thunderbird schüttelte stumm und ablehnend den Kopf. Manuel war es peinlich, daß er als erster reden mußte, weil die Kleine dabei war und weil die Dame aufhorchen würde wegen des starken Akzents, mit dem er Französisch sprach.

«Sie sagen, es hat Sie jemand überfallen. Aber hier war niemand außer uns ...» Eine Handbewegung, die alle Anwesenden einschloß. «Ich weiß nicht, warum Sie so was behaupten. Ich weiß es wirklich nicht.»

Sie sah ihn durch die dunklen Gläser an. Er konnte ihre Augen nicht erkennen. Baulu und der Immobilienmakler schwiegen noch immer. Sie dachten wahrscheinlich, daß sie eine Epileptikerin oder etwas Ähnliches vor sich hatten, und sie fühlten sich entsprechend unbehaglich. Manuel begriff, daß es sich um etwas anderes handelte. Eines Abends, im ersten Jahr, nachdem er nach Frankreich zurückgekehrt war, wurde ihm bei Toulouse in einer Tankstelle die Geldtasche gestohlen. Er hatte das Gefühl, diese Situation sei der von damals ähnlich. Warum, wußte er nicht.

«Jemand ist hereingekommen», behauptete die Dame. «Sie müssen ihn doch gesehen haben – Sie standen ja draußen.»

Ihre Stimme war schleppend wie ihr Gang, aber klar und sehr kühl.

«Wenn jemand reingegangen wäre, dann hätten wir ihn gesehen», sagte Manuel. «Aber es ist keiner reingegangen. Kein Mensch, keiner.»

Sie sah Baulu an, dann den Immobilienhändler. Baulu zuckte die Achseln.

«Sie wollen doch nicht etwa behaupten, daß es einer von uns war?» fragte Manuel.

«Ich weiß es nicht. Ich kenne Sie ja nicht.»

Alle drei standen schweigend und betroffen um sie herum und starrten sie an. Manuel dachte wieder besorgt an die üble Nacht damals in Toulouse, beruhigte sich aber bei dem Gedanken, daß er die ganze Zeit, während der sie im Waschraum war – fünf, sechs Minuten? –, mit den anderen verbracht hatte. Er erriet auch aus dem Schweigen der beiden Männer, daß sie ihr ebenfalls mißtrauten. Es war nicht das gleiche Schweigen wie zuvor. Schließlich sprach der Immobilienhändler.

«Kann Ihre Frau nicht besser die Kleine wegbringen?» sagte er zu Manuel. Manuel sagte auf baskisch zu seiner Frau, daß Riri hier fehl am Platze sei. Sie selber solle sich auch lieber gleich aus dem Staube machen, wenn sie nicht eine denkwürdige Tracht Prügel beziehen wolle. Sie antwortete, gleichfalls auf baskisch, daß er natürlich versucht hätte, die Dame zu vergewaltigen, und das sehe ihm wieder mal ähnlich. Das Kind drehte sich beim Hinausgehen nach der Dame und nach Manuel um und versuchte herauszubekommen, was gespielt wurde.

«Keiner von uns dreien ist da hineingegangen», sagte Baulu. «Greifen Sie doch nicht solche Behauptungen aus der Luft.»

Er war ein grobschlächtiger Mann, und auch seine Stimme war grob. Wenn sie im Ort Belote spielten, schrie er am lautesten. Manuel fand, daß er genau das Richtige gesagt hatte. Sie durfte nicht solche Behauptungen aus der Luft greifen.

«Ist Ihnen Geld gestohlen worden?» fragte Baulu.

Ohne zu zögern, schüttelte die Dame heftig den Kopf. Manuel verstand immer weniger, worauf sie hinauswollte.

«Na und? Warum sind Sie denn dann überfallen worden?» Baulu trat einen Schritt näher.

Manuel merkte plötzlich, daß sie sich mit aller Kraft an der Stuhllehne festklammerte, daß sie Angst hatte. Dann rollten zwei Tränen unter den Brillengläsern hervor und langsam in zwei senkrechten Linien die Wangen herab. Sie konnte nicht viel älter als fünfundzwanzig sein. Manuel spürte eine seltsame Mischung aus Scham und Erregung. Am liebsten wäre er auch näher an sie herangetreten, aber er wagte es nicht.

«Nehmen Sie erst mal Ihre Brille ab», sagte Baulu. «Ich rede nicht gern mit Leuten, deren Augen ich nicht sehen kann.»

Manuel hätte geschworen, daß sie es nicht tun würde. Baulu trug ein wenig zu dick auf mit seiner Entrüstung. Aber sie gehorchte. So schnell, als hätte sie Angst, man würde sie dazu zwingen. Auf Manuel wirkte es, als hätte sie sich ausgezogen. Ihre Augen waren groß, dunkel, vollkommen hilflos und man sah, daß sie mühsam die Tränen zurückhielt. Und, zum Teufel, so sah sie noch schöner aus. Und noch nackter.

Die beiden anderen hatten denselben Eindruck. Wieder trat eine lange Pause ein. Dann hob sie wortlos ihre geschwollene Hand und zeigte sie herum. Jetzt ging Manuel einen Schritt auf sie zu.

«Das?» sagte er. «Aber nein! Sie können doch nicht behaupten, daß Ihnen das hier passiert ist ... Das hatten Sie doch schon heute morgen!»

Aber nein, sagte er sich im gleichen Moment, das haut nicht hin ... Er hatte geglaubt, endlich zu verstehen, worauf die ganze Komödie hinauslaufen sollte: auf Betrug. Darauf, daß sie vorgab, sie hätte sich bei ihm, in seiner Tankstelle verletzt, um ihm etwas Geld aus der Tasche zu ziehen, statt die Polizei zu holen ... Er wäre ohnehin nicht darauf eingegangen, obwohl er vorbestraft war. Aber ... Nein, das haute wirklich nicht hin: Warum, zum Teufel, hatte sie sich dann heute morgen mit derselben Verletzung bei ihm gezeigt?

«Das ist nicht wahr!» Sie schüttelte heftig den Kopf. Sie wollte aufspringen; Baulu mußte Manuel zu Hilfe kommen, um sie festzuhalten. Im Ausschnitt ihrer Kostümjacke sahen sie, daß sie einen weißen Spitzenbüstenhalter trug und daß die Ansätze ihrer Brüste ebenso gebräunt waren wie die übrige Haut. Sie fügte sich und blieb sitzen. Die Männer zogen sich zurück. Während sie ihre Brille aufsetzte, wiederholte sie, daß es nicht wahr sei.

«Was? Was ist nicht wahr?»

«Heute morgen hatte ich nichts an der Hand! Und wenn ich etwas daran gehabt hätte, hätten Sie es ganz gewiß nicht gesehen. Ich war heute morgen noch in Paris.»

Ihre Stimme klang wieder klar. Sie sah hochmütig aus. Manuel stellte fest, daß es eigentlich nicht Hochmut war, sondern nur die Anstrengung, nicht wieder loszuweinen. Sie wollte sich wie eine Dame benehmen. Sie sah auf ihre linke, unbewegliche Hand mit der geschwollenen, sonderbar eingekerbten Druckstelle über dem Knöchel.

«Sie waren nicht in Paris», sagte Manuel ruhig. «Das können Sie mir nicht weismachen. Ich weiß nicht, was Sie bezwecken, aber Sie können hier keinen dazu bringen, daß er mich für einen Lügner hält.»

Sie hob den Kopf, aber sie blickte nicht ihn an, sondern sie blickte durchs Fenster. Die drei folgten dem Blick. Sie sahen nur Miette, die einen kleinen Citroën-Kombiwagen volltankte. Einen 2 CV.

Manuel sagte: «Ich hab' doch heute früh die Rücklichter an Ihrem Wagen repariert ... Ein Wackelkontakt. Die Drähte hatten sich gelockert.»

«Das ist nicht wahr.»

«Ich behaupte nie etwas, wenn es nicht stimmt.»

Sie war bei Tagesanbruch vorgefahren. Er hatte gerade in der Küche eine Tasse Kaffee getrunken, da hatte er sie draußen hupen gehört. Er war hinausgegangen. Sie hatte genauso ausgesehen wie jetzt; dasselbe beherrschte und zugleich angespannte Rühr-mich-nicht-an-Gesicht. Sie hatte durch ihre dunkle Brille beobachtet, wie er seine Pyjamajacke in den Hosenbund stopfte. Er hatte gesagt: *Entschuldigen Sie. Wieviel?* Denn er hatte geglaubt, daß sie tanken wollte. Sie hatte nur geantwortet, daß die Rücklichter nicht in Ordnung seien, und in einer halben Stunde werde sie wiederkommen, um den Wagen abzuholen. Sie hatte einen Sommermantel vom Sitz genommen, einen weißen Mantel. Dann war sie weggegangen.

«Sie müssen mich mit jemand verwechseln», sagte die Dame. «Ich war in Paris.»

«Das ist der Wagen.» Manuel zeigte auf den Thunderbird. «Ich verwechsle Sie mit niemand. Das waren Sie.»

«Sie können doch zwei Wagen verwechseln.»

«Nee. Nicht, wenn ich einen davon repariert habe. Nein, Madame – Sie verwechseln hier jemand. Sie verwechseln mich mit einem Dummkopf … Ich weiß noch, daß ich neue Polklemmen anbringen mußte, weil die Kontakte verrostet waren.»

Sie stand plötzlich auf und wollte zur Tür, aber Baulu hielt sie am Arm zurück. «Hast du etwas Schriftliches über diese Reparatur?» fragte er Manuel.

«Warum soll ich denn auch noch Buchführung machen?» knurrte Manuel. Dann fügte er hinzu, weil er ehrlich sein wollte: «Ich werde doch die paar Kröten nicht auch noch buchen? Bloß damit Verrante seinen Anteil kriegt?» Verrante beim Finanzamt. Er wohnte im Ort, und er pflegte abends mit ihnen einen Aperitif zu trinken. Manuel hätte das gleiche gesagt, wenn er dabeigewesen wäre. «Aber ich hab' ihr einen Zettel gegeben.»

«Eine Rechnung?»

«Na ja, Rechnung … Ein Stück Papier, ja? Ein Blatt vom Block, mit Stempel und allem.»

Sie hatte sich wieder hingesetzt und die geschwollene Hand auf den rechten Arm gelegt. Vielleicht hatte sie Schmerzen. Es war schwer festzustellen, ob sie hinter ihren Brillengläsern überlegte oder litt.

«Jedenfalls», sagte Manuel, «hab' ich Zeugen.»

«Wenn sie Ihnen Ärger machen will», meinte der Immobilienhändler, vor Gericht wird die Aussage Ihrer Frau und Ihrer Tochter nicht viel gelten.»

«Lassen Sie meine Tochter aus dem Spiel! Ich habe nicht die geringste Absicht, sie da hineinzuziehen. Ich meine die Pacauds.»

Die Pacauds hatten ein Café im Ort. Die Mutter und die Schwiegertochter standen beim Morgengrauen auf, um die Arbeiter zu bedienen, die zu der Baustelle an der Autostraße nach Auxerre fuhren. Manuel hatte die Dame im weißen Kostüm zu den Pacauds geschickt, als sie ihn nach einem offenen Lokal fragte. Es war seltsam, daß eine Frau allein durch die Nacht fuhr, daß sie nachts eine Sonnenbrille trug – er hatte nicht begriffen, daß sie kurzsichtig ist und es verbergen wollte. Es war ihm alles so verdammt komisch vorgekommen, daß er im letzten Augenblick den Verband an ihrer Hand bemerkt hatte. Ein weißer Verband im Morgengrauen.

«Ich habe Schmerzen», sagte die Dame. «Lassen Sie mich losfahren. Ich will zu einem Arzt.»

«Augenblick mal!» sagte Manuel. «Entschuldigen Sie bitte, aber … Sie waren bei den Pacauds. Die können das bestätigen. Ich ruf' schnell mal an.»

«Ein Café?» fragte die Dame.

«Ja.»

«Die verwechseln mich auch.»

Stille.

Die Dame blickte sie starr an und hätte trotzig dreingeschaut, wären ihre Augen nicht verborgen gewesen. Jetzt verstand Manuel auch, daß sie fassungslos war. Sie führte nichts Böses gegen ihn im Schilde, sie war einfach fassungslos. Er sagte so sanft, daß es ihn selbst erstaunte: «Heute morgen hatten Sie einen Verband an Ihrer Hand. Das kann ich Ihnen versichern.»

«Aber eben, als ich ankam, hatte ich ihn nicht!»

«Nein?» Manuel sah fragend die beiden anderen an. Sie zuckten die Achseln. «Das ist uns nicht aufgefallen … Aber heute früh trugen sie ihn.»

«Das war ich nicht.»

«Warum sind Sie zurückgekommen?»

«Das weiß ich nicht ... Ich meine, ich bin nicht zurückgekommen. Ich weiß von alldem nichts!» Wieder rollten zwei Tränen. «Lassen Sie mich weg. Ich will zu einem Arzt.»

«Ich fahr' Sie zum Arzt», sagte Manuel.

«Das ist nicht nötig.»

«Ich will bloß wissen, was Sie ihm erzählen», sagte Manuel. «Sie wollen mir doch keinen Ärger machen, oder?»

Sie schüttelte den Kopf, und als sie aufstand, traten die Männer zurück.

«Also», versuchte es Manuel geduldig noch einmal, «ich verwechsle Sie, ja? Und die Pacauds, die verwechseln Sie auch – alle Welt verwechselt Sie ... Worauf wollen Sie eigentlich hinaus?»

«Laß sie doch in Frieden», murmelte Baulu.

Als sie nach draußen gingen – zuerst die Dame, dann der Immobilienhändler, dann Baulu und Manuel –, warteten mehrere Wagen vor den Tanksäulen. Miette, die ohnehin von Natur aus nicht sonderlich flink war, rannte kopflos von einem zum anderen. Die Kleine hatte mit anderen Kindern auf dem Sandhaufen an der Straße gespielt; jetzt kam sie armeschwenkend und dreckig zu Manuel gerannt und sah zu, wie er mit der Dame aus Paris in seine alte Frégate stieg.

«Geh wieder spielen», sagte Manuel. «Ich fahre in den Ort und bin gleich zurück.»

Aber sie blieb dicht neben der Autotür stehen, während er den Motor anlaufen ließ. Sie starrte die Dame neben ihm an. Als er vor den Tanksäulen wendete, erzählten Baulu und der Immobilienhändler gerade den anderen Autofahrern von dem Zwischenfall. Im Rückspiegel sah er, daß alle hinter ihm herstarrten.

Die Sonne war hinter dem Hügel verschwunden, aber sie würde gleich noch einmal kurz auftauchen, wie an jenem Sommerabend – Manuel dachte, daß der Ort wohl daher seinen Namen hatte: Deux-Soirs-lès-Avallon – Avallon mit den zwei Abenden ... Er sagte es ihr, aber sie antwortete nicht.

Er brachte sie zu Doktor Garat, der seine Praxis am Kirchplatz hatte. Er war ein alter, hochgewachsener Mann, stark wie ein Baum und trug schon seit Jahren denselben Cheviot-Anzug. Manuel kannte ihn gut, denn er war wie er ein guter Jäger, wie er Sozialist, und er lieh sich ab und zu die Frégate für Krankenbesuche aus, wenn sein eigener Wagen, ein alter Klapperkasten, Baujahr 1947, einen «Herzanfall» hatte, wie er es nannte.

Doktor Garat untersuchte die Hand der Dame. Er ließ sie die Finger bewegen und erklärte, er müsse eine Röntgenaufnahme machen, aber augenscheinlich liege keine Verletzung der Knochen oder Gelenke vor, lediglich starke Muskelquetschungen. Er fragte sie, wie das passiert sei. Manuel hielt sich im Hintergrund, denn das Sprechzimmer beeindruckte ihn nicht weniger als die Kirche gegenüber und niemand hatte ihn gebeten, näher zu treten. Nach einem kurzen Zögern sagte die Dame bloß, daß es ein Unfall gewesen sei. Doktor Garat sah kurz auf die rechte heile Hand.

«Sind Sie Linkshänderin?»

«Ja.»

«Sie werden Ihre Hand etwa zehn Tage lang nicht benutzen können. Soll ich Ihnen ein Attest schreiben?»

«Das ist nicht nötig.»

Er ließ sie in einen weißgetünchten Raum treten, in dem sich sein Untersuchungssofa, Medikamente und der Instrumentenschrank befanden. Manuel folgte ihnen bis zur Türschwelle. Weiß vor der weißen Wand knöpfte die Dame ihre Kostümjacke bis zur Mitte auf und zog rasch den linken Arm aus dem Ärmel. Einen Augenblick lang sah Manuel die gebräunte, seidige Haut ihres schmalen Oberkörpers. Unter dem Spitzenbüstenhalter erriet er volle, feste Brüste; üppiger, als er es bei ihrem schlanken Körper erwartet hatte. Er wagte es nicht mehr, hinzuschauen. Er wagte es auch nicht, hinauszugehen. Er wagte es nicht einmal, zu schlucken. Er fühlte sich dumm und – warum eigentlich? – traurig. Traurig wie ein Hund.

Doktor Garat machte eine Röntgenaufnahme, ging hinaus, entwickelte sie und kam mit der Nachricht wieder, daß tatsächlich nichts gebrochen sei. Er gab ihr eine schmerzbetäubende Spritze und umwickelte die geschwollene Hand mit einem festen Verband. All das dauerte eine Viertelstunde, während der kaum gesprochen wurde. Wenn sie Schmerzen hatte, so zeigte sie es nicht. Sie sah auf ihre Hand, die behandelt wurde, oder auf die Wand gegenüber und mehrmals auf den Zeigefinger ihrer rechten Hand, mit dem sie ihre Brille zurückschob. Sie wirkte durchaus nicht geistesgestört, im Gegenteil, sie schien völlig normal, und Manuel hatte das Gefühl, daß er aus ihrem Verhalten nie klug werden würde.

Es fiel ihr schwer, die verbundene Hand durch den engen Kostümärmel zu zwängen. Der Doktor war beschäftigt, also half ihr Manuel, ein paar Stiche der Naht aufzutrennen. Er roch ihr Parfüm, das süß und lieblich war wie ihr Haar, und etwas Heißes, den Duft ihrer Haut.

Sie kamen in Garats Büro zurück. Der Doktor schrieb ein Rezept aus. Sie wühlte in ihrer Handtasche herum, nahm einen Kamm heraus und fuhr sich damit mit der rechten Hand durchs Haar. Sie holte auch Geld aus der Tasche, aber Manuel sagte, daß er das mit dem Doktor regeln würde. Sie zuckte die Achseln – ohne Mißmut; er begriff sehr wohl, daß sie einfach zu müde war – und steckte das Geld mit dem Rezept in die Tasche. Sie fragte: «Wann ist das hier passiert?»

Doktor Garat sah sie verständnislos an.

«Sie will wissen, wann sie sich verletzt hat», erklärte Manuel.

Garat verstand immer weniger. Er musterte die junge Frau, als sähe er sie jetzt zum ersten Mal.

«Wissen Sie das denn nicht?»

Sie antwortete nicht.

«Mein Gott, ich nehme doch an, daß Sie gleich hierhergekommen sind?»

«Dieser Herr hier behauptet, daß ich das schon heute morgen hatte ...» Sie hob ihre verbundene Hand.

«Das ist möglich, aber ... Schließlich müssen Sie es ja am besten wissen.»

«Wäre es also möglich?»

«Warum nicht?»

Sie stand auf und bedankte sich. Als sie durch die Tür ging, hielt Garat den Tankwart am Arm zurück und warf ihm einen fragenden Blick zu. Manuel hob hilflos die Hände und folgte ihr.

Er setzte sich wieder ans Steuer und fuhr sie zu ihrem Wagen zurück. Er fragte sich, was sie jetzt wohl tun würde. Vielleicht fuhr sie mit der Bahn nach Hause und schickte jemand, um den Wagen abzuholen ... Es wurde dunkel. Manuel konnte den Anblick ihrer üppigen Brüste nicht vergessen.

«Sie werden nicht fahren können mit Ihrem Verband», meinte er.

«Aber natürlich.»

Sie blickte ihm in die Augen, und er wußte schon im voraus, was sie sagen würde:

«Sie sagen doch, Sie haben mich heute morgen schon einmal gesehen – da bin ich doch auch gefahren, oder? Und meine Hand sah doch genauso aus wie jetzt, oder?»

Sie sprachen nicht mehr, bis sie die Tankstelle erreicht hatten. Miette hatte Licht gemacht. Sie sah von der Tür des Büros zu, wie sie aus der Frégate stiegen.

Die Dame ging auf ihren Thunderbird zu, den jemand, wahrscheinlich Baulu, von den Zapfsäulen weggefahren hatte. Sie warf ihre Handtasche auf den Nebensitz und setzte sich ans Steuer. Manuel sah seine Tochter hinter dem Haus hervorschießen und ruckartig stehenbleiben, um sie zu beobachten. Er ging auf das Cabriolet zu, dessen Motor schon lief.

«Ich habe mein Benzin noch nicht bezahlt», sagte die Dame.

Er erinnerte sich nicht genau, wie viele Liter sie getankt hatte. Er nannte eine runde Summe. Sie gab ihm einen Fünfzig-Francs-Schein. Er konnte sie nicht einfach so losfahren lassen, vor allem vor der Kleinen nicht. Aber es fiel ihm nichts ein, was er hätte sagen können. Sie band ihr Tuch ums Haar und stellte die Standlichter an. Sie fröstelte. Ohne ihn anzusehen, sagte sie: «Das bin ich nicht gewesen, heute morgen.»

Ihre Stimme war leise, gespannt, fast flehend. Er war jetzt sicher, daß sie die Frau von heute früh war. Aber was sollte er tun?

«Ich weiß nicht», murmelte er. «Vielleicht hab' ich mich geirrt. Jeder kann sich mal irren.»

Sie merkte wohl, daß er es selbst nicht glaubte. Hinter ihm rief Miette auf baskisch, es sei dreimal angerufen worden, wegen Pannen.

«Was hat sie gesagt?»

«Ach, nichts ... Werden Sie es schaffen mit dem Verband?»

Sie nickte. Manuel reichte ihr über die Tür hinweg die Hand und sagte rasch und leise: «Seien Sie so nett, geben Sie mir die Hand ... Es ist wegen der Kleinen. Sie sieht uns zu.»

Sie schaute zu der Kleinen hinüber, die reglos ein paar Schritte von ihnen entfernt unter den Lampen stand, in einer rotkarierten Schürze und mit schmutzigen Knien. Die Dame begriff so rasch, daß er Herzklopfen bekam, aber nicht nur deshalb, weil sie ihre rechte Hand in seine legte. Es war vielmehr ihr unerwartetes Lächeln. Er hatte sie ja noch nie lächeln sehen, und jetzt lächelte sie ihm zu. Dabei zitterte sie vor Kälte. Manuel wollte ihr zum Dank irgend etwas Großartiges sagen, etwas, das alles übrige ausgelöscht hätte, aber er brachte nur heraus: «Sie heißt Maureen.»

Sie fuhr an und bog in Richtung Saulieu in die Straße ein. Er machte ein paar Schritte hinter dem Thunderbird her und versuchte den roten Rücklichtern so lange wie möglich mit den Augen zu folgen. Maureen kam zu ihm gelaufen; er nahm sie auf den Arm und sagte: «Siehst du die Lichter? Siehst du sie? Schau genau hin: Sie waren kaputt, und dein Papa hat sie ganz gemacht.»

Die Hand schmerzte nicht mehr. Der Schmerz war weg, aber alles in ihr war erstarrt. Ihr war kalt, sehr kalt in dem offenen Wagen, und das machte sie noch starrer. Sie sah angestrengt auf den Lichtkegel der Scheinwerfer vor sich, hinter dem die Dunkelheit lauerte. Wenn andere Fahrzeuge ihr entgegenkamen, brauchte ihre rechte Hand eine halbe Sekunde, um die Scheinwerfer abzublenden. Eine halbe Sekunde oder noch weniger lag dann nur der schwere Verband auf dem Lenkrad. Sie fuhr achtsam, aber gleichmäßig. Der Zeiger des Tachometers überschritt nie die vierzig Meilen. Das Lenkrad schlug nicht einen Millimeter aus. Paris war fern, und die Entfernung wuchs und wuchs. Ihr war zu kalt, um nachzudenken, und das war gut so.

Sie wußte, was Verrat war, o ja. Du glaubst, du liebst jemanden, oder du hängst an irgend etwas. Und dann, kaum daß der Zeiger des Tachometers ein wenig klettert, kaum daß man mit der Wimper zuckt, kaum daß man einen Seufzer ausstößt, kaum daß man sagt: *Werde ich ihn immer lieben?* – da fällt eine Tür ins Schloß, und du rennst die Straßen entlang, du brichst in Tränen aus, du versuchst monatelang, es zu vergessen. Du hast dich gehenlassen, du hast dich gehenlassen, du hast dich gehenlassen.

Saulieu. Erleuchtete Fenster in schwarzen Wänden. Die Straße führte abwärts auf ein hohes Kirchenschiff zu. Sie fuhr eine Straße entlang, dann eine andere, und hielt mit einem Ruck knapp einen Meter vor diesem Kirchenschiff an. Sie stellte den Motor ab und legte den Kopf aufs Steuerrad. Ihre Augen waren trocken. In ihrer Brust steckte ein Schluchzen, das nicht heraus konnte, obgleich sie es nicht zu unterdrücken versuchte, und das sich in einen lächerlichen Schluckauf verwandelte ... *Dein Mund auf deinem Verband. Dein Haar vor deinen Augen. Und vor deinen Augen deine verdammte Eulenbrille. Jetzt kommt es nur auf dich an. Nur auf dich; du hast nichts als deine rechte Hand und dein strapaziertes Herz. Aber fahr weiter. Frag nicht, fahr weiter.*

Sie ließ sich gegen die Lehne des Sitzes sinken. Sie hatte Hunger, Durst und Lust auf eine Zigarette. Über ihr war die Nacht hell und klar. Auf einer der Karten, die sie mit ihrer heilen Hand herauszog, las sie im Schein der Armaturenbeleuchtung Namen: Salon-de-Provence. Marseille. Saint-Raphaël. *Du armes Kind, du bist das, was, man zyklothym nennt. Jawohl, ich bin zyklothym. Zyklothym und halb erfroren.*

Sie setzte das Verdeck in Gang. Es hob sich unter dem Himmel von Saulieu, wischte die Sterne weg und schloß sich über ihr. Über Dany Longo. Die Welt war wieder wie in den Zelten ihrer Kindheit, die sie im Schlafsaal des Waisenhauses aus Bettüchern gebaut hatte. Sie zündete sich eine Zigarette an. Sie kratzte in der Kehle wie die ersten Zigaretten, die sie mit fünfzehn in jenen Zelten geraucht hatte … Und dann die Ohrfeigen der Aufsichtsschwester …

Leute kamen vorbei. Ihre Schritte hallten auf dem Pflaster. Eine Turmuhr schlug schwer die halbe Stunde – welche halbe Stunde? Die Uhr auf dem Armaturenbrett zeigte halb zehn. Dany Longo knipste die Innenbeleuchtung an – alles in diesem Wagen ließ sich beleuchten, man brauchte nur auf einen Knopf zu drücken – und wühlte im Handschuhfach. Sie sah rasch die Papiere durch, die sie ein paar Stunden zuvor schon in der Hand gehabt hatte. Sie fand keine Reparaturrechnung aus Deux-Soirs-lès-Avallon. Sie hatte es auch nicht erwartet.

Sie leerte ihre Handtasche auf den Nebensitz aus. Nichts. Sie fragte sich mißmutig, warum sie sich die Mühe machte; sie wußte, daß sie nie im Leben einen Fuß in die Tankstelle des kleinen Kerls mit dem komischen Akzent gesetzt hatte. Sie stopfte alles in die Tasche zurück. Wie viele amerikanische Cabriolets waren heute über die große Autostraße zwischen Paris und Marseille gerollt? Dutzende. Hunderte vielleicht. Wie viele Frauen tragen wohl im Juli Weiß? Wie viele, großer Gott, tragen eine Sonnenbrille? Ohne ihre verletzte Hand wäre der ganze Zwischenfall lächerlich gewesen.

Außerdem hatte der kleine Baske wahrscheinlich gelogen. Aber die Verletzung war eine Tatsache. Sie hatte den Verband vor Augen, und es gab nur eine Erklärung – sie jedenfalls sah nur eine einzige: Einer der beiden Autofahrer, oder vielleicht der kleine Kerl selbst, war ihr in den Waschraum nachgeschlichen, um ihr das Geld zu stehlen, oder um ihr etwas anderes anzutun, obwohl … Gerade das konnte sie sich nicht recht vorstellen. Andererseits dieser Blick im Sprechzimmer des Arztes, als sie mit einem Arm aus der Kostümjacke schlüpfte – hatte sie sich diesen gleichzeitig abstoßenden und erbärmlichen Blick auch eingebildet? Wahrscheinlich hatte sie sich gewehrt; er hatte gemerkt, daß er sie an der Hand verletzt hatte und Angst bekommen. Nachher im Büro hatte er einfach irgend etwas erzählt, um seine Freunde und sich selbst zu entlasten ... Das Glas Cognac auf dem Tisch. Der grobschlächtige, schreiende Mann mit dem roten Gesicht. Sie hatten gemerkt, daß sie verschreckt war, und sie hatten es ausgenutzt. Und obwohl sie nicht wissen konnten, daß der Wagen nicht ihr gehörte, hatten alle drei erraten, daß sie irgend etwas davon abhielt, die Polizei zu rufen.

So war es. So muß es gewesen sein. Aber ... Da war noch das zerfurchte Gesicht, der bösartige Blick einer alten Frau auf einer langen, sonnenüberfluteten Straße. Zufall? Ein Mißverständnis? Sie kniete sich auf den Sitz, öffnete den schwarzen Koffer auf dem Rücksitz und holte den weißen Pullover heraus, den sie in Fontainebleau gekauft hatte. Er war weich und roch neu. Das beruhigte sie irgendwie. Ja, ein Zufall. Ein Mißverständnis ... Sie schaltete das Licht im Wagen aus, zog den Pullover an und die Kostümjacke darüber, knipste das Licht wieder an und richtete sich vor dem Rückspiegel den Rollkragen. Jede Bewegung, so sehr sie ihre ungeschickte rechte Hand auch anstrengen mußte, entfernte sie weiter von der alten Frau, der Tankstelle, dem ganzen widerwärtigen Spätnachmittag. Sie war Dany Longo, blond und hübsch, auf dem Weg nach Monte Carlo, sie trug ein Kostüm, das in die Wäsche mußte, aber in zwei Stunden würde es trocken sein, und sie hatte einen Wolfshunger.

Als sie Saulieu verließ, sah sie auf einem Schild, daß es noch fünfundachtzig Kilometer nach Chalon waren. Sie fuhr gemächlich. Die Straße stieg an und wand sich in Serpentinen. Bis Chalon rechnete sie anderthalb Stunden. Doch vor ihr fuhren andere Wagen, deren Rücklichter ihr die Kurven anzeigten, und so konnte sie durchfahren, ohne die Geschwindigkeit zu drosseln. Sie nahm sich vor, nicht mehr anzuhalten. Nur wenn es sein mußte. Oder wenn man sie dazu zwang.

Zu ihrer Linken bog eine Straße nach Dijon ab. An der Kreuzung erkannte sie flüchtig die wuchtigen Silhouetten zweier Streifenpolizisten am Straßenrand. Sie war sich nicht ganz sicher, ob sie beim Vorbeifahren tatsächlich die Uniformen gesehen hatte. Sie schaute in den Rückspiegel. Zweihundert Meter hinter ihr wendete einer der beiden und kam ihr nach. Er wuchs im Rückspiegel. Sie konnte seinen Helm und die große Schutzbrille erkennen. Auf seiner Maschine wirkte er wie ein unerbittlicher Roboter, nicht wie ein Mensch. Sie sagte sich, *Das kann doch nicht sein. Er ist nicht hinter mir her. Gleich wird er mich überholen und weiterfahren* ... Er überholte sie; der Motor donnerte. Dann verringerte er sein Tempo, hielt an und hob die Hand. Sie stoppte am Straßenrand, zwanzig Meter hinter ihm. Er stellte sein Motorrad ab, zog die Handschuhe aus und kam im Scheinwerferlicht mit ruhigen, so übertrieben ruhigen Schritten näher, als wollte er sie zum Nervenzusammenbruch treiben. Es war zu Ende, bevor es angefangen hatte. Der Thunderbird war vermißt worden. Man hatte die Polizei verständigt, ihren Namen, ihre Personalbeschreibung durchgegeben ... Und obwohl sie bisher nur mit Polizisten gesprochen hatte, um in Paris nach einer Straße zu fragen, hatte sie das sonderbare Gefühl, dies alles schon einmal erlebt zu haben, ganz die Szene, in allen Einzelheiten.

Der Polizist trat neben den Thunderbird, schob seine Schutzbrille auf den Helm, lehnte sich schwer gegen die Tür und sagte: «Na, Mademoiselle Longo? Kleine Spazierfahrt, was?»

Er war sehr pflichtbewußt und hieß Toussaint Nardi. Er war verheiratet, hatte drei Kinder, konnte mit Pistolen umgehen und verehrte Napoleon, er wohnte in der Kaserne in einer Vierzimmerwohnung mit Warmwasser und Müllschlucker, hatte Ersparnisse (Postsparbuch) und grenzenlose Geduld, wenn es darum ging, aus Büchern das zu lernen, was ihm aus Zeitmangel in der Schule nicht beigebracht worden war. Er hoffte, seine Laufbahn später einmal als respektabler Polizeioffizier in irgendeiner kleinen Stadt zu beenden, wo es selten regnete.

Jedermann hütete sich davor, ihn grundlos zu reizen. Aber er galt als guter Kerl, soweit ein Polizist das sein kann. Während seiner fünfzehn Dienstjahre hatte er seine Schießkunst nur auf

Zielscheiben oder an Jahrmarktbuden unter Beweis zu stellen brauchen, und er war froh darüber. Weder in Zivil noch in Uniform hatte er je die Hand gegen einen Menschen erhoben, von einer gelegentlichen Tracht Prügel abgesehen, die er seinem Ältesten verabreichte. Er war dreizehn Jahre alt, trug eine Beatlefrisur und döste regelmäßig während der Mathematikstunde. Nardis einzige Sorge war der Zustand seines Motorrades – einmal, weil es im Reglement stand, und dann, weil er nicht einen frühen Tod sterben wollte.

Als er an der Kreuzung der 6 und der 77 B den weißen Thunderbird mit dem schwarzen Verdeck vorbeifahren sah, unterhielt er sich gerade mit seinem Kollegen über Motorräder. Rappart war sein Lieblingskollege. Er war sein Flurnachbar, und sein Sohn war auch schlecht in Mathematik. Während des Tagesdienstes sprachen sie kaum. Während des Nachtdienstes gab es außer den Motorrädern drei ergiebige Gesprächsthemen: die Sturheit des Brigadiers, die Fehler der jeweiligen Ehefrau und der Leichtsinn der Frauen überhaupt.

Nardi erkannte den Thunderbird sofort. Schnell fuhr er nicht. Nardi konnte das Nummernschild lesen: 3210 RX 75. Leicht zu merken; wie das umgekehrte Zählen beim Raketenstart ... Irgendwie hatte er schon so ein sonderbares Gefühl gehabt, als werde der Thunderbird vorbeikommen. Er konnte es sich nicht erklären, aber so war es.

Er hatte nicht erkennen können, wer am Steuer saß. Erst beim Überholen streifte sein Blick den Verband, und nun wußte er, daß sie es war. Als er ihr das Zeichen zum Anhalten gab, konnte er sich nicht mehr an ihren Namen erinnern, den er mit dem Geburtsdatum und allem anderen in ihren Papieren gelesen hatte. Dabei hatte er ein gutes Namengedächtnis. Als er auf sie zuging, fiel ihm der Name wieder ein: Longo.

Sie sah anders aus als am Morgen, und er fragte sich, woran das lag. Auch starrte sie ihn an, als würde sie ihn nicht wiedererkennen. Dann bemerkte er den Rollkragenpullover, den sie am Morgen nicht getragen hatte. Er war weiß wie ihr Kostüm und ließ ihr

Gesicht voller und gebräunter erscheinen. Aber sie war noch immer merkwürdig nervös, sie brachte noch immer kaum ein Wort über die Lippen, und sie machte denselben schuldbewußten Eindruck.

Warum schuldbewußt? Er hatte sie bei Tagesanbruch ein Stück hinter Saulieu auf der Straße nach Avallon angehalten, weil ihre Rücklichter nicht funktionierten. Es war kurz vor Dienstschluß gewesen. Er hatte die ganze Nacht mit allen möglichen Idioten zu tun gehabt, die über den gelben Mittelstreifen hinwegfuhren, Geschwindigkeitsbeschränkungen nicht einhielten und sich einen Dreck um das Leben anderer scherten. Er hatte die Nase voll gehabt und nur gesagt: «Ihre Rücklichter sind nicht in Ordnung. Lassen Sie sie reparieren. Auf Wiedersehen, und kommen Sie mir so nicht wieder unter die Augen.» Auch eine Frau, auch eine übernervöse Frau gerät normalerweise nicht derart in Panik, wenn ihr ein übermüdeter Polizist sagt, sie solle ihre defekten Rücklichter in Ordnung bringen lassen.

Erst hinterher, als er ihr Verhalten verdächtig fand und ihre Papiere verlangte, hatte er den Verband an ihrer linken Hand bemerkt. Und während er ihren Führerschein prüfte – er war im Norden ausgestellt worden, sie war damals achtzehn gewesen, und als Wohnsitz war ein klösterliches Waisenhaus angegeben –, hatte er bemerkt, wie ihre Nervosität wuchs und daß sie am Ende ihrer Selbstbeherrschung war, obwohl sie stumm und reglos dasaß. Ihm war die Sache ganz und gar nicht harmlos vorgekommen.

Er hatte es sich nicht erklären können, trotz der verdammten Psychologie, die er fürs Examen hatte büffeln müssen. Aber er hatte deutlich die Gefahr gespürt. Wenn sie wirklich kurz vor einem Nervenzusammenbruch stand … Sie hätte bloß das Handschuhfach zu öffnen, eine Waffe hervorzuziehen und ihn über den Haufen zu schießen brauchen. Er hätte ohnehin nicht allein sein dürfen, aber Rappart hatte ein bißchen früher Schluß gemacht, sie hatten eine Taufe in der Familie. Jedenfalls, Nardi hatte in der ganzen Angelegenheit auch keine weiße Weste.

Die Papiere hatten einen ordnungsgemäßen Eindruck gemacht. Er hatte gefragt, wo sie hinfahre: Nach Paris. Welchen Beruf sie habe: Sekretärin einer Werbeagentur. Wo sie herkomme: Sie hatte in einem Hotel in Chalon übernachtet. In welchem Hotel: La Renaissance. Sie hatte ohne merkliches Zögern geantwortet, aber sehr leise, kaum hörbar. Es war noch dunkel gewesen, er hatte sie nicht deutlich erkennen können und Lust gehabt, zu sagen, nehmen Sie mal die Sonnenbrille ab. Aber so etwas kann man nicht sagen, und schon gar nicht zu einer Frau – so etwas sagen sie immer in den Fernsehkrimis. Nardi hatte Angst sich lächerlich zu machen.

Der Wagen gehörte einer von Caravailles' Scheinfirmen, die die Finanzen seiner Werbeagentur manipulierten und in der sie angestellt war. Sie hatte ihm die Telefonnummer ihres Chefs gegeben. Er könne dort jederzeit feststellen, daß ihr der Wagen öfter überlassen wurde. Ihr war kalt gewesen. Ein Thunderbird mit Fahrerin stand nicht im Fahndungsbuch, und wenn er sie ohne Grund festgehalten hätte, hätte es Ärger geben können. Er hatte sie weiterfahren lassen. Gleich darauf hatte er es bedauert. Er hätte sich überzeugen müssen, daß sie keine Waffe bei sich hatte ... Warum waren ihm überhaupt so ungereimte Gedanken gekommen? Warum sollte sie bewaffnet sein? Allein die Tatsache, daß er auf die Idee kam, hatte ihn beunruhigt.

Jetzt war er nicht mehr so sicher. Es handelte sich um dasselbe verwirrte und erschrockene Mädchen. Aber etwas mußte mit ihr geschehen sein seit dem Morgen. Jene Gefahr, die er gewittert hatte ... Nein, nicht Gefahr – jener Mut der Verzweiflung ... Das war es auch nicht. Er fand nicht das passende Wort für den Zustand eines Menschen, der seine äußerste Grenze erreicht hat. Und jetzt hatte sie diese Grenze überschritten, das fühlte er unklar. Er wußte nur eines: Wenn am Morgen tatsächlich eine Waffe im Wagen gewesen sein sollte – jetzt war sie nicht mehr drin.

Nachdem Nardi den Vormittag über geschlafen hatte, war es ihm fast lächerlich vorgekommen, als er noch einmal an die Frau denken mußte. Darum hatte er auch Rappart nicht mitgenommen, als er hinter dem Thunderbird herfuhr: Er fürchtete sich zu blamieren. Jetzt war er froh darüber.

«Es sieht so aus, Mademoiselle Longo, als wären wir beide dauernd nachts unterwegs. Finden Sie nicht auch?»

Sie fand überhaupt nichts. Sie erkannte ihn nicht einmal wieder.

«Ich habe gesehen, daß Ihre Rücklichter wieder in Ordnung sind.» Pause. «War es ein Kurzschluß?» Pause. «Jedenfalls funktionieren sie wieder.» Endlose Pause. «Haben Sie sie in Paris reparieren lassen?»

Ein gebräuntes Gesicht unter einer Sonnenbrille, von der Lampe am Armaturenbrett beleuchtet; ein voller, kleiner Mund, der etwas zitterte, als sei sie den Tränen nahe; eine blonde Strähne, die unter dem türkisfarbenen Tuch hervorschaute ... Keine Antwort. *Warum sieht sie bloß so schuldbewußt aus?*

«He, Mademoiselle – ich frage, ob Sie sie in Paris haben reparieren lassen?»

«Nein.»

«Wo denn?»

«Ich weiß nicht. In der Nähe von Avallon.»

Na endlich. Sie redet. Die Stimme kam ihm jetzt tiefer und weniger leer vor als am Morgen. Sie hatte sich etwas beruhigt.

«Aber sind Sie denn nicht nach Paris gefahren?»

«Ja. Ich glaube schon.»

«Wissen Sie das denn nicht genau?»

«Doch.»

Er fuhr sich mit dem Zeigefinger über den Mund und zwang sich, sie diesmal genau anzusehen, ohwohl er sich immer etwas genierte, Frauen anzustarren. Sogar bei Nutten.

«Stimmt irgendwas nicht?»

Sie schüttelte den Kopf. Das war alles.

«Würde es Ihnen etwas ausmachen, einen Augenblick Ihre Brille abzunehmen?»

Sie gehorchte. Sie erklärte überstürzt, als sei es ihre Pflicht: «Ich bin kurzsichtig.»

So kurzsichtig war sie jedenfalls, daß sie ohne Brille überhaupt nicht mehr sehen konnte. Ihre Pupillen versuchten nicht einmal sich anzupassen. Sie verengten sich nicht wie bei der kleinen Rappart, die nach den Röteln auch kurzsichtig geworden war und ohne Brille kaum etwas sah; sie vergrößerten sich, wurden leer und veränderten das ganze Gesicht.

«Können Sie denn nachts fahren mit Ihren Augen?» Er sagte es möglichst freundlich; er wollte nicht klingen wie ein Dorfgendarm mit Nagelstiefeln. *Den Verband trägt sie auch noch.* Sie setzte die Brille wieder auf und nickte stumm.

«Das ist sehr unvernünftig, Mademoiselle, vor allem mit einer verbundenen Hand.» Keine Antwort. «Und außerdem müssen Sie ja den ganzen Tag am Steuer gesessen haben.» Keine Antwort. «Wie viele Kilometer sind das eigentlich hin und zurück? Sechshundert?» Keine Antwort. «Müssen Sie denn fahren? Wo fahren Sie jetzt hin?»

«In den Süden.»

«Wohin denn im Süden?»

«Nach Monte Carlo.»

Er pfiff zwischen den Zähnen. «Sie wollen doch nicht etwa durchfahren?»

Sie schüttelte entschlossen den Kopf. Die erste einigermaßen bestimmte Äußerung. «Ich suche mir bald ein Hotel.»

«In Chalon?»

«Ja, in Chalon.»

«La Renaissance?»

Wieder der verständnislose Blick.

«Sie haben doch gesagt, daß Sie im Renaissance übernachtet hätten. Stimmt das nicht?»

«Doch.»

«Haben Sie Ihr Zimmer behalten?»

«Nein. Ich glaube nicht.»

«Sie glauben nicht?»

Sie schüttelte den Kopf, wendete sich ab, um seinem Blick auszuweichen, und saß reglos da, den Verband auf das Steuer gelegt.

Aber es war nicht jene hochmütige Geduld mancher Autofahrer: *Laß dir nur Zeit, du Armleuchter; du wirst dir noch mal in die Hose machen, aber dann kann ich ja vielleicht so ganz bei Gelegenheit weiterfahren, ja?* Das war es nicht. Sie war verwirrt. Weder die richtigen Wörter noch die richtigen Gedanken fielen ihr ein. Sie ließ sich gehen. Wie vorhin, als sie die Brille abgenommen hatte. Wenn er sie mit auf die Wache genommen hätte, würde sie keine Schwierigkeiten gemacht, wahrscheinlich nicht einmal nach dem Grund gefragt haben.

Er knipste seine Taschenlampe an und ließ den Strahl durch das Wageninnere gleiten.

«Darf ich mal ins Handschuhfach schauen?»

Sie öffnete es. Papiere, sonst nichts.

«Ihre Handtasche?»

Sie öffnete sie ebenfalls.

«Danke … Irgendwas im Kofferraum?»

«Nein. Mein Koffer ist hier.»

Er warf einen Blick in den schwarzen Lederkoffer: Kleider, Handtücher, eine Zahnbürste … Er lehnte sich dabei durch die offene Tür über den Vordersitz. Sie war beiseite gerückt, um ihm Platz zu machen. Er kam sich vor wie der Detektiv in einem Groschenheft, albern und ungeschickt, und hatte doch gleichzeitig das Gefühl, daß er irgend etwas übersah. Etwas Bedeutsames. Er schloß seufzend die Tür.

«Sie haben Ärger, Mademoiselle Longo, ja?»

«Ich bin einfach müde, das ist alles.»

Hinter Nardi sausten Autos vorbei, und im harten Licht ihrer Scheinwerfer huschten Schatten über das Gesicht der jungen Frau und veränderten es von einem Augenblick zum anderen.

«Wissen Sie was? Sie versprechen mir, in Chalon zu halten, und ich werde das La Renaissance anrufen und Ihnen ein Zimmer bestellen.»

Auf diese Weise konnte er feststellen, ob sie am Morgen dort gewesen war oder ob sie gelogen hatte. Es war das einzige, was ihm einfiel.

Sie stimmte mit einem Nicken zu. Er sagte noch, sie solle vorsichtig fahren, es seien eine Menge Leute an diesem Wochenende unterwegs. *Ich sollte sie nicht wegfahren lassen.* Er trat zurück und hob den Zeigefinger an den Helm. *Wenn das mal nicht eine Riesensauerei gibt.*

Sie sagte nicht auf Wiedersehen. Er stand breitbeinig auf der Straße und winkte sie in den Verkehrsstrom ein. Er sah ihr noch nach, als er auf sein Motorrad zuging. Er sagte sich, daß er sich nichts vorzuwerfen habe. Wenn sie unbedingt ihr Leben mit ihrem Foto in der Zeitung beenden wollte, so würde sich etwas weiter unten auf der 6 oder auf der 7 ein hartnäckiger Kollege ihrer annehmen. Nach fünfzehn Dienstjahren glaubte er nur noch an eine gute Eigenschaft seiner Kollegen: sie sind zahlreich. Ach ja, und noch etwas: hartnäckig. Einer hartnäckiger als der andere.

Sie fuhr mit aufgeblendeten Scheinwerfern durch einen Traum. Es war kein guter Traum, es war kein böser Traum. Es war ein Traum wie jeder andere. Solche Träume hatte sie selbst schon geträumt und hinterher sofort vergessen. Sie würde hinterher nicht in ihrem Zimmer aufwachen, das gewiß nicht. Sie war wach. Sie fuhr durch den Traum eines anderen Menschen.

Gibt es das? Man tut einen ganz gewöhnlichen Schritt, einen Schritt wie so viele andere im Leben. Plötzlich merkt man, daß man die Grenze der Wirklichkeit überschritten hat. Du bist du selbst, lebendig und hellwach, aber du bewegst dich zum Beispiel im Traum deiner Schlafsaalnachbarin. Und du gehst weiter. Du weißt, daß es kein Zurück gibt. Du bist in einer Welt gefangen, die eine Kopie der wirklichen Welt ist. Eine unheimliche, reglose Welt, die jeden Augenblick aus dem Kopf deiner Schlafsaalgefährtin verschwinden kann. Und du mit ihr.

Im Traum ist das so: Du tust etwas, du hast deine Gründe dafür. Und während du weiterträumst, verwandeln sich diese Gründe …

Dany wußte nicht mehr, warum sie durch die Nacht fuhr.

Du betrittst einen Raum. Ein kleines Bild zeigt dir – klick! –

einen Fischerhafen. Dort wartet Mama-Obs auf dich. Du bist hereingekommen, um ihr zu beichten. Du hast Anita verraten. Du findest keine Worte, es Mama-Obs zu gestehen, denn es ist eine anrüchige Sache. Du schlägst und schlägst auf Mama-Obs ein. Aber sie verwandelt sich plötzlich in eine andere alte Frau, die gekommen ist, um dir deinen weißen Mantel zurückzugeben ... Und weiter.

Das Vernünftigste war noch, in dieses Hotel zu fahren. Dort war sie angeblich schon einmal gewesen. Sie mußte dort sein, ehe man dem Polizisten sagen konnte, daß sie niemals dagewesen war ... Oder das Gegenteil. Es heißt, daß Verrückte immer die anderen für verrückt halten. Genau. Sie war verrückt.

Hinter Arnay-le-Duc fuhr eine lange Reihe Lastwagen im Schrittempo. Auf einer Anhöhe, die kein Ende nahm, mußte sie sich hinter ihnen halten. Als sie endlich überholen konnte, erst einen, dann den zweiten, dann die anderen, überkam sie eine Welle der Erleichterung. Nicht weil sie an den Lastwagen vorbeigekommen war und nun die nachtschwarze Straße vor sich hatte, sondern weil ihr jetzt erst klarwurde, daß sie nicht wegen Autodiebstahls verhaftet worden war. Es wurde noch nicht nach dem Thunderbird gefahndet. Gerettet. Es kam ihr so vor, als hätte sich der Polizist gerade erst verabschiedet. Sie mußte zwanzig Kilometer lang völlig durcheinander gewesen sein.

Schluß jetzt mit den Dummheiten. Sie mußte den Wagen sofort nach Paris zurückbringen. Keine Rede davon, das Meer zu sehen. Sie würde ein andermal hinfahren. Im Zug. Oder sie würde von ihren Ersparnissen einen 2 CV anzahlen und den Rest in achtzehn Monatsraten abstottern. Das hätte sie schon längst tun sollen. Sie würde nicht nach Monte Carlo fahren, sondern in ein kleines, stilles Nest. Sie würde nicht in jenem Grand Hotel mit Schwimmbassin, sanfter Musik und Klimaanlage landen, von dem sie immer träumte, sondern in einer preiswerten Familienpension mit Blick auf den Gemüsegarten, wo der Gipfel der Extravaganz im Austausch geistreicher Ansichten über Anouilh mit einer Metzgersgattin bestand. Oder irgendeine Heiratsvermittlerin vom Dienst würde hartnäckig trachten, sie, Dany Longo, mit einem rückgratlosen Brillenträger zu verkuppeln und hinter der vorgehaltenen Hand flüstern: *Was für ein schönes Paar – aber wenn sie erst mal Kinder haben, werden sie ihr ganzes Geld beim Optiker lassen ...* Na und? Das war nun einmal ihre Welt, und eine andere verdiente sie nicht. Sie war nur eine dumme Gans, die die große Dame spielte. Wer stolpert, wenn er über seinen eigenen Schatten springen will, soll lieber zu Hause bleiben.

Chagny. Burgundische Dächer. Riesige Lastzüge vor einem Fernfahrerrestaurant aufgereiht. Siebzehn Kilometer nach Chalon.

Wie konnte sie nur so den Kopf verlieren? Ein Nervenbündel, das sich selber Angst einjagt! Auch was Caravaille betraf: Glaubte sie allen Ernstes, daß er durch ein Wunder plötzlich aus der Schweiz zurückgekommen und sofort zur Polizei gerannt war, damit alle Welt erfuhr, daß er zukünftige Zuchthäusler in seiner Agentur beschäftigte? Glaubte sie wirklich, daß er den Mut aufbringen würde, die ganze Angelegenheit unter Anitas schallendem Gelächter noch aufzubauschen? Denn anders würde Anita nicht reagieren, wenn sie sich vorstellte, wie sich ihre kleine, tolpatschige Eule bei dreißig Stundenkilometern ausgelebt hatte.

Du gehörst in die Klapsmühle. Was soll schon sein? Eigentlich lief sie nur Gefahr, daß ihr Caravaille nach ihrer Rückkehr sagte: *Schön, daß Sie wieder da sind, Dany. Sie sehen ja blendend aus. Aber Sie werden wohl verstehen, daß ich einen Taxistand unterhalten müßte, wenn sich jeder hier in der Agentur bei mir einen Wagen ausleihen würde ...* Dann würde er sie hinauswerfen. Aber er müßte einen Grund angeben oder ihr eine Abfindung zahlen. Also würde er ihr höflich nahelegen, doch von sich aus zu kündigen. Na und? Es gab noch mehr Agenturen. Vielleicht bekam sie woanders ein höheres Gehalt.

Der Streifenpolizist kannte ihren Namen. Er behauptete auch, sie am Morgen an derselben Stelle schon einmal gesehen zu haben. Dafür mußte es doch eine Erklärung geben! Wenn sie sich bei ihm und bei dem kleinen Tankwart wie ein normaler Mensch benommen hätte, hätte sich wahrscheinlich alles geklärt ... Sie war wieder zur Vernunft gekommen. Sie grübelte, aber ohne Ergebnis; alles wurde nur noch verworrener. Aber auf alle Fälle bestand kein Grund zur Panik. Sie schämte sich.

Sobald jemand auf sie zukam und sie laut ansprach, brach sie zusammen. Sobald jemand sagte, sie solle ihre Brille abnehmen, tat sie es. Sie ließ sich immer ins Bockshorn jagen. Dabei konnte sie sich ihrer Haut durchaus wehren, das hatte sie mehr als einmal bewiesen. Schon mit dreizehn hatte sie Schwester Maria-Pieta, die so gern Ohrfeigen austeilte, ihrerseits eine geknallt, und selbst Anita, die ihr nie viel zugetraut hatte, verdankte ihr die tüchtigste Tracht Prügel ihres Lebens und hinterher einen Hinauswurf, Handtasche und Mantel hinterdrein. Gewiß, danach hatte sie tagelang geweint, aber nicht, weil sie Anita verdroschen hatte. Es war wegen einer anderen Sache, und wenn sie geweint hatte, so wußte nur sie allein davon. Nur sie allein wußte auch, daß sie ohne jeden Grund innerhalb einer Stunde von der besten Stimmung in die tiefste Niedergeschlagenheit abgleiten konnte. Andere Leute hielten sie für ein schweigsames, aber charakterfestes Mädchen, dem die Brille zu schaffen macht.

Als sie sich Chalon näherte, begann ihre Hand zu schmerzen. Entweder hatte sie unbewußt das Lenkrad zu hart angepackt oder die Wirkung der Spritze ließ nach. Es war noch kein richtiger Schmerz, aber sie fühlte die Hand unter dem Verband. Sie hatte sie ganz vergessen.

Im Licht ihrer Scheinwerfer tauchte ein riesiges Reklameschild auf, das für ein Mineralwasser warb. Der Entwurf hatte auf Danys Schreibtisch gelegen; es war nicht angenehm, daran vorbeizufahren. Sie nahm sich vor, zu baden und schlafenzugehen; morgen, wenn sie sich ausgeruht hatte, würde sie den Wagen zurückbringen. Sie war charakterfest, und jetzt würde sie es beweisen ... Allerdings bestand noch die Möglichkcit, daß man sie in diesem Hotel doch nicht kannte. Es würde ihnen recht geschehen, diesem Tankwart und diesem Polizisten.

Aber sie wußte schon vorher, daß man sich an sie erinnern würde. Sie war auch überzeugt, daß man ihren Namen kennen würde. Kein Wunder – der Polizist hatte ja telefoniert. Aber diesmal würde sie nicht zusammenbrechen. Sie würde sich immer wieder vor Augen halten, daß ihr des Wagens wegen keiner etwas anhaben konnte. Diesmal würde sie zum Angriff übergehen … La Renaissance. Die Wiedergeburt. Auf zur Renaissance. Sie fühlte, wie sie eine kalte, köstliche Wut überkam. Woher wußte der Polizist eigentlich ihren Namen? Wahrscheinlich hatte sie ihn dem Arzt oder dem Tankstellenbesitzer gesagt. Sie sagte ja immer allen Leuten alles mögliche. Überall hinterließ sie ihre Spuren. Wie aber konnte sie die verletzte Hand mit der ganzen Geschichte in Verbindung bringen? Denn der Unfall war in dieser Inszenierung bestimmt nicht vorgesehen – jawohl: Inszenierung. Das mußte es sein.

Wo nur hatte alles angefangen? In Deux-Soirs-lès-Avallon? Bei der alten Frau? Nein, vorher. Ganz gewiß vorher. Aber vorher hatte sie nur das Paar in der Raststätte getroffen, die Verkäuferinnen in den Geschäften und einen Fernfahrer mit strahlendem Lächeln, der ihr einen Veilchenstrauß geklaut hatte und … Oh, Dany, Dany! Warum benutzt du deinen Kopf nur für das Kopftuch? Der Fernfahrer! Und wenn sie ihn bis ans Ende ihres Lebens suchen müßte – sie würde ihn wiederfinden, den Herrn mit dem Blendax-Lächeln. Sie würde irgend etwas Schweres in ihre Handtasche tun, Blei oder so, und ihm die Zähne in den Rachen schlagen.

In Chalon hatte man schon begonnen, die Straßen mit blau-weiß-roten Fähnchen und Lampengirlanden zu schmücken. Sie fuhr geradewegs durch die Stadt ans Ufer der Saône. Sie sah gegenüber die Inseln: auf der größten ein paar Gebäude, wahrscheinlich ein Krankenhaus. Sie fuhr mit zwei Rädern auf den Gehsteig, stellte den Motor ab und knipste die Scheinwerfer aus.

Wieder überkam sie das merkwürdige Gefühl, das alles schon einmal erlebt zu haben. Ein Boot im schwarzen Wasser. Die Lichter eines Cafés auf der anderen Straßenseite. Selbst der reglose Thunderbird zwischen den anderen am Ufer geparkten Wagen verstärkte noch das Gefühl. Ein Sommerabend in Chalon. Sie spürte, daß im nächsten Augenblick etwas geschehen würde, und sie glaubte zu wissen, was. Vielleicht war sie nur müde. Sie hatte ihre Nerven den ganzen Tag strapaziert.

Im nächsten Augenblick band sie ihr Tuch ab. Sie schüttelte ihr Haar. Dann überquerte sie die Straße und genoß es, wieder die Beine zu bewegen. Sie betrat ein hellerleuchtetes Café. Barrière sang, übertönt vom Klingeln des elektrischen Billards und übertönte seinerseits die Gespräche der Gäste. Auch Dany mußte ihre Stimme erheben, als sie die Frau an der Kasse fragte, wo das Hotel La Renaissance sei.

«Rue de la Banque. Sie brauchen nur rechts einzubiegen und dann links. Aber passen Sie auf, das Hotel ist sehr teuer.»

Sie bestellte einen Fruchtsaft, dann überlegte sie es sich anders, sie mußte wieder auf die Beine kommen. Also trank sie einen Cognac, der ihr im Magen brannte. Auf dem Glas waren rosa Schweinchen in verschiedenen Größen gedruckt. Auch sie war ein rosa Schweinchen. Die Frau an der Kasse merkte, was es mit der Brille auf sich hatte, aber sie lächelte ihr freundlich zu und sagte:

«Machen Sie sich nichts daraus, Sie sind schon recht, so wie Sie sind.»

Dany wagte es nicht, sich einen zweiten Cognac zu bestellen, obwohl sie Lust darauf hatte. Sie nahm ein Päckchen Brezeln von der Theke, zerkaute eine und suchte in der Musikbox eine Platte von Bécaud. Sie stellte *Seul sur son étoile* ein. Die Frau an der Kasse sagte, auch auf sie wirke dieses Lied so komisch – Hier! – und tippte sich mit der Fingerspitze aufs Herz.

Als Dany wieder auf die Straße hinaustrat und die frische Luft im Gesicht spürte, ging sie eine Weile weiter. Sie blieb am Ufer stehen und sagte sich, daß sie keine Lust habe, ins Renaissance zu gehen. Sie hatte Lust, das Päckchen Brezeln, das sie in der rechten Hand hielt, ins Wasser zu werfen. Sie warf es ins Wasser. Sie hatte Lust auf Spaghetti; sie hatte Lust, in Cannes oder anderswo auszuspannen und das durchsichtige Kleid aus Fontainebleau anzuziehen, und sie hatte Lust, nackt in den Armen eines netten nackten Kerls zu liegen, der sie streichelte und umarmte, mit aller Kraft.

Ein Mann wie der erste, der ihr begegnet war, und der alle weiteren in den Schatten gestellt hatte. Sie war damals zwanzig gewesen, und es hatte zwei Jahre lang gedauert. Aber sein Leben war geregelt gewesen, wie man so sagt: Er hatte eine Frau, die er verzweifelt weiterliebte, und ein Kind, dessen Foto er herumzeigte ... Gott, war sie müde! Wie spät war es eigentlich?

Sie ging zum Thunderbird zurück. Am Flußufer wuchsen jene Blumen, die man Engelsblümchen nennt; es bringt Glück, wenn man sie zerrupft und die Blätter in die Luft wirft. Sie pflückte eine. Aber die Passanten starrten sie an, und sie traute sich nicht, die Blätter in die Luft zu werfen. Sie wollte unterwegs einen Engel treffen, einen männlichen Engel, ohne Flügel zwar, aber gut aussehend und amüsant – einen Engel von der Sorte, der Mama-Obs so mißtraute. Er sollte sie die ganze Nacht im Arm halten. Und am anderen Morgen hätte sie den ganzen Albtraum vergessen, und dann würden sie miteinander im Donnervogel nach dem Süden fahren ... *Halt den Mund, dumme Gans.*

Sie hatte nie viel Glück mit ihren Gebeten gehabt. Aber als sie jetzt die Tür des Thunderbirds öffnete, saß er im Wagen: Ein dunkelhaariger, großer, wenig seriös aussehender Fremder lehnte sich bequem auf dem Sitz neben dem Steuer zurück. Er hatte eine Filterzigarette im Mund – sie hatte das Päckchen auf der Ablage über dem Armaturenbrett liegenlassen –, streckte die Beine hoch und stemmte die Sohlen seiner Mokassins gegen die Windschutzscheibe. Er hatte das Radio angestellt. Er mochte in ihrem Alter sein. Er trug eine helle Hose, ein weißes Hemd und einen Pullover. Er musterte sie mit großen schwarzen Augen von oben bis unten und sagte gedämpft – die Stimme klang nicht unsympathisch, aber leicht gereizt: «Sie haben sich ja ganz schön Zeit gelassen. Heute kommen wir nicht mehr weit.»

Philippe Filanteris alias Filou-Filou, denn doppelt genäht hält besser, hatte wenigstens einen guten Zug: Er wußte, daß nach seinem Tode die Welt zu existieren aufhörte und ihn folglich anderer Leute Sorgen nichts angingen. Andere Leute, auch wenn sie Sorgen hatten, dienten ihm nur dazu, seine Wünsche zu erfüllen. Er hielt es für dumm, sich den Kopf zu zerbrechen, gleichgültig, weswegen. Wer sein Gehirn strapaziert, verkürzt sein Leben, und er wollte sein Leben nicht unnötig verkürzen.

Er war gestern sechsundzwanzig geworden. Jesuiten hatten ihn erzogen. Der Tod seiner Mutter vor ein paar Jahren war das einzige Ereignis in seinem Leben, das ihn wirklich getroffen hatte. Er litt noch immer darunter. Er hatte als Schreiberling in einer elsässischen Zeitung gearbeitet. In seiner Tasche trug er ein Schiffsbillett nach Kairo, einen Vertrag mit dem Rundfunk und fast keinen Sou. In Frauen sah er minderwertige Wesen, die im allgemeinen keine Hirnstrapazen erfordern und der wünschenswerte Umgang für einen Mann wie ihn waren, der zweimal am Tag essen, von Zeit zu Zeit erotische Bedürfnisse befriedigen und vor dem 14. des Monats Marseille erreichen mußte.

An seinem Geburtstagsmorgen war er in Bar-le-Duc. Eine Lehrerin aus der Gegend von Metz hatte ihn in einem 2 CV mitgenommen. Sie verehrte Liz Taylor und Mallarmé und wollte in Saint-Dizier an der Marne ihre Eltern besuchen. Nachmittags hatten sie einen Umweg gemacht und hinter einer verlassenen Sägemühle gehalten. Er hatte nicht viel Spaß dabei gehabt und nur eine unangenehme Erinnerung an etwas Schwülstiges, Jämmerliches auf dem Rücksitz zurückbehalten. Sie hingegen war zufrieden gewesen. Sie hatte bis Bar-le-Duc vor sich hingeträllert und verlangt, daß er seine Hand zwischen ihre Knie schob, während sie fuhr. Sie war zweiundzwanzig oder dreiundzwanzig und verlobt, aber sie wolle die Verlobung jetzt lösen; dies sei der schönste Tag ihres Lebens – na, und so weiter. Krampf.

In Bar-le-Duc hatte sie ihn in einem Lokal abgesetzt und ihm dreißig Francs fürs Essen in die Hand gedrückt. Sie wollte ihren Eltern in Saint-Dizier guten Tag sagen und ihn gegen Mitternacht im selben Lokal wiedertreffen. Er hatte gegessen und den *France-Soir* gelesen. Dann war er mit seinem Koffer auf einen Omnibus gesprungen und hatte an der Stadtausfahrt einen Kaffee getrunken. Das Lokal war gepflegt, mit einem Kamin im Speisesaal, die

Kellnerinnen trugen schwarze Kleider und weiße Schürzen. Dort hatte er (nachdem er ihrem Gespräch entnommen hatte, daß sie nach Moulins fuhren) die Bekanntschaft einer sehr weißhäutigen Vierzigerin mit hübschem Popo und ihres Schwagers gemacht, eines Notars aus Longuyon. Er hatte den beiden irgendwas erzählt – er sei Jugendsozialfürsorger und unterwegs nach Saint-Etienne, um dort einen Posten anzutreten.

Die Frau sah nicht so aus, als ob sie mit so etwas zu beeindrucken sei. Sie hatte nach den Erdbeeren mit Sahne eine Zigarette geraucht und offensichtlich an etwas anderes gedacht. Er hatte sich an den korpulenten Schwager gehalten, der unter hohem Blutdruck litt und einen Sommeranzug aus glänzendem Stoff trug. Ihm hatte er gesagt, daß er noch nie einen so fortschrittlichen Notar wie ihm begegnet sei. Punkt elf hatte er mit ihnen einen schwarzen, etwas klapprigen Peugeot bestiegen und war abgefahren.

Um ein Uhr früh kannte er das ganze Leben der beiden; er wußte Bescheid über das Familiengrundstück, das sie dummerweise verkauft hatten, über den gelähmten, bösartigen Großvater sowie über den Ehemann der Dame und den Bruder in Moulins, den sie besuchen wollten. Der Notar hatte einen Augenblick angehalten, um ein Nickerchen zu machen. Philippe und sie waren ausgestiegen, um am Straßenrand eine Zigarette zu rauchen. Sie hatte sich gereckt und gesagt, daß sie sich nachts auf dem Lande bei schönem Wetter immer so jung fühle; dann hatten sie einen Feldweg eingeschlagen, der wohl zu irgendeinem Gehöft führte. Sie war stehengeblieben, und er hatte an ihrer zitternden Stimme gemerkt, daß sie einen Kloß im Hals und im Kopf nur einen einzigen Wunsch hatte. Aber dann hatte sie sich den Rock nicht schmutzig machen wollen und sich hingekniet, und jedesmal, wenn sie aufstöhnte, fürchtete er, daß sie einen Herzanfall bekommen und in ihrer ganzen Fülle leblos in seinen Armen hängen würde. Sie hatte allen möglichen Unsinn geflüstert, widerlich geradezu: Es sei das erste Mal, daß sie so etwas mache, und er dürfe nicht schlecht von ihr denken, aber sie gehöre ihm ganz und gar. Er war richtig angewidert gewesen. Als sie hinterher ihre Kleider ordnete, hatte sie ihn gefragt, ob er sie liebe. Na, was denn.

Im Wagen hatte der Schwager noch immer geschlafen. Sie hatten ihn aufgeweckt. Weil Thérèse – so hieß sie – wollte, daß Philippe mit ihr hinten saß, hatte er wohl etwas gemerkt. Doch er hatte nichts gesagt. Später, als sie in Beaune einfuhren, war sie eingeschlafen. Philippe hatte ihre Handtasche nicht leise genug aufgekriegt; der gute Mann hatte sofort das Gas weggenommen, angehalten und halblaut gesagt: *Sie sind jünger und stärker als ich, aber glauben Sie mir, ich schlage zurück, und am Ende fallen Sie rein dabei* ... Philippe hatte die Tasche wieder geschlossen und war ausgestiegen. Thérèse war nicht aufgewacht.

Gegen Mittag nahm er einen Autobus nach Chalon-sur-Saône. Er hatte kein Geld mehr, aber es mußte mit dem Teufel zugehen, wenn er niemand fand, der ihn mitnahm. Es war mit dem Teufel zugegangen, schlimmer noch. Er hatte den ganzen Nachmittag in der avenue de Paris und der rue de la Citadelle verbracht, ohne ein geeignetes Opfer zu treffen. Zum Stehlen hatte er kein Talent; er scheute auch die Gefahr, Prügel zu beziehen oder Schlimmeres. Solange ihm noch Zeit blieb – er gab sich selber Zeit bis Mitternacht –, ging er den Fernfahrern und jedem männlichen Gesicht aus dem Weg. Wenn Not am Mann ist, fang was mit einer Frau an.

Wäre es nicht Samstag gewesen, hätte er es in einem Wohnblock versucht. Er wäre bestimmt auf eine ungepflegte, unverstandene Hausfrau gestoßen, eine de Gaulle-Wählerin, deren Mann im Büro und deren Kinder in der Schule waren. Er hätte sie so lange für den *Progrès de Lyon* interviewt, bis er sie im Bett gehabt hätte: hinterher hätte sie ja sagen können, daß ihr die Geldbörse im Selbstbedienungsladen abhanden gekommen sei. Aber es war Samstag.

Gegen fünf hatte er ein paar belgische Touristen angesprochen, die leider bereits auf dem Rückweg waren. Er hatte sich gesagt, Junge, Junge, diesmal sitzt du wirklich in der Tinte; es kommt noch so weit, daß du dir einen Fernfahrer anlachst ... Bevor er am

14. früh in Marseille das Schiff bestieg, wollte er noch nach Cassis. Er kannte dort einen Garagenbesitzer, der früher in Metz gelebt hatte und der ihm aus der Patsche helfen konnte. Es war inzwischen der 11. Wenn er weiter so langsam vorankam, würde er Marseille erst am Monatsende erreichen.

Er hatte eine Idee gehabt – keine besonders geniale, aber immerhin besser als nichts: der Schulschluß in den Lyzeen. Er war eilig mehrere Straßen entlanggegangen, ehe ihm einfiel, daß die Ferien schon angefangen hatten und niemand mehr in den Schulen war. Aber dann hatte er zum Glück eine Handelsschule für junge Mädchen gefunden, in der man noch unterrichtete.

Als die letzte Stunde zu Ende war, schien ihm die Sonne über ein Fabrikdach hinweg ins Gesicht. Er hatte nur mit Mühe finden können, was er suchte: ein großes, blondes, schwerfälliges Mädchen mit kreischendem Lachen und kreischender Stimme. Ihre Bücher trug sie mit einem Lederriemen zusammengeschnallt unter dem Arm. Er hatte sie auf sechzehn geschätzt – er schätzte sie aus Prinzip nie jünger, weil er sich nicht mit allzu jungem Gemüse einlassen mochte. Sie war von Freundinnen umgeben, die sich Ecke für Ecke unter langem Palaver verabschiedeten. Er hatte aufgeschnappt, daß sie Grandchamp hieß, Dominique Grandchamp. Sie hatte gemerkt, daß er ihr folgte. Von Zeit zu Zeit kreuzten sich ihre Blicke. Sie hatte blaue, dämliche Augen, die sich auf seinen Koffer hefteten.

An einem Stadion an der rue Garibaldi war er mit ihr allein. Er hatte sie am Arm gefaßt, sie mit Dominique angeredet und gesagt, daß sie ihn anhören müsse. Er liebe sie seit langem; er habe sich ihretwegen geprügelt und nun seine Stellung verloren. Selbst wenn sie ihn auslachen würde: Ehe er nun die Stadt verließ, müsse er es ihr noch sagen – daß er sie nämlich liebe, seit er sie zum ersten Mal gesehen hätte ... Na, und so weiter.

Drei Stunden später hatte sie ihm beim Abschied im Treppenhaus fünfundzwanzig Francs gegeben – mehr hatte sie nicht. Das Treppenhaus roch nach Kohl; sie hatte still vor sich hin geweint, ihn Georges genannt – er hatte mehrere Namen zur Verfügung –

und ihn mit zusammengepreßten, ungeschickten und salzigen Lippen geküßt. Er hatte das Gefühl, ein Gemetzel hinter sich zu haben. Doch das hatte ihn nicht gestört. Er hatte sich mit ihr für den nächsten Nachmittag vor einem Denkmal verabredet, das er nicht kannte, aber zu kennen vorgab; erst dann werde er abreisen. Sie war die Treppe hinaufgestiegen und hatte sich noch ein letztes Mal nach ihm umgesehen, dümmlich lächelnd und strahlend vor Glück. Verdammt noch mal, hatte er sich gesagt, mir schenkt auch keiner was.

In einer Imbißstube hatte er sich eine Bulette bestellt und durch die Fensterscheibe in die Nacht hinausgestarrt. Die Uferstraße verlängerte den quai des Messageries. Er war eine Weile sitzen geblieben, denn wenn er woanders hingegangen wäre, hätte er Geld ausgeben müssen, und er wußte aus Erfahrung, daß man nachts hartnäckig an einem Ort warten muß. Wenn man rumrennt, schafft man's nie. Und dann hatte schräg gegenüber der weiße Thunderbird gehalten. Gegen elf war das. Im Wageninnern hatte er nur ein grünes oder blaues Kopftuch gesehen, aber das Pariser Nummernschild war ihm aufgefallen. Besser spät, hatte er sich gesagt, als überhaupt nicht.

Als er das Lokal verließ, stieg die junge Frau gerade aus dem Wagen. Sie war groß und ganz in Weiß. Sie band ihr Kopftuch ab, und ihr blondes Haar glänzte im Schein der Laternen am Flußufer. An der linken Hand trug sie einen Verband. Sie überquerte die Straße und betrat ein Café, das ein Stück weiter unten lag. Er fand ihren behutsamen und doch ausgreifenden Gang hübsch.

Philippe schlenderte langsam zu dem Wagen, um festzustellen, ob noch jemand darin saß. Er war leer. Er öffnete die Tür zum Fahrersitz. Drinnen roch es nach Parfüm. Hinter der Windschutzscheibe fand er ein Päckchen Gitanes Filter. Er nahm sich eine, zündete sie an, öffnete das Handschuhfach und dann den Koffer auf dem Rücksitz: zwei Nylonspitzenhöschen, ein helles Kleid, eine lange Hose, ein zweiteiliger Badeanzug, ein Nachthemd, das auch nach Parfüm roch, obwohl alles übrige neu war. Er stellte den eigenen Koffer auf gut Glück in den Wagen, ging zu dem Café und beobachtete sie durch die Scheibe.

Sie wählte in der Musikbox eine Platte aus. Sie steckte eine Brezel in den Mund. Er sah, daß ihre geschliffenen Sonnenbrillengläser das Licht seltsam reflektierten. Kurzsichtig. Fünfundzwanzig Jahre. Ungeschickt mit der rechten Hand. Verheiratet oder liiert mit einem Kerl, der zu Weihnachten einen Thunderbird verschenken kann. Sie lehnte sich über die Musikbox, und er sah, wie sich unter ihrem Rock ein rundes, festes Hinterteil und lange Schenkel abzeichneten. Er sah aber auch, daß ihr Kostüm schmutzig war. Ihre Frisur war unauffällig. Ihr Mund und ihre Nase waren klein. Sie sprach mit der rothaarigen Schlampe an der Kasse und lächelte traurig. Die Männer – das heißt sämtliche Kunden – warfen ihr rasche, durchdringende Blicke zu, aber sie bemerkte es nicht. Sie ließ ein Chanson spielen; er hörte durch die Fensterscheibe hindurch, wie Bécaud ihr mitteilte, sie sei allein auf ihrem Stern. Sitzengelassen. So eine ist schwer reinzulegen.

Reich war sie nicht, und wenn, dann noch nicht lange. Er hätte nicht sagen können, woran er es merkte. Vielleicht, weil ein reiches Mädchen nicht um elf Uhr abends allein in Chalon spazierengeht – aber warum eigentlich nicht? Vielleicht war es auch der dürftige Inhalt ihres Koffers. Er wußte nur, daß er genausogut einen Lastwagen hätte anhalten können. Lkw-Fahrer sind auch schwer reinzulegen.

Er machte es sich im Wagen bequem und wartete. Er stellte Europe I ein und zündete sich noch eine Zigarette an. Er sah, wie sie das Café verließ, die Straße überquerte und weit hinten, an der Saône, stehenblieb. Als sie zurückkam, erriet er an ihrem Gang, daß sie ein kühler, ausgeglichener Typ war. Aber das Kühle und Ausgeglichene ist meistens rasch im Eimer, wenn so eine erst ohne weißes – oder andersfarbiges – Kostüm dasteht. Vielleicht konnte er sie doch reinlegen.

Sie wich etwas zurück, als sie die Tür öffnete und seinen Vorwurf hörte, daß sie spät dran sei. Aber sonst zeigte sie keine Überraschung. Sie setzte sich ans Steuer und zog ihren Rock über die

Knie. Während sie in der Handtasche nach ihren Schlüsseln suchte, sagte sie: «Sagen Sie bloß nicht, Sie hätten mich schon einmal gesehen. Die Platte kenn' ich.»

Sie sagte es leise und sehr deutlich; es klang, als spräche sie jeden Buchstaben einzeln aus. Weil ihm nichts Besseres einfiel, antwortete er: «Ja, ja – das können Sie mir alles unterwegs erzählen. Wissen Sie, wie spät es ist?»

Ihre dunkle Brille irritierte ihn. Wer weiß, was sie hinter den schwarzen Ovalen verbarg ... Die präzise Stimme:

«Verlassen Sie meinen Wagen!»

«Das ist doch nicht Ihr Wagen.»

«Ach so?»

«Ja. Ich hab' die Papiere im Handschuhfach gesehen.»

Sie zuckte die Achseln. «Benimm dich gefälligst, ja? Los, raus.»

«Ich muß nach Cannes.»

«Fein. Aber steig jetzt aus. Weißt du, was ich mache, wenn du nicht aussteigst?»

«Sie werden mich nach Cannes mitnehmen.»

Sie lachte nicht. Sie gab ihm einen Klaps auf die Beine, weil er seine Sohlen gegen die Windschutzscheibe stemmte. Er setzte sich manierlich hin. Sie sah ihn einen Augenblick an, dann sagte sie: «Ich kann dich nicht nach Cannes mitnehmen.»

«Wie unangenehm.»

«Was willst du eigentlich?»

«Daß die Karre endlich fährt, verdammt noch mal!»

Sie nickte. Es sah so aus, als sei sie einverstanden. Sie ließ den Anlasser an. Er wußte, daß sie ganz und gar nicht einverstanden war. Er war nicht überrascht, als sie auf dem Gehsteig wendete und in die Stadt zurückfuhr. Er sagte sich, daß sie fähig wäre, ihn wortlos zur nächsten Polizeiwache zu bringen. Dann aber sagte er sich, daß es nicht zu ihr passen würde.

Sie bog links ab, hielt an und besah sich ein Straßenschild. Sie streckte ihren zarten Hals vor. Ein entgegenkommender Wagen mußte ebenfalls anhalten. Der Fahrer schimpfte durch das Fenster. Sie antwortete nicht. Auch Philippe schwieg. Sie parkten etwas weiter vor einem Leuchtschild: Hôtel La Renaissance. Ein ebenso primitiver wie anmaßender Gedanke fuhr ihm durch den Kopf. Gleich darauf verwarf er ihn wieder.

«Soll ich im Wagen bleiben oder mitkommen?»

«Mach, was du willst.»

Er stieg aus und holte sie auf dem Gehsteig ein. Er war einen Kopf größer als sie. Er sagte ihr, daß er sie auch duzen würde, wenn sie ihn weiterduzte.

«Versuch's mal. Ich werde ganz Mâcon aufwecken.»

«Wir sind nicht in Mâcon, sondern in Chalon-sur-Saône.»

«Eben. Es wird sehr weit zu hören sein.»

Sie sah zu ihm hinauf, gleichgültig, schlagfertig, ein Mädchen, das seine Erfahrungen hinter sich hat. Aber gleichzeitig fühlte er fast körperlich, daß er sie noch heute nacht in seinen Armen halten würde. Er würde ihre Augen kennenlernen. Er würde noch morgen früh mit ihr zusammensein. Sie blieb vor der Glastür stehen. Wahrscheinlich dachte sie dasselbe, denn plötzlich sagte sie, ohne den Blick abzuwenden, aber mit einer anderen, beinahe müden Stimme:

«Bei mir ist nicht viel zu holen.»

Dann betrat sie das Hotel.

Drinnen gab es eine Szene, die er nicht gleich verstand. Die junge Frau sprach erst mit einem eleganten Herrn hinter dem Empfangspult, dann mit einer Frau, die dazugekommen war. Sie hatte telefonisch ein Zimmer bestellen lassen. Sie hieß Longo. Sie fragte, ob sie gestern in diesem Hotel übernachtet habe. Die beiden fanden die Frage offensichtlich sonderbar und sahen sie verständnislos an.

«Aber Mademoiselle, das müssen Sie doch am besten wissen.»

Nein, sie hatten sie nicht gesehen. Der Nachtportier hatte sie in Empfang genommen, heute abend hatte er frei. Er hatte jeden Samstag frei.

«Ach so ... Wie praktisch», murmelte die junge Frau.

«Ja, sind Sie denn gestern nicht hiergewesen?»

«Das frage ich Sie.»

Philippe stand neben ihr und spielte zerstreut mit einem Aschenbecher, den er vom Pult genommen hatte. Die Bewegung irritierte sie. Ohne ihn anzusehen, legte sie die rechte Hand auf seinen Arm und ließ sie dort liegen. Der Druck war von einer fast schwesterlichen Zärtlichkeit. Sie hatte schlanke, lange Finger mit unlackierten, kurzgeschnittenen Nägeln. Schreibmaschine, dachte Philippe. Sie sagte, daß sie bei einer Übernachtung einen Anmeldeschein hätte ausfüllen müssen. Wo der Anmeldeschein sei.

«Wir haben Ihren Anmeldeschein. Das haben wir schon dem Polizisten gesagt, der hier angerufen hat. Sie sind sehr spät angekommen, deshalb gilt der Schein noch für heute.»

Die Besitzerin wurde nervös und blätterte in den Papieren unter dem Pult. Sie legte eine kleine, weiße Karte vor die junge Frau, die nur einen Blick darauf warf und sie nicht in die Hand nahm.

«Das ist nicht meine Schrift.»

Der Mann unterbrach sie sofort: «Aber ich bitte Sie – das hat doch der Nachtportier ausgefüllt! Sie haben ihm gesagt, daß Sie Linkshänderin sind, und Sie hatten einen Verband an der linken Hand ... Sie tragen ihn ja immer noch. Sind Sie Linkshänderin?»

«Ja.»

Er nahm die Karte wieder an sich und las mit unsicherer Stimme vor: «Longo, Danielle Marie Virginie. Sechsundzwanzig Jahre, Werbeberaterin. Kommt aus Avignon. Lebt in Paris. Französische Staatsbürgerschaft ... Sind Sie das denn nicht?»

«Aus Avignon?» Es klang verwirrt.

«Das haben Sie dem Nachtportier erzählt.»

«Das ist ja albern.»

Der Mann hob wortlos die Hände. Es war nicht seine Schuld, wenn sie alberne Sachen sagte. Philippe nahm ihre lauwarme, in seinen Pullover festgekrallte Hand in die seine und fragte ruhig: «Sind Sie denn nicht hier gewesen?»

«Aber natürlich nicht. Das behaupten sie bloß alle.»

«Wir können ja den Nachtportier holen, wenn Sie es wünschen, Mademoiselle.»

Sie sah ihn einen Augenblick an, dann zuckte sie die Achseln, sagte, das sei nicht der Mühe wert und drehte sich um. Ohne sich zu verabschieden, ohne ein weiteres Wort, öffnete sie die Glastür.

«Wollen Sie denn das Zimmer nicht nehmen?» erkundigte sich die Besitzerin spitz.

«Aber ja», erwiderte sie. «Ich werde wie gestern woanders übernachten und gleichzeitig hier sein. Ich muß mich doch ein bißchen interessant machen.»

Im Wagen zündete sie sich eine Zigarette an, stieß wütend den Rauch aus und dachte nach. Philippe hielt es für besser, zu schweigen. Nach einer Weile ließ sie den Motor an und fuhr auf Umwegen an die Stelle des Ufers zurück, wo er sie getroffen hatte.

«Ich fahr' heut' nacht nicht mehr weiter. Ich kann dich nicht mitnehmen nach Cannes. Tut mir leid.»

Sie beugte sich rasch hinüber und öffnete seine Tür. Er versuchte erst gar nicht sie zu küssen, es hätte ihm nur ein paar Ohrfeigen eingebracht. Er sagte, er habe vorhin gelogen; er wolle nicht nach Cannes.

«Gelogen, so.»

«Ich muß am 14. in Marseille ein Schiff erwischen.» Er log wieder. «Nach Guinea.»

«Schick mir eine Ansichtskarte von dort. Los, steig aus.»

«Ich hab' einen Vertrag nach Guinea. Ich bin Spezialist für Düsenflugzeuge. Ich habe mein Diplom beim Militär gemacht. Ich könnte Ihnen eine Menge über Düsenflugzeuge erzählen. Das ist sehr lehrreich.»

«Und wie heißt du?»

«Georges.»

«Und was bist du: Zigeuner oder Spanier?»

«Halb Zigeuner, halb Italiener, halb Bretone. Ich komme aus Metz. Ich kann Ihnen auch eine Menge über Metz erzählen.»

«Exotische Gegenden interessieren mich nicht. Stimmt das mit den Düsenflugzeugen?»

Er hob die rechte Hand und tat so, als schwöre er. «Sie brauchen Techniker da unten.»

«Ich hab' gedacht, die stellen nur Chinesen ein.»

Er zog mit beiden Zeigefingern die Augen schräg: «Ich bin auch ein bißchen chinesisch.»

«Damit du nur weißt: Ich werde hier übernachten. Schlafen. Und zwar ausgiebig.»

«Ich kann ja hier im Wagen warten.»

«Das kommt gar nicht in Frage.»

«Ich kann ja auch bei Ihnen schlafen.»

«Geht auch nicht. Ich wälze mich hin und her und trete mit den Füßen. Außerdem fahren genug Wagen nach dem Süden. Soll ich dir einen Rat geben?»

«Ich bin volljährig.»

Sie wiegte den Kopf hin und her, atmete tief ein und ließ den Thunderbird wieder anfahren. Philippe sagte, daß er morgen fahren könne, wenn sie wolle. Mit ihrer verletzten Hand sei das Fahren gewiß nicht leicht. Sie antwortete, mein lieber Junge, bis morgen habe ich längst Mittel und Wege gefunden, um dich loszuwerden.

An der Stadtausfahrt hielt sie im Garten eines Hotels mit wer weiß wie vielen Sternen, in dem schon viele andere Wagen mit Pariser oder ausländischen Nummernschildern standen. Sie stieg aus. Er blieb sitzen.

«Hast du kein Geld, dir ein Zimmer zu nehmen?»

«Nein.»

«Hast du etwas gegessen?»

«Ich war gerade dabei. Sie haben mir den Appetit verdorben.»

Sie ging unschlüssig auf den erleuchteten Eingang zu. Durch die großen geöffneten Fenster sah er einige verspätete Gäste bei Tisch. Sie blieb stehen und drehte sich zum Thunderbird um.

«Na, kommst du endlich?»

Er ging zu ihr hinüber. Sie stand da, groß, lässig, blond und einfach umwerfend. Sie nahm ein Zimmer mit Bad für sich und für ihn ein Zimmer, das ein Stockwerk höher lag. Er sagte im Fahrstuhl:

«Ich brauche auch eine Badewanne.»

«Sonst noch was? Morgen früh kannst du meine benutzen.

Wenn du willst, wasch' ich dir auch den Rücken ... Und jetzt mach'n Punkt, ja?»

Er betrat mit ihr ein großes Zimmer mit geschlossenen Vorhängen. Ein Hausdiener in blauer Schürze folgte ihnen mit dem Gepäck. Als sie Philippes Koffer sah, sagte sie erstaunt:

«Das ist nicht mein Koffer. War der im Wagen?»

«Das ist meiner», sagte Philippe.

«Du warst deiner Sache sicher, hm?»

Sie gab dem Diener ein Trinkgeld – was wegen ihrer Hand seine Zeit brauchte – und bestellte etwas Kaltes, wenn es nicht anders ginge, im Speisesaal. Für zwei. Sie wollte in einer Viertelstunde hinunterkommen. Der Diener ging. Sie versetzte Philippes Koffer einen Tritt und zeigte nach der offenen Tür.

Er ließ sie in Ruhe. Es war nach zwölf, aber von unten drang noch lautes Lachen herauf. Sein Zimmer war kleiner und weniger bequem. Es lag auf der Gartenseite. Er sah den Thunderbird, dachte nach, öffnete seinen Koffer, wusch sich das Gesicht und putzte sich die Zähne. Er hielt es für unangebracht, sich umzuziehen. Um nicht gleich hinunterzugehen, zwang er sich, die Hausordnung neben der Tür durchzulesen. Dann schloß er die Tür hinter sich ab.

Als er ohne anzuklopfen bei ihr eintrat, stand sie barfüßig in Schlüpfer und weißem Büstenhalter am Fenster und war dabei, ihr feuchtes Kostüm auf zwei Stühlen auszubreiten. Sie trug eine normale Brille mit Metallbügeln, die ihr besser stand – und die ihm besser gefiel –, und ihr Körper war so schmal und reizvoll, wie er es sich vorgestellt hatte. Sie fragte ihn, ob er die Kristallvase neben der Tür zum Badezimmer sähe. Er sagte, ja.

«Wenn du nicht gleich verschwindest, schmeiß' ich sie dir an den Kopf.»

Er ging in den Speisesaal hinunter und wartete auf Miss Vierauge. Sie erschien in der türkisblauen Hose, die er im Koffer gesehen hatte und die ebenso aufreizend eng war wie ihr weißer Pullover. Sie hatte wieder ihre barbarische Brille aufgesetzt.

Er war nicht hungrig. Er sah ihr zu. Sie saß ihm gegenüber

und stocherte mit dem Löffel in einer geeisten Melone herum. Er schnitt ihr das Fleisch in kleine Stücke. Sie sprach langsam und etwas niedergeschlagen. Sie leitete eine Werbeagentur. Sie wollte sich mit Freunden in Monte Carlo treffen. Sie erzählte ihm eine verwickelte Geschichte, in der eine Unzahl Personen vorkamen, die sie angeblich überall wiedererkannten und behaupteten, sie hätten sie am Morgen gesehen. Es fiel ihm auf, daß sie ihn nicht mehr duzte.

Als er nach und nach ihr Abenteuer begriffen hatte, lachte er los. Richtiger hätte er sich nicht verhalten können. Er merkte sofort, daß sie ihm dankbar war.

«Finden Sie das auch komisch?»

«Aber natürlich. Da will Sie einer auf den Arm nehmen. Wo war das mit dem Fernfahrer und den Veilchen?»

«Auf der Straße nach Auxerre.»

«Er fährt sicher regelmäßig die 6 und kennt überall Leute. Wahrscheinlich hat er mit denen telefoniert und so Hase und Swinegel mit Ihnen gespielt ... Nee, umgekehrt.»

«Aber der Polizist ... Glauben Sie, ein Polizist spielt mit bei so was?»

«Der ist sicher ein Freund des Tankstellenbesitzers oder ein Verwandter. Warum sollte er nicht mitspielen? Halten Sie Polizisten für besonders intelligent?»

Sie betrachtete ihren Verband. Sie hatte denselben Ausdruck, den er in Chalon durch die Fensterscheibe des Cafés an ihr bemerkt hatte. Die anderen Gäste hatten sich zurückgezogen. Philippe sagte, daß gewisse Späße übel ausgehen können, daß sie sich wahrscheinlich heftig gewehrt hätte, als man ihr in der Tankstelle Angst einjagen wollte, und sich vielleicht selber verletzt hätte. Vielleicht war ihr schlecht geworden und sie war auf ihre linke Hand gefallen.

«Mir wird nie schlecht.»

«Dann war es eben das erste Mal.»

Sie nickte. Er merkte, daß sie nur fragte, um sich zu beruhigen. Es war fast ein Uhr. Wenn sie so über diese absurde Geschichte weiterredete, würde er nie ins Bett kommen. Er sagte, na schön, es ist jetzt vorbei.

«Wie sehen Sie eigentlich aus, wenn Sie lächeln?» fragte er dann plötzlich.

Sie zeigte es ihm. Sie strengte sich merklich an, den Nachmittag zu vergessen. Konnte sie aber ihre Hand vergessen, die ihr sicher weh tat? Dieser Schmerz war ein Minuspunkt für ihn. Sie hatte kleine, regelmäßige und sehr weiße Zähne. Die oberen Schneidezähne standen leicht auseinander. Er fragte vorsichtig:

«Kann ich Ihre Augen auch einmal sehen?»

Sie nickte, aber sie lächelte nicht mehr. Er streckte die Hand über den Tisch und nahm ihr die Brille ab. Sie ließ es reglos geschehen und versuchte erst gar nicht, ihn richtig in den Blick zu bekommen. Ihre Augen waren dunkel. Sie spiegelten nichts als die Lampen wider. Ihr Schweigen bedrückte ihn; er wollte es unterbrechen. Er fragte gepreßt:

«Wie sehe ich jetzt aus?»

Sie hätte antworten können: verschwommen, verzerrt, picassohaft oder überbelichtet – irgend etwas, um ihn zurückzuweisen. Aber sie antwortete:

«Küssen Sie mich.»

Er machte ihr ein Zeichen, daß sie ihr Gesicht nähern sollte. Sie kam näher. Er küßte sie sanft. Ihre Lippen waren lauwarm und reglos. Er setzte ihr die Brille wieder auf. Sie starrte auf die Tischdecke. Er fragte sie, und zu seiner Überraschung klang seine Stimme noch immer gepreßt, wie viele Kristallvasen zum Werfen sie in ihrem Zimmer hätte. Sie lächelte kurz, als machte sie sich über sich selbst lustig. Sie beteuerte leise, daß sie vernünftig sein würde, wirklich, sie verspreche es; dann hob sie rasch die Augen. Er sah, daß sie etwas sagen wollte und es nicht über die Lippen brachte. Sie sagte nur, daß er der netteste Chinesenzigeunerbretone aus Metz sei, den sie kenne.

Im Zimmer, wo ein Lampenschirm einen großen Stern auf die Decke warf, ließ sie sich von ihm entkleiden. Sie hielt sich mit der rechten Hand an seinem Nacken fest. Den Pullover behielt sie an.

Bevor er ihr den Pullover endlich auszog, küßte und streichelte er sie lange auf dem Bett. Er küßte und streichelte sie auch lange, ehe er die Bettdecke zurückschlug, und abermals lange, bevor er sich selber auszog. Und dann spürte er ihr blondes Haar an der Wange, und sie flüsterte unverständliche Worte an seiner Schulter; ihr heißer Atem war auf seiner Haut, ihr Herz klopfte rasch, und dann machte sie die Augen ganz fest zu.

Später küßte sie seinen nackten, schmalen Rücken. Er schlief, den Kopf auf den rechten Arm gelegt. Ohne ihn zu wecken, knipste sie die Lampe aus und schlief auch ein.

Am Morgen schlüpfte sie behutsam aus seinen Armen, setzte ihre normale Brille auf und ließ sich hinter der geschlossenen Tür des Badezimmers ein Bad einlaufen. Ihr Gesicht überraschte sie im Spiegel; es war ein fremdes Gesicht. Außer kleinen Schatten unter den Augen hatte die vergangene Nacht keine Spuren darin hinterlassen und die Morgensonne gab ihm sogar Farbe. Als sie durch das Zimmer gegangen war, hatte sie seine auf dem Teppich verstreuten Kleider aufgelesen. Sie hängte die Hose, das Hemd und den grauen Pullover auf einen Bügel. Im Pullover stand sein Name: Georges Soundso. Sie fühlte eine Brieftasche und hätte am liebsten nachgesehen, was sie enthielt. Aber sie ließ es bleiben. Wenn man sich schon wie ein billiges Flittchen benimmt, braucht man nicht auch noch auf das Niveau einer Ehefrau zu sinken. Sie wollte ohnehin nur eines wissen.

Sie wickelte sich in ein Frottiertuch, ging ins Zimmer zurück, beugte sich über ihn und fragte, ob es wahr sei, daß er am 14. abhauen würde. Im Halbschlaf sagte er, aber nein, das war doch bloß Wichtigmacherei, gute Nacht. Sie ließ ihn schwören. Er hob die rechte Hand ein paar Zentimeter über das Kopfkissen und sagte, ich schwöre es, und du fällst mir langsam auf die Nerven. Dann schlief er wieder ein.

Sie nahm ihr Bad, bestellte leise per Telefon Kaffee, ging zur Tür, um dem Zimmermädchen das Tablett abzunehmen und gab ihr das getrocknete Kostüm zum Bügeln. Sie trank zwei Tassen von der faden Flüssigkeit und betrachtete dabei den vertrauten Fremden in ihrem Bett. Dann konnte sie sich nicht mehr beherrschen. Sie schloß sich im Badezimmer ein und untersuchte die Brieftasche. Er hieß nicht Georges, sondern Philippe Filanteris, war in Paris geboren und genau sechs Tage jünger als sie. Und er hatte tatsächlich eine Passage auf einem Schiff gebucht; er fuhr am 14. ab (um elf Uhr, vom quai de la Joliette), nicht nach Guinea, sondern nach Kairo. Es berührte sie stärker, als sie erwartet hatte.

Sie ließ ihm ein Bad ein und bestellte ein komplettes Frühstück, das er mit gutem Appetit in der Badewanne herunterschlang. In ihr Frottiertuch gewickelt, saß sie neben ihm auf dem Wannenrand. Von Zeit zu Zeit drückte er ihr einen Kuß auf den Schenkel. Sein Haar war wirr, seine großen, berechnenden Augen schwarz, seine Wimpern unglaublich lang, und unter seiner Haut spielten Muskeln.

Sie gab sich Mühe, einen klaren Kopf zu behalten. Er hatte keinen Sou, und wenn er nicht sie getroffen hätte, wäre es eine andere gewesen. Sie redete sich auch ein – mein Gott, es war ja schon Sonntag der 12.! –, daß er vielleicht seine Absicht ändern würde, bevor das Schiff abfuhr, daß auch die Männer nur mit einer ins Bett gehen, die sie ein bißchen mögen ... Quatsch.

Er ließ sich den Koffer aus dem anderen Zimmer kommen. Er holte einen hellen, etwas zerknitterten Sommeranzug hervor und band sich eine schwarze Krawatte um. Er sagte, seit dem Tode seiner Mutter trage er keine andere Farbe. Dann half er ihr beim Anziehen. Er bat sie, doch die normale Brille aufzubehalten. Und sie log ihm vor, daß das unmöglich sei, denn sie sähe damit nur ein paar Meter weit. Er antwortete, daß er fahren würde. Also behielt sie die Brille auf. Als sie fertig war, umarmte er sie neben der Tür, hob den Rock ihres Kostüms, streichelte ihre Beine und küßte sie. Seine Lippen schmeckten nach Kaffee. Er sagte, daß ihm die Zeit bis zum nächsten Hotelzimmer sehr lang werden würde.

Es hatte in der Nacht geregnet. Das Verdeck und die Karosserie des Donnervogels waren mit dicken, glänzenden Perlen besät.

Sie fuhren durch Tournus, wo sie die Sonne erwartete, dann durch Mâcon, wo die Glocken zur Sonntagsmesse läuteten. Sie sagte ihm, daß sie nicht zu ihren Freunden nach Monte Carlo fahren, sondern bis zur Abfahrt des Schiffes bei ihm bleiben würde, wenn er wolle. Er wiederholte, von einer Abfahrt sei keine Rede.

Hinter Villefranche nahm er eine Straße, die Lyon umging. Sie wand sich zwischen Felsmassiven hindurch. Sie fuhren mit offenem Verdeck. Es waren viele schwere Lastzüge unterwegs. Er mußte sich gut auskennen; er zögerte an keiner Kreuzung. Als sie in Tassin-la-Demi-Lune ankamen, fiel ihr das Paar in der Raststätte bei Fontainebleau ein, und das brachte ihr schlagartig das Abenteuer vom vorherigen Tag ins Gedächtnis zurück. Es kam ihr unwirklich vor, aber sie fühlte trotzdem, wie ihre Angst wuchs. Sie schmiegte sich an ihn, ließ einen Augenblick den Kopf an seiner Schulter ruhen, und es verging.

Er sprach wenig und fragte viel. Sie wich so gut sie konnte den verfänglichen Fragen aus: Wem der Wagen gehöre? Wer sie in Monte Carlo erwarte? Sie beschrieb vage «ihre» Firma – die Agentur ohne Caravaille. Sie erzählte dafür um so ausführlicher vom Waisenhaus, und er lachte jedesmal, wenn sie Mama-Obs erwähnte. Er fand die alte Frau komisch, er hätte sie gemocht, aber das hätte wahrscheinlich nicht auf Gegenseitigkeit beruht, oder? Dany meinte, man könne ja nie wissen, aber in ihrem Innern predigte Mama-Obs: *Wenn ich noch am Leben wäre, sähe der Bursche inzwischen nicht mehr so hübsch aus, das kannst du mir glauben. Er kann nichts dafür, daß du dich so leicht hinlegst, aber er verdient Prügel für das, was er dir antun wird. Und sag ihm bloß, er soll nicht so schnell fahren, sonst wird er euch beide umbringen mit eurem gestohlenen Auto.*

Hinter Givors fuhren sie über die Rhône, bogen in die 7 ein, folgten dem Fluß durch kleine, sonntägliche Orte: Saint-Rambert-d'Albon, Saint-Vallier, Tain-l'Hermitage. Zum Mittagessen hielten sie einige Kilometer vor Valence.

Die Sonne wurde wärmer, die Landschaft südlicher. Dany mußte sich beherrschen, um nicht in ihren Gesten oder ihrem

Mienenspiel zu zeigen, wie glücklich sie war. Ihr Tisch stand im Garten, genau so, wie sie es sich tags zuvor gewünscht hatte. Sie fand sogar Spaghetti auf der Karte. Er erzählte ihr von Orten, die sie nicht kannte, von Orten, in denen sie sich abends lieben und baden konnten, jeden Tag, soviel sie wollte. Sie suchte sich Les-Saintes-Maries-de-la-Mer aus, weil das ihrer Ansicht nach am besten zu einem Zigeuner paßte, auch zu einem falschen und nicht sonderlich frommen, und dann bestellte sie sich Himbeeren.

Er ließ sie ein paar Minuten allein. Er wollte «einen Freund» anrufen. Als er wiederkam, merkte sie, daß ihn etwas beschäftigte. Er lächelte verkrampft. Als sie die Rechnung bezahlte, sah sie, daß er weder mit Metz noch mit Paris gesprochen haben konnte – der Betrag war zu niedrig. Weil sie es nicht gewohnt war, die rechte Hand zu benutzen, mußte sie ihr Geld vor seinen Augen aus dem Gehaltsumschlag herausholen. Aber er stellte keine Fragen. Vielleicht hatte er es nicht einmal bemerkt. Sie ärgerte sich, daß sie nicht vorher daran gedacht hatte. Daran hätte sie denken sollen, statt seine Brieftasche zu durchstöbern.

Sie fuhren durch Valence, ein freundliches Städtchen mit vielen großen Platanen. Ein anderes, helleres Land tat sich vor ihr auf, und obgleich sie es nie gesehen hatte, kam es ihr vertraut vor. Neben der Straße trocknete die Rhône zwischen Sandbänken aus und hinter Montélimar bestand alles – Erde, Fels, Bäume – nur noch aus Sonnenlicht.

Ihre linke Hand schmerzte nicht mehr, aber sie konnte den Arm nicht um seine Schulter legen. Er fuhr schnell, mit einem aufmerksamen Gesicht, an das sie sich immer erinnern würde. Sie zündete ihm die Zigarette an und nahm sie ihm manchmal für ein paar Züge aus dem Mund. Sie freute sich über die Orte, in denen er langsam fahren mußte, denn dann wendete er ihr den Kopf zu und küßte sie oder er schob seine Hand zwischen ihre Knie.

Hinter Avignon lief die Straße sehr gerade unter den Platanen dahin. Orange. Er hatte sein Hemd über der Brust geöffnet, er erzählte von Autos (Ferrari), von Pferden (Gélinotte, Sea Bird), von Filmen (*Lola Montez, Jules et Jim*), jedoch nichts von sich selbst.

Sie nannte ihn weiter Georges. Sie hielten vor einem Lokal in Salon und tranken ein Glas an der Theke, während sie volltanken ließen. Sein Haar war wie im Bett auf der Stirn verklebt, und ihres auch. Sie lachten beide gleichzeitig, ohne etwas zu sagen. Sie hatten dasselbe gedacht.

Er fuhr noch zehn oder zwanzig Kilometer weiter, aber jetzt langsamer. Er küßte sie häufiger, und seine Hand unter ihrem Rock wurde heftiger. Sie sagte sich, daß sie da nicht mitmachen würde. So etwas hatte sie noch nie in einem Auto getan. Sie hatte Herzklopfen.

Aber das wollte er auch nicht. Er bog nach Miramas ab, hielt jedoch den Thunderbird an einem Seitenweg an und forderte sie auf, auszusteigen. Er kannte die Stelle, das hätte er ihr nicht zu sagen brauchen, aber er sagte es trotzdem. Sie gingen durch einen Pinienwald, in dem Grillen ohrenbetäubend zirpten, und als sie die Kuppe eines Hügels erreicht hatten, sahen sie weit unten den See von Berre reglos in der Sonne liegen.

Danys Gedanken verwirrten sich. Ihr war heiß. Sie schämte sich. Sie hatte Angst. Wovor, wußte sie nicht. Aber als sie den Donnervogel verließ, stand sekundenlang ein Bild vor ihrem Auge; es war nicht klar zu erkennen, wie ein überbelichtetes Negativ. Es war ihr Zimmer oder vielleicht auch das Zimmer, in dem sie bei den Caravailles geschlafen hatte – auf jeden Fall befand sich Anita darin; nicht die Anita von heute, sondern jene Anita, die sie eines Abends aufgegeben hatte. Es war lange her, und sie hätte sich nicht mehr an diese Anita zu erinnern brauchen, die im Morgengrauen ihre Seele verloren hatte, die sie geschlagen und hinausgeworfen und dann zum erstenmal hatte weinen sehen ... *Könnten diese Grillen denn nicht mal aufhören mit ihrem Gezirpe?*

Er ließ sich neben ihr auf einen großen, mit trockenem Moos bewachsenen Felsen nieder und knöpfte, wie sie es erwartet hatte, ihre Kostümjacke auf. Sie ließ es geschehen, sie wollte nicht wie eine dumme Gans dastehen, der man Gewalt antun muß, aber nachdem er ihr ein paarmal über den Büstenhalter gestreichelt hatte, ließ er sie in Ruhe. Er fragte sie etwas, so leise, daß sie es kaum verstand, nur eben gerade. Er wiederholte seine Frage nicht. Sie begriff nicht, warum er sie gestellt hatte. Denn das paßte nicht zu ihm. Sie erkannte sein plötzlich verschlossenes Gesicht nicht wieder. Er wollte wissen, mit wie vielen Männern sie es schon getrieben hätte – das war der Ausdruck, den er benutzte.

Sie antwortete: Mit einem einzigen. Er zuckte die Achseln. Sie sagte, daß die anderen nicht zählten. Er zuckte die Achseln. Sie sagte, da seien noch zwei weitere gewesen, aber sie zählten wirklich nicht.

«Dann erzähl mir also von dem ersten.»

«Nein. Ich mag das nicht.»

Sie versuchte ihre Kostümjacke mit der rechten Hand zuzuknöpfen, aber er hinderte sie daran.

«Wann ist das gewesen?»

«Es ist lange her.»

«Hast du ihn geliebt?»

Sie wußte, daß es ungeschickt war, aber sie mußte es sagen. «Ich liebe ihn noch immer.»

«Hat er dich sitzengelassen?»

«Quatsch.»

«Warum seid ihr dann nicht verheiratet und habt eine Menge Kinder?»

«Weil Bigamie verboten ist.»

«Es gibt schließlich so was wie Scheidung.»

«Nein, das gibt es nicht.»

Sie sah seinen Blick, einen fast bösartigen Blick. Sie legte instinktiv ihre verbundene Hand auf seinen Arm und sagte leise: «Und dann ist da noch etwas. Er hat es noch einmal mit seiner Frau versucht. Wegen der Kinder.»

«Wie lange hat es gedauert?»

«Zwei Jahre.»

«Wie heißt er?»

«Aber ich bitte dich!»

«Wie ist seine Frau?»

«Sehr nett. Ich habe sie nie kennengelernt.»

«Woher weißt du dann, daß sie nett ist?»
«Ich weiß es eben.»
«Hast du ihn seitdem wiedergesehen?»
«Ja, verdammt noch mal!» Sie wurde wütend. Es war zu albern, und außerdem kriegte sie ihre Jacke nicht zu. «Zweimal ... Willst du die genauen Daten? Vor zwei Jahren am elften September und voriges Jahr am siebzehnten August. Noch was?»
«Aber seine Frau hat er nicht sitzengelassen ... Sie ist wohl keine von denen, die man sitzenläßt? Keine von denen, die sich nicht beherrschen können – die man in Chalon trifft und zwei Stunden später langlegt? Was?»
Es war schrecklicher, als er es ahnte. Sie konnte nicht begreifen, warum er sie auf diese Weise quälte, warum er diesen unsinnigen Streit vom Zaun gebrochen hatte.
«Na sag's schon!»
«Was?»
«Daß ich ein Schweinehund bin!»
Sie gab es auf. Sie nahm ihre Brille ab, weil sie beschlagen war; sie zog ein Taschentuch aus ihrer Handtasche und rieb die Gläser blank. Dann blieb sie reglos sitzen, in der rechten Hand die Brille, und zwang sich, an nichts zu denken. Sie fühlte, wie er sie anstarrte. Dann sagte er mit veränderter Stimme:
«Bitte verzeih, Dany. Ich hol' ein paar Zigaretten aus dem Wagen. Dann haben wir Zeit, uns zu beruhigen.»
Er beugte sich zu ihr hinüber, knöpfte ihr die Jacke zu, und sie spürte einen Kuß auf ihrem Mund. Einen sanften Kuß, wie am Abend zuvor im Speisesaal.

Ihre Lippen waren warm und reglos wie zuvor und ihre Augen dunkel. Er ging langsam, ohne sich umzudrehen, auf die Bäume zu. Erst als er sie erreicht hatte, fing er an zu rennen. Von diesem Augenblick an mußte er schnell sein. Sie würde sich nicht gleich wundern, daß er so lange ausblieb; sie würde es dem Streit zuschreiben. Er rechnete sich aus, daß eine Viertelstunde vergehen würde, bevor sie den Wagen vermißte. Er kannte die Gegend und rechnete noch die dreißig bis vierzig Minuten hinzu, die sie brauchen würde, um ein Telefon zu finden.

Wenn er sich geirrt hatte, wenn der Wagen wirklich ihr gehörte, würde sie sich sofort an die Polizei wenden. Dann allerdings war er dran. Zwar würden noch weitere zehn Minuten vergehen, bis die motorisierten Streifen alarmiert waren, aber die große Autostraße nach Norden und die Ausfallstraßen von Marseille würden sofort anschließend kontrolliert werden. Und der Thunderbird war einfach nicht zu übersehen Spätestens vor Cassis mußten sie ihn schnappen.

Er hatte bestenfalls eine Stunde, und das war zu wenig. Er konnte nur hoffen, daß sich Dany Longo nicht an die Polizei wenden würde oder doch nicht gleich. Die Geschichte, die sie gestern abend bei Tisch erzählt hatte, war ungereimt, es sei denn, sie wollte etwas verschleiern. Wenn einem die Hand zerschlagen wird, so schreit man. Wenn einem ein Polizist sagt, daß er einen am Morgen gesehen hat und das unmöglich wahr sein kann, so gibt man ihm nicht recht.

Da waren noch andere Ungereimtheiten. Der Gehaltsumschlag in ihrer Tasche zum Beispiel ... Vor allem aber hatte er immer wieder den Eindruck, daß sie zwei Personen zugleich sei – die eine verschmitzt, lebhaft und selbstsicher; die andere verängstigt und selbstquälerisch. Sie sprach im Schlaf. Sie hatte nur einen Namen gesagt – Mama-Obs – und dann Wortfetzen, die ihn beunruhigt hatten: *Tod für dich* oder *tödlich* oder *töte mich.* Sie hatte es nur zweimal dicht an seinem Mund gemurmelt, und er hatte es nicht deutlich verstehen können. Es hätte auch heißen können: *Du bist ich,* aber er glaubte es nicht. Dieses Mädchen war irgendwie ... gespalten.

Etwas außer Atem stieg er in den Thunderbird – den Zündschlüssel hatte er noch in der Tasche – und fuhr los. Sie konnte es unmöglich hören bei der Entfernung und dem Lärm der Grillen. Es fiel ihm ein, daß ihr Koffer nichts für ihn Brauchbares enthielt; er stoppte, nahm ihn vom Rücksitz, öffnete ihn und warf ihn weit vom Wagen fort. Die Kleider verstreuten sich im Gebüsch am

Straßenrand. Das Einsammeln würde sie aufhalten, und der Koffer war eine zusätzliche Belastung für sie. Er sah sich noch einmal um und fuhr zusammen: Da stand sie, völlig reglos, er hatte sie nicht kommen hören ... Dann sah er, daß es nur ihr weißes Musselinkleid war, das in den Brombeersträuchern hing. Er sagte laut «Scheiße!», setzte sich ans Steuer und fuhr los.

Auf dem Armaturenbrett war es halb fünf. Die gleiche Zeit etwa, zu der er im vergangenen Sommer auf dieselbe Weise und am selben Ort einen neuen DS gestohlen hatte. Er brauchte damals eine und eine Viertelstunde, bevor er in Cassis in der Garage des dicken Paul aus Metz in Sicherheit war. Der Thunderbird lief schneller als der DS, und er würde gewisse Fehler vermeiden, die er damals unterwegs begangen hatte. Fünf oder zehn Minuten konnte er vielleicht herausschlagen.

Als er die Autostraße erreichte, beglückwünschte er sich, daß ihm kein Fahrzeug auf der Nebenstraße begegnet war, an der er Dany zurückgelassen hatte. Es gab noch eine andere Straße, kaum zwei Kilometer weiter südlich, besser erhalten, breiter und belebter. Miss Vierauge würde vielleicht länger brauchen, als er es vorausgesehen hatte, bevor sie jemand mitfahren ließ.

Von der Frau mit dem DS hatte er nach dem Diebstahl nie wieder etwas gehört. Diesmal war die Sache riskanter. Die Frau mit dem DS war mit einem Arzt in Arles verheiratet; sie war schüchtern und mollig und nach ihrem ersten Ehebruch völlig verwirrt gewesen ... Philippe hatte ihre Unterwäsche, ihre Schuhe und ihre Handtasche (aus der er nur das Geld genommen hatte) in Marseille in einen Mülleimer geworfen. Ach ja – und ehe er losfuhr, hatte er sie zusammengeschlagen.

Diesmal spürte er nicht die Angst von damals, obwohl er sich weniger abgesichert hatte. Er hatte nicht den Mut gehabt, Miss Vierauge auszuziehen und zusammenzuschlagen. Nach dem Gespräch mit dem dicken Paul hatte er es tun wollen, aber schließlich war er nicht dazu fähig. Er verachtete die Frauen – für ihn waren sie gierige, ichsüchtige und niedrige Wesen. Er machte da keine Ausnahme; höchstens ekelten ihn die natürlichen Frauen weniger an. Dany Longo war ihm sogar einen Augenblick lang sympathisch gewesen: als sie am Empfangspult des Hotels ihre Hand auf seinen Arm legte, als wäre er ihr Bruder in einer feindlichen Welt. Und auch hinterher bei Tisch, als er ihr die Brille abnahm. Sie hatte so wehrlos ausgesehen, wie seine Mutter, die mit vierzig Jahren ledig gestorben war. Ihr einziger Trost am Krankenhausbett war er gewesen, ihr Miststück von einem Bastard, der nicht einmal einen räudigen Hund hätte trösten können.

Er mußte Dany (Marie Virginie) Longo schnell vergessen. Er hatte ihr genug geschenkt. Die Handtasche hatte er ihr gelassen, damit sie weiterkam; er hatte mit ihr gestritten, damit sie es lernte, nicht auf alles hereinzufallen. Und ihr blieb eine Stunde, um sich zu rächen. Sie hatte ihre Chance.

Er raste die Straße entlang, die nach Marseille führte, fuhr durch die Außenboulevards und bog in die Straße nach Aubagne ein. Wochentags war es günstiger, über den Col de la Gineste zu fahren, wenn man nach Cassis wollte, aber sonntags nachmittags war dort der Verkehr zu stark. Er wollte es nicht riskieren, in eine Kolonne zu geraten oder gar in einen Unfall verwickelt zu werden.

Er dachte an den Unbekannten, den Dany Longo noch immer liebte. Er dachte an sie, wie sie nackt auf dem Bett gelegen hatte ... Was heißt das: noch immer lieben? Leg mal 'ne andere Platte auf.

Der dicke Paul hatte ihm im vergangenen Sommer hundert Scheine für den neuen DS gegeben. Mittags, am Telefon, hatte er ihm dreihundert für den Thunderbird vorgeschlagen. Gleichzeitig aber hatte er ihn mit verschlüsselten Worten schwören lassen, daß der Wagen nicht am Parkometer geklaut und das Mädchen, genau wie damals, nicht in der Lage war, den Diebstahl anzuzeigen. Der dicke Paul verkaufte zwar gern Autos in die jungen Staaten Afrikas, aber er scheute das kleinste Risiko ... Die Polizeistreife kurz vor Cassis ließ Philippe anstandslos weiterfahren. Es war zwanzig nach fünf. Er begann zu hoffen, daß er am 14. mit einem hübschen Taschengeld und leerem Vorstrafenregister sein Schiff besteigen und mit einem Goldfisch eine Kabine erster Klasse teilen würde.

Eine Viertelstunde später hoffte er nichts mehr. Der Thunderbird stand am Hafen, unterhalb der mächtigen Silhouette des Cap Canaille. Philippe stützte sich mit beiden Händen auf die Karosserie und kämpfte mit aller Kraft gegen den Brechreiz an. Sein Leben war plötzlich ein Albtraum; er war allein unter der Sonne, außer sich vor Wut und Angst. Angst vor allem.

Sie sammelte ihre verstreuten Kleidungsstücke ein und legte sie sorgfältig in den schwarzen Koffer zurück. Sie ging nicht die Straße zurück, auf der sie hergekommen waren. Sie kletterte wieder auf den Hügel. Auf der Felsplatte, auf der sie gesessen hatten, breitete sie die aufgerissene Papiertüte aus, in der ihre neuen Sandalen eingepackt waren. Sie beschrieb sie mit zittrigen, großen Buchstaben. Sie schrieb mit der rechten Hand mit ihrem Lippenstift: HEUTE ABEND UM ZEHN VOR CANEBIÈRE NUMMER 10. Der Name dieser Straße war das einzige, was sie von Marseille wußte, von der Tatsache abgesehen, daß die Leute dort Lügner sind wie anderswo. Sie legte einen dicken Stein auf ihre Nachricht. Sie wußte, daß es sinnlos war. Aber sie wollte nichts außer acht lassen, nicht einmal die Möglichkeit, daß er zurückkommen würde, wenn sie nicht mehr da war.

Am anderen Abhang des Hügels stieß sie fünf oder zehn Minuten später auf eine Straße. Sie hatte sie oben durch die Bäume hindurch gesehen. Eine Menge Autos kamen vorbei. Das erste war ein roter Renault, oder vielleicht war es auch ein Simca. Es hielt an. Drinnen saßen ein Mann, eine Frau und ein Säugling. Mit dem Koffer auf den Knien saß sie auf dem Rücksitz neben dem Säugling, der in einer Wiege aus Segeltuch schlief.

Sie setzten sie vor einer Raststätte an der Autostraße nach Marseille ab. Sie zwang sich zu einem Lächeln, als sie sich bedankte. An der Theke trank sie ein Glas Mineralwasser. Sie zeigte dem Kellner die Rechnung des Restaurants bei Valence, wo sie zu Mittag gegessen hatte. Sie bat ihn, das Restaurant anzurufen.

Es gab keine Telefonzelle. Sie mußte alles vor den Gästen erklären, die die Stimmen senkten und ihr zuhörten. Am anderen

Ende der Leitung meldete sich offenbar die Besitzerin. Sie erinnerte sich an die Dame im weißen Kostüm und den jungen Mann, ihren Begleiter, jawohl. Sie erinnerte sich auch, daß er nach Tisch telefoniert hatte, jawohl. Der Anruf ging nach Cassis, Cassis an der Rhone-Mündung, aber sie wußte nicht, was aus dem Zettel mit der Nummer geworden war. Es tat ihr leid.

Dany hängte wieder ein und bat um das Telefonbuch von Cassis. Einen Teilnehmer namens Filanteris gab es nicht. Trotzdem war sie sicher, daß sie am Morgen in der Brieftasche irgendwo den Namen Cassis-sur-Mer gelesen hatte. Gedruckt, nicht handgeschrieben. Sie überlegte, ob sie das ganze Telefonbuch durchlesen sollte. Aber dann sagte sie sich, daß sie damit nur Zeit verlieren würde.

Sie fragte den Kellner, ob einer der Gäste nach Marseille fahre. Ein schnurrbärtiger Mann in Hemdsärmeln nahm sie in seinem 404 mit. Er zählte ihr unterwegs sämtliche Lokale auf, die er in Paris kannte: Er hatte dort drei Monate beim Militär verbracht. Er setzte sie auf einem großen, sonnigen Platz ab, der sich auf einen Park und einige breite Straßen öffnete. Er nannte ihn den Rond-Point-du-Prado und sagte ihr, daß sie den Autobus nach Cassis nehmen könne. Als er abgefahren war, las sie die Abfahrtzeiten auf der Tabelle am Halteschild durch und sah, daß sie eine halbe Stunde hätte warten müssen. Sie ging über den Platz, in der rechten Hand den Koffer und die Handtasche, und bestieg ein Taxi. Der Chauffeur, ein rotbackiger Fleischkloß mit Schirmmütze, sagte, daß sie das teuer kommen wird. Aber dann begriff er, daß sie keine Unterhaltung wünschte, und fuhr los.

Von den Serpentinen des Gineste-Passes (sie las den Namen auf einem Straßenschild) sah sie zum erstenmal das Mittelmeer. Es war blau wie auf den Postkarten, spiegelglatt, und dehnte sich bis zu einem Horizont aus, der kaum heller war. Es war schöner, als sie es sich vorgestellt hatte. Sie zwang sich, woandershin zu schauen.

Um halb sieben kamen sie nach Cassis. Cassis war ein Dorf. Zwei Stunden waren vergangen seit dem Judaskuß, den er ihr auf dem Hügel mit Blick auf den See von Berre gegeben hatte. Die Menschenmenge drängte sich auf den Gehsteigen der breiten Straße. Die Leute gingen barfuß, in Shorts oder im Badeanzug. Der Chauffeur sagte, während der Woche ist es hier schon unmöglich, aber sonntags ist es eine Katastrophe.

Sie ließ ihn am Hafen vor den Booten und den Masten mit den vielfarbigen Wimpeln halten, zahlte und stand dann auf der Straße, den Koffer vor ihren Füßen, betäubt von der Sonne und dem Stimmengewirr ringsum. Der Rotbackige mit der Schirmmütze machte eine große Geste und sagte mit schleppender Stimme:

«Nur Mut, Kleine; es wird schon alles werden. Das ist immer so.»

Während er noch sprach, ließ sie den Blick schweifen und entdeckte sofort den weißen Thunderbird. Er stand etwa zweihundert Meter von ihr entfernt zwischen anderen Wagen geparkt. Die Kehle war ihr zugeschnürt. Sie konnte kaum atmen, aber was sie fühlte, war köstlich: Dankbarkeit allem gegenüber, Cassis, dem Meer, der Sonne, dem dicken Taxichauffeur. Und sie war stolz auf sich, weil sie nicht in Tränen zerflossen, sondern geradewegs dorthin gefahren war, wo sie hin mußte.

Ohne sich umzusehen, ging sie die Strecke, die sie noch vom Donnervogel trennte. Ihre Müdigkeit war verflogen. Sie durchquerte eine wattige Leere. Philippe Filanteris hatte das Verdeck offengelassen. Es sah nicht so aus, als hätte er den Wagen wegen eines Unfalls stehenlassen. Sie legte ihren Koffer auf den Rücksitz, und erst jetzt nahm sie wahr, was ringsum vorging. Eine breite Esplanade lief anschließend an den Hafen am Strand entlang. Sie beobachtete die Badenden im Wellenschaum. Sie hörte die Aufschreie und das Gelächter.

Die Schlüssel steckten nicht im Zündschloß. Sie öffnete das Handschuhfach und fand den vollständigen Schlüsselbund bei den Wagenpapieren. Sie setzte sich ans Steuer und versuchte ein paar Minuten lang zu begreifen, was im Kopf dieses Burschen aus Metz vorgegangen sein mochte. Er brauchte Geld, aber ihre Handtasche hatte er nicht angerührt. Er hatte den Wagen weggenommen und ihn fünfzig oder sechzig Kilometer weiter stehenlassen. Sie gab es auf. Vielleicht hatte er einen Grund für alles, aber es ging sie nichts mehr an. Vielleicht saß er irgendwo in der Nähe in seinem zerknautschten Sommeranzug und seiner schwarzen Krawatte, vielleicht kam er wieder, aber das kümmerte sie nicht. Und dann löste sich plötzlich die Spannung in ihr und sie sah sich so, wie sie jetzt im Auto saß: weit weg von zu Hause, bestohlen, dumm, allein, eine Hand in einen starren Panzer gewickelt. Sie brach in Tränen aus.

«Willst du mit mir Karten spielen?» fragte eine Stimme.

Durch die dunklen Gläser ihrer Brille kam ihr der kleine Junge, der neben ihr hinter der Wagentür stand, noch braungebrannter vor. Er war vier oder fünf Jahre alt, hübsch, blond, hatte große schwarze Augen, war barfüßig und trug eine marineblaue Badehose mit weißen Streifen unter einem roten Frotteehemd. In der einen Hand hielt er ein Butterbrot, in der anderen ein winziges Kartenspiel. Sie trocknete ihre Tränen.

«Wie heißt du?» fragte er.

«Dany.»

«Willst du mit mir Karten spielen?»

«Wie heißt du denn?

«Titou», sagte er.

«Wo ist denn deine Mama?»

Er machte eine unbestimmte Geste mit seinem Brot. «Dort am Strand. Laß mich in dein Auto.»

Sie öffnete die Tür und rückte zur Seite, damit er am Steuer sitzen konnte. Er war ein ernster kleiner Mann, der ungern Fragen beantwortete. Trotzdem erfuhr sie, daß sein Vater ein blaues Auto hatte, aber eines mit einem Dach, und daß er selbst einen Seeigel im Wasser gefunden hatte, den er in einem Glas aufbewahrte. Er brachte ihr sein verzwicktes Spiel bei: jeder bekam drei Karten, und wer die meisten «Leute» hatte, war der Sieger. Sie spielten einmal um nichts, und er gewann.

«Hast du es verstanden?» fragte er.

«Ich glaube schon.»

«Was willst du setzen?»

« Muß ich etwas setzen?»

«Klar. Sonst ist es zu langweilig.»

«Und was setzt du?»

«Ich?» sagte er. «Nichts. Du mußt etwas setzen. Setz deine Brille.»

Er gab Dany drei Karten, die er sorgfältig ausgesucht hatte: zwei Siebener und eine Acht. Sich selbst nahm er drei Könige. Sie sagte, na, na, so einfach geht das aber nicht, und jetzt gebe ich. Sie tat es. Er gewann trotzdem. Sie nahm ihre Brille ab, und er setzte sie sich auf. Er hielt sie an beiden Bügeln fest, weil sie ihm auf die Nase rutschte. Er sagte, daß er alles kaputt sehe und daß das langweilig sei. Sie gab ihm statt dessen ein Fünfzig-Centimes-Stück.

«So, und jetzt iß dein Brot.»

Er aß zwei Bissen und sah sie aufmerksam an. Dann sagte er: «Wer ist der Herr in deinem Auto?»

Unwillkürlich sah sie auf den Rücksitz.

«Da ist kein Herr.»

«Aber ja», sagte er, «hinten, wo man das Gepäck reintut – du weißt schon.»

Sie lachte, aber ihr Herz setzte aus. «Was für ein Herr?»

«Er schläft.»

«Was erzählst du denn da?»

Er antwortete nicht gleich. Er biß in sein Brot und sah traurig vor sich hin durch die Windschutzscheibe, den Kopf nach hinten auf die Lehne gelegt. Dann seufzte er leise.

«Ich glaube, daß er schläft», sagte er.

Die Brille

Mama-Obs.

Eines Abends betrachtete ich in Roubaix ihr faltiges Gesicht durch ein Glas elsässischen Weins. Wir saßen vor dem Bahnhof. Wir hörten das Pfeifen der Züge.

Töte mich.

Zürich. Es war am 8. Oktober. Am 8. Oktober vor vier Jahren. Wieder das Pfeifen der Züge. Ein Zimmer. Alles war sehr hell.

Wie sagten wir doch, als wir klein waren? Hell mein Haar, dunkel mein Auge, schwarz meine Seele, kalt der Lauf meiner Flinte … Was man sich so alles zusammendenkt.

Seit gestern habe ich so viele Zypressen gesehen, nichts als Zypressen. Die Provence ist ein Friedhof. Hier werde ich ruhen, fern vom Lärm der Feste.

Das Hotel Bella Vista bei Cassis. Eine Gasse, ein Wassertropfen auf meiner Stirn. Der Busbahnhof in Marseille. Die zinnengekrönten Anhöhen von Villeneuve. Mein Gott, wo habe ich überall herumgesucht. Ich habe nur mich gefunden.

Als ich den Kofferraum öffnete, konnte ich nichts erkennen. Meine Brillengläser waren beschlagen. Die Abendsonne fiel schräg über die Esplanade auf den Kühler, so daß der Kofferraum nur wie ein dunkles Loch im Schatten klaffte. Ein fürchterlicher Geruch schlug mir entgegen.

Ich ging wieder zu Titou zurück. Ich bat ihn, mir meine Handtasche zu reichen. Ich wechselte die Brille. Ich hielt mich aufrecht, meine Finger zitterten kaum. Ich dachte an nichts. Mein Geist war wie gelähmt.

Ich öffnete den Kofferaum zum zweitenmal. Der Mann war in einen Läufer gewickelt. Seine Füße waren nackt, seine Beine geknickt. Sein Kopf war unter der roten Wolle sichtbar. Er lag mit dem Profil gegen die Wand gepreßt. Ich sah sein offenes Auge, sein vorzeitig ergrautes, glattes Haar, seine fast durchsichtige Haut, die sich über die hervortretenden Knochen spannte. Vierzig, schätzte ich. Vierzig, aber einer von jenen alterslosen Typen. Vergebens bemühte ich mich, den Atem anzuhalten. Ich erstickte fast. Ich streckte meine verbundene Hand nach ihm aus und zog an einem Zipfel des Läufers, um ihn auszuwickeln. Er trug etwas, das ein Morgenrock aus heller blaugrüner Seide sein mußte, der sich über seiner wächsernen Brust öffnete. Zwischen den Brustwarzen saßen zwei Löcher, sauber wie mit dem Bohrer gebohrt, und das Blut bildete eine schwarze Kruste, die sich über seinen Oberkörper bis zu seiner Kehle hinzog.

Ich schloß die Klappe des Kofferraums, schwankte und ließ mich darauf sinken. Ich hatte das Gefühl, aufstehen und in der Sonne gegen die Übelkeit ankämpfen zu müssen. Ich fühlte sogar unter meiner rechten Hand, unter meiner Backe, die sonnenheiße Karosserie des Wagens. Und dann merkte ich, daß ein kleiner Junge namens Titou neben mir stand und Angst hatte. Ich wollte sagen, einen Augenblick, es ist gar nichts, aber ich brachte kein Wort heraus.

Er weinte. Ich hörte sein Schluchzen und von weitem das Gelächter am Strand. Junge Mädchen schlenderten im Bikini über die Esplanade. Niemand kümmerte sich um uns.

«Wein nicht. Es ist schon vorbei. Schau.»

Seine Spielkarten lagen über den Boden verstreut. Er unterdrückte sein Schluchzen. Er hatte die Arme um meine Beine und den Kopf auf meinen Rock gelegt. Ich beugte mich über ihn, küßte ihn ein paarmal aufs Haar und beruhigte ihn.

«Schau, mir ist doch nichts passiert. Ich bin nur mit dem Schuh umgeknickt.»

Weil der Kofferraum geschlossen war, konnte er nicht riechen, was mir noch immer den Magen umdrehte. Trotzdem schob ich ihn nach vorn dem Kühler zu. Er fragte nach seinen Karten und dem Fünfzig-Centimes-Stück. Ich hob alles auf. Als ich wieder zu ihm kam, zeichnete er mit dem Zeigefinger Kreise auf den Kotflügel. Er sagte mir, daß es Seeigel seien.

Ich setzte mich auf den Gehsteig der Esplanade, um sein Gesicht auf gleicher Höhe mit dem meinen zu haben. Ich zog ihn an mich und fragte ihn, wie er in den Kofferraum hatte schauen können. Ich sprach leise, geduldig, mit gedämpfter Stimme. Er konnte mein Herz sicher besser hören als mich.

«Du hast ihn doch gar nicht aufmachen können, nicht wahr? Wer hat ihn denn aufgemacht?»

«Der andere Herr», sagte Titou.

«Welcher andere Herr?»

«Der andere.»

«Der, der mein Auto gefahren hat?»

«Ich weiß nicht.»

«Hast du denn mit ihm zusammen reingeschaut?»

«Nein, ich war dahinter.» Er zeigte auf eine gelbe Dauphine, die neben dem Thunderbird geparkt war.

«Ist das schon lange her?»

«Ich weiß nicht.»

«Bist du nachher zu deiner Mama zurückgegangen?»

Er dachte nach. «Ja. Zweimal.»

«Hat der Herr, der den Kofferraum aufgemacht hat, denn nicht gemerkt, daß du ihm zusiehst?»

«Doch. Er hat gesagt, hau ab.»

Ich war etwas überrascht, denn ich hatte eine andere Antwort erwartet. Plötzlich fror ich in der Sonne. Ich wußte genau, daß Philippe Cassis nicht verlassen hatte und daß er uns beobachtete.

«Er hat dich gesehen? Bist du sicher?»

«Er hat gesagt, hau ab.»

«Hör mal gut zu: Wie sah der Herr denn aus? Trug er eine Krawatte, hatte er schwarzes Haar?»

«Er hatte eine schwarze Krawatte und einen Koffer.»

«Wo ist er denn hingegangen?»

Er dachte wieder nach. Dann zuckte er wie ein Erwachsener die Achseln und wies mit einer vagen Handbewegung zum Hafen, zum Ort, wer weiß, wohin.

«Komm, du mußt jetzt zu deiner Mama zurück.»

«Kommst du morgen wieder?»

«Ja, mach' ich.»

Ich schob ihn vor mir her und führte ihn an der Hand über die Esplanade. Er zeigte mir seine Mutter, die jüngste in einer Gruppe von Frauen, die im Badeanzug am Strand lagen. Sie war blond, sehr braun und scherzte mit ihren Freundinnen über Zeitschriften und Spraydosen hinweg. Sie entdeckte ihren Jungen, stützte sich auf einen Ellbogen und rief ihn. Ich gab Titou einen Kuß, half ihm die Stufen hinunter und ging davon, als er seine Mutter erreicht hatte. Meine Beine waren steif wie die einer Schaufensterpuppe.

Ich wollte nicht zum Wagen zurück, nicht in die Nähe dieses Mannes mit den Löchern in der Brust. Das einzig Vernünftige, was ich tun konnte, war, zum nächsten Polizeirevier zu gehen. Auf jeden Fall mußte ich vom Strand verschwinden. Ich sagte mir: *Wenn Philippe weiß, daß der kleine Titou in den Kofferraum geschaut hat, muß er nervös sein. Er ist wahrscheinlich in der Nähe geblieben, um das Kind zu beobachten. Vielleicht ist er noch da und beobachtet jetzt mich. Ich werde ihn schon dazu bringen, hervorzukommen.*

Doch gleich darauf fand ich diesen Gedanken abwegig. Wenn er eine Leiche in einem Auto deponiert hatte, das, wie er glaubte, mir gehörte, so scherte er sich ganz gewiß nicht darum, was ich hinterher erzählen würde – warum auch? Er hatte sich ja nicht einmal um das Kind gekümmert, das ihm zugesehen hatte.

Inmitten einer gleichgültigen Menschenmenge ging ich auf den Hafen zu. Jedesmal, wenn mich jemand anstieß, stand mein Herz still. Ich lief durch enge, leere Gassen, die seit Stunden im Schatten lagen, und fror. Vor den Fenstern war Wäsche zum Trocknen aufgehängt. Als ich stehenblieb und hinter mich sah, fiel ein Wassertropfen auf meine Stirn. Ich fuhr zusammen und hätte fast aufgeschrien. Eines aber stellte ich fest: niemand folgte mir.

Später fragte ich mich durch und fand das Polizeirevier an einem kleinen, platanenumsäumten Platz. Ich sah von weitem den Eingang und zwei Polizisten, die rauchend in der Tür standen. Ich hatte noch immer den faden, schrecklichen Geruch des unbekannten Toten in der Nase. Ich konnte einfach nicht hinübergehen. Was hätte ich sagen können? *Ich habe mir den Wagen meines Chefs genommen. Ein fremder junger Mann hat ihn mir gestohlen; jetzt habe ich ihn wiedergefunden und im Kofferraum liegt eine Leiche. Erklären kann ich Ihnen nichts, aber ich bin unschuldig ...* Wer würde mir schon glauben?

Ich wartete in einer Pizzeria gegenüber der Polizeiwache, bis es dunkel wurde. Ich saß am Fenster im ersten Stock. Ich hoffte, daß ich meine Ruhe wiedergewinnen und verstehen würde, was in den zwei Stunden geschehen war, in denen Philippe den Wagen für sich allein hatte. Etwas Unvorhergesehenes, Plötzliches, denn seinem Gesicht war nichts anzumerken, als er mich verließ. Dessen war ich sicher. Na ja, fast sicher ... Je länger ich überlegte, um so unsicherer wurde ich.

Ich bestellte einen Cognac. Er drehte mir schon den Magen um, als ich nur das Glas an die Lippen hob.

Wenn ich zur Polizei ging, würden sie mich bestenfalls nach einem Verhör freilassen; und es konnte auch Tage, ja Wochen dauern. Eine ganze Bilderfolge zog mir durch den Kopf: Ich im Gefängnis. Ich, wie ich meine Kleider abgebe. Ich im grauen Kittel der Untersuchungshäftlinge, Stempelfarbe an sämtlichen Fingern. Ich in einer Zelle ... Auch in meiner Vergangenheit würden sie herumstöbern. Ich habe mir nur einmal etwas zuschulden kommen lassen, dasselbe, wie viele andere Frauen auch, aber das würde reichen, um meine Bekannten und den Mann, den ich liebe, mit hineinzuziehen.

Ich ging nicht zur Polizei.

Mit aller Kraft versuchte ich mich zu überzeugen, daß nichts von alldem wirklich geschehen war. Oder zumindest, daß irgendein plötzliches Ereignis alles aus der Welt schaffen würde.

Die Abiturientenprüfung fiel mir ein. Das Mündliche war in Roubaix. Die Ergebnisse, so hatte es geheißen, sollten abends angeschlagen werden. Ich hatte die Liste mehrere Male durchgelesen, aber meinen Namen nicht darin gefunden. Verstört war ich durch die Straßen gewandert, hatte jedoch die unsinnige Hoffnung: Es ist nur ein Fehler; ich bin gar nicht durchgefallen; mir wird Gerechtigkeit widerfahren. Es war nach zehn, als ich Mama-Obs in der Apotheke ihres Bruders traf. Erst ließ sie mich weinen, dann sagte sie: *Komm, wir gehen uns jetzt mal beide Listen anschauen, ich habe bessere Augen als du.* Mitten in der Nacht, im Hof des verlassenen Lyzeums, strichen wir Streichholz für Streichholz an und lasen noch einmal die Ergebnisse durch. Wir suchten meinen Namen, wir wußten, daß er dort stehen mußte – und schließlich stand er auch dort. Ich hatte sogar mit Auszeichnung bestanden.

An jenem Abend hatten wir in einem Restaurant vor dem Bahnhof von Roubaix nach einem Abendessen elsässischen Wein getrunken, *um es zu feiern.* Damals hatte ich Mama-Obs versprochen, mit ihr wie mit einem lebendigen Wesen zu sprechen, wenn sie einmal tot war. Ich habe dieses Versprechen gehalten ... Nur vor sieben Jahren während meiner Reise nach Zürich nicht. Ich schämte mich damals und wäre mir noch widerwärtiger vorgekommen, wenn ich mich mit der Erinnerung an sie getröstet hätte.

Am Fenster der Pizzeria dachte ich jedoch an sie. Ich dachte auch an Zürich und an das Kind des Mannes, den ich liebe. Ich dachte an den kleinen Titou, der kaum vier Jahre alt war, und alles vermischte sich. Ich sah Anitas kleine Tochter vor mir und das Mädchen an der Tankstelle von Deux-Soirs-lès-Avallon. Wie hatte sie ihr Vater doch genannt? Mir kam der Gedanke, daß diese Kinder unterwegs, ihre Blicke, ihr Spielzeug – die kahlköpfige Puppe, das Kartenspiel – nur Vorboten einer schweren Strafe waren.

Die Frau, die mir den Cognac serviert hatte, kam an meinen Tisch. Ich brauchte mehrere Sekunden, ehe ich sie bemerkte. Sie sagte, so als hätte sie es schon einige Male gesagt: «Sie sind Mademoiselle Longo?»

«Ja.»

«Sie werden am Telefon verlangt.»

«Ich?»

«Sie sind doch Mademoiselle Longo?»

Ich wußte nicht, warum ich überhaupt erstaunt war. Hier hatte doch ohnehin nichts einen Sinn. Ich stand auf und folgte ihr. Erst jetzt, als ich durch den Saal ging, nahm ich meine Umgebung wahr – die zahlreichen Gäste, die rotkarierten Tischtücher, den Geruch nach heißem Teig und Majoran. Die Telefonzelle lag im Erdgeschoß dicht neben dem Pizzaofen, und das bißchen Luft darin war vor Trockenheit kaum einzuatmen.

Ich erkannte seine Stimme nicht gleich, aber es war Philippe.

«Hast du vor, noch lange so dazusitzen, Dany? Ich habe jedenfalls die Nase voll! Ich gebe auf … Dany! Hörst du mich?»

« Ja.»

«Wir müssen uns treffen, Dany.»

«Wo bist du?»

«Nicht weit.»

«Hast du mich hier hereingehen sehen?»

«Ja.»

«Ich bitte dich, Philippe – sag doch, wo bist du?»

Er antwortete nicht. Am anderen Ende der Leitung hörte ich ihn atmen. Er hatte Angst. Auch er hatte Angst. Endlich fragte er heiser: «Woher weißt du meinen Namen?»

«Ich habe heute früh in deiner Brieftasche nachgesehen.»

«Warum?»

«Weil ich es wissen wollte.»

«Und was weißt du?»

Diesmal antwortete ich nicht.

«Hör zu, Dany. Wenn du genau das tust, was ich dir sage, können wir uns irgendwo treffen.»

«Und wenn nicht?»

«Wenn nicht, geh' ich sofort zum Revier gegenüber … Hast du verstanden?»

«Ja. Aber ich verstehe trotzdem nicht.»

Wieder ein Schweigen.

«Philippe?»

«Hör auf, meinen Namen zu nennen.»

«Wo wollen wir uns treffen?»

«Am Ende des Hafens ist eine Straße, die zum Nothafen von Port-Miou führt. Frag dich durch, wenn du sie nicht finden kannst. Zwei oder drei Kilometer außerhalb des Dorfes ist ein Hotel – Bella Vista heißt es. Sie haben ein Zimmer für dich.»

«Für mich?»

«Ich habe angerufen. Ich hätte lieber hier ein Zimmer genommen, aber es war nichts frei. Fahr mit dem Wagen hin.»

«Ich will nicht wieder in diesen Wagen steigen.»

«Und ich will, daß du ihn von dort wegfährst und daß man dich darin sieht. Zieh im Hotel Bella Vista dein Kostüm an. Zieh dich um. In zwanzig Minuten ruf' ich dort an. Ich will mich vergewissern, daß du da bist. Dann werden wir uns treffen.»

«Wo?»

«Fahr erst mal hin. Und, Dany – versuch nicht, mich reinzulegen, ja? Du riskierst viel mehr als ich.»

«Glaubst du?»

«O ja. Und vergiß nicht: Zieh dich um.»

«Ich denke gar nicht daran.»

«Wie du willst. In zwanzig Minuten rufe ich dort an. Um so schlimmer für dich, wenn du nicht da bist.»

«Aber warum können wir uns nicht gleich hier treffen?»

«Du willst doch, daß wir uns treffen? Also treffen wir uns zu meinen Bedingungen, nicht zu deinen.»

«Ich versteh' immer noch nicht.»

«Um so besser.»

Er hängte ein. Ich auch. Meine Hand zitterte.

Es war dunkel, als ich in den Thunderbird stieg. Hinter mir, am Rand eines riesigen Platzes, standen erleuchtete Jahrmarktbuden. In einen Wiener Walzer hinein knallte es von der Schießbude. Weiter entfernt sah ich die Empore eines Orchesters. Die Lampiongirlanden für morgen abend waren schon aufgehängt.

Ich fuhr im Schrittempo zum Hafen. Die Caféterrassen zogen sich bis zur Straße hin. Es roch nach Meer und nach Anis; Menschenmengen schlenderten lässig vor meinem Wagen und ließen mich nur widerwillig vorbei. Ich fragte nach dem Weg. Die Straße stieg am Ausgang des Ortes steil an, führte an neuen Gebäuden entlang, auf deren Balkons Leute zu Abend aßen, und fiel weiter hinten zu einem Strand mit weißem Kiesgeröll ab, der menschenleer im Mondschein lag.

Die vage an maurische Architektur erinnernden Türme des Hotels Bella Vista erhoben sich am Rand eines Vorgebirges inmitten von Pinien und Palmen. Es war voll besetzt und hell erleuchtet. Ich ließ den Thunderbird am Gartentor stehen, gab einem goldverschnürten Portier meinen Koffer, schloß das Verdeck und schloß beide Türen und den Kofferraum ab.

Am Empfangspult füllte eine junge Frau für mich die Anmeldung aus. Als ich meinen Namen und meinen Herkunftsort angab, mußte ich an das Hotel in Chalon denken. Ich sah plötzlich Philippe vor mir, wie ich ihn getroffen hatte, gut aussehend und entwaffnend. Ich faßte etwas Mut. Ich bin eine dumme Gans.

Das Zimmer war klein, das Badezimmer mit geblümtem Porzellan gekachelt, ein Ventilator zerschnitt die Hitze, die Möbel waren neu und ein Fenster öffnete sich zum Meer. Einen Augenblick beobachtete ich junge Männer und Mädchen, die sich mit lautem Geschrei unter mir in einem beleuchteten Schwimmbassin tummelten. Dann zog ich mich aus und nahm eine Dusche. Haar und Verband hielt ich außerhalb des Wasserstrahls.

Während ich mich abtrocknete, läutete das Telefon.

«Bist du fertig?» fragte Philippe.

«In ein paar Minuten. Was soll ich anziehen? Ich hab' nicht viel dabei.»

«Egal. Bloß nicht das Kostüm.»

«Warum?»

«Man hat mich zu oft in Begleitung dieses Kostüms gesehen. Wir treffen uns in einer Stunde in Marseille.»

«In Marseille? Das ist doch Unsinn. Warum nicht hier?»

«Man hat mich zu oft in dieser Gegend gesehen. Außerdem bin ich jetzt in Marseille.»

«Das glaube ich dir nicht.»

«Ob du's glaubst oder nicht, es ist so. Kennst du Marseille?»

«Nein.»

«Verdammt … Laß mich nachdenken.»

Ich ließ ihn nachdenken. Ich sah auf meiner Haut einen blauen Flecken. Er rührte von ihm her. In der Nacht hatte er sich mit mir umgedreht und mich dabei fest an sich gepreßt. Er hatte wie ein verlorenes Kind in meinen Armen gelegen. Ich sagte sanft:

«Philippe, ich habe dir einen Treffpunkt an dem Ort hinterlegt, auf dem Hügel, wo du mich hast sitzenlassen.»

«Einen Treffpunkt?»

«Falls du zurückgekommen wärst. Um zehn vor dem Haus Nummer 10 in der Canebière.»

«Kennst du die Canebière?»

«Nein, aber ich kann sie ja leicht finden.»

«Gut. Sagen wir halb elf. Laß den Wagen in einer anderen Straße stehen. Komm zu Fuß. Ich erwarte dich dort.»

«Häng nicht ein!»

Er hatte bereits eingehängt. Ich fragte die Zentrale, woher der Anruf gekommen sei. Aus Marseille. Ich zog mich an, nachdem ich mir eine Weile überlegt hatte, ob ich die Hose vom Abend vorher oder das weiße Musselinkleid nehmen sollte. Ich entschied mich für das Kleid, weil Philippe offenbar nicht mit mir gesehen werden wollte, wenn ich etwas anhatte, was ich schon unterwegs getragen hatte. Wäre ich nicht so durcheinander gewesen, hätte mich diese kleine Vorsichtsmaßnahme eines kleinen Gangsters amüsiert … Ich kämmte mich rasch. Im Spiegel war ich so furchtbar ich selbst, alles war so wirklich, daß ich die Augen schloß.

Marseille ist die unübersichtlichste Stadt, die ich je durchquert habe. Die Straßen sind enger als in Paris. Sie führen in alle Richtungen. Ganz gleich, welche man einschlägt, sie führt nirgendwohin. Mehrere Male hielt ich an, um nach dem Weg zu fragen. Ich verstand nichts von dem, was man mir erklärte, nur, daß ich ein armes Mädchen sei. Jedesmal hatte ich unfehlbar die Canebière im Rücken.

Auf einem Platz, der La Bourse heißt, fand ich endlich eine Parklücke. Ich ließ den Thunderbird abgeschlossen stehen und ging geradeaus. Die erste Straße, in die ich geriet, mündete in die große Allee, die ich suchte, fast gegenüber von meinem Treffpunkt. Nummer 10 war ein Reisebüro am unteren Ende der Canebière, vor dem alten Hafen. Daneben befand sich ein Restaurant, das Cintra. Auf dem Gehsteig wimmelte es von Menschen; blaue Autobusse rollten über die Fahrbahn, und überall blinkte Neonlicht.

Philippe war noch nicht da. Aber ich dachte mir, daß er irgendwo stand und mich beobachtete. Ich wartete einige Minuten. Erst ging ich auf und ab, dann sah ich mir zerstreut die optischen Instrumente in einem Schaufenster an. Plötzlich berührte er meinen Arm. Er trug noch immer seinen hellen Anzug und die schwarze Krawatte. Einige Sekunden sahen wir uns inmitten des Kommens und Gehens der Fußgänger wortlos an. Ich glaube, ich habe sofort begriffen, als ich sein abgespanntes Gesicht sah, daß er den Toten nicht auf dem Gewissen hatte und ebenso verwirrt war wie ich.

«Wo ist der Wagen?» fragte er als erstes.

«Da hinten.»

«Ist er noch immer drin?»

«Wo soll er denn sonst sein?»

«Wer ist das, Dany?»

«Das wollte ich dich fragen.»

«Schrei nicht so! Komm.»

Er faßte mich am Ellbogen und schob mich in die Richtung des Hafens. Wir überquerten einen beleuchteten Platz und suchten Deckung in den Lücken zwischen den parkenden Wagen. Er hielt meine rechte Hand fest. Eine Weile gingen wir einen Kai entlang, der quai de Rive-Neuve hieß. Er erklärte mit gedämpfter Stimme, ohne mich anzusehen, daß er den Thunderbird genommen hatte, um ihn zu verkaufen, daß er bis Cassis nicht ein einziges Mal angehalten hatte und daß er dort, als er den Wagen zum letztenmal untersuchte, bevor er ihn dem Garagenbesitzer übergeben wollte, den Kofferraum geöffnet und den toten Mann gefunden hatte. Dann habe er Angst bekommen. Er hatte den kleinen Titou gesehen und nicht gewußt, was er tun sollte. Er habe gedacht, daß ich diesen Mann getötet hätte und nun die Situation ausnutzen wolle, um ihm mein Problem aufzuhalsen Er sei sicher gewesen, daß er mich nie wiedersehen würde. Meine Antwort habe ihn völlig aus der Fassung gebracht.

Wir saßen im Dunkeln auf einem Haufen vom Meer zerfressener Planken am Ende des Kais. Er fragte mich, wie ich seine Spur wiedergefunden hätte.

«Ich habe im Restaurant angerufen, wo wir zu Mittag gegessen haben.»

«Du läßt dich so leicht nicht kopfscheu machen, was?»

«Bist du mir in Cassis gefolgt? Warum hast du mich nicht gleich angesprochen?»

«Ich wußte ja nicht, was du vorhast ... Wem gehört der Wagen überhaupt?»

«Meinem Chef.»

«Hat er ihn dir geliehen?»

«Nein. Er weiß nicht, daß ich ihn habe.»

«Na, sag mal!»

Ich las in seinen Augen eine Menge Fragen. Er in meinen wohl auch. Er hielt noch immer meine rechte Hand fest, aber das Mißtrauen lähmte uns beide. Schließlich fragte er:

«Kennst du diesen Mann wirklich nicht?»

«Nein.»

«Und du hast nicht gewußt, daß er im Kofferraum liegt?»

«Du hast doch beobachtet, wie ich ihn in Cassis aufgemacht habe. Hab' ich etwa so ausgesehen, als hätte ich gewußt, was drinliegt?»

«Du hast vielleicht Theater gespielt.»

«Das mußt du gerade sagen! Du bist doch Spezialist, oder nicht? Seit gestern abend hast du doch nur Theater gespielt.»

«Vielleicht hat ihn jemand anders da reingesteckt. – Ich war's ganz bestimmt nicht! Denk doch mal nach, Dany: Der war doch schon tot, bevor ich dich getroffen habe!»

«Woher weißt du das so genau?»

«Ich hab' doch Augen im Kopf – und eine Nase. Er ist mindestens seit achtundvierzig Stunden tot.»

«Na und? Deshalb könntest du ihn trotzdem in den Kofferraum gesteckt haben.»

«Wann denn?»

«Gestern abend in Chalon zum Beispiel.»

«Du meinst wohl, ich bin den ganzen Tag mit einer Leiche unterm Arm in Chalon rumgelaufen? Hör doch mit dem Kintopp auf! Außerdem hab' ich einen Haufen Zeugen für den gestrigen Tag, und für vorgestern auch.» Er stand auf.

Ich sagte hastig: «Ich bitte dich, Philippe, laß mich nicht sitzen!»

«Ich laß dich nicht sitzen.» Er kehrte mir den Rücken zu. Er stand neben einem zerbrochenen Fischerboot und starrte in das schwarze Wasser des Alten Hafens, in dem sich streifenförmig Lichter spiegelten. Die Geräusche der Stadt waren weit entfernt.

«Sag mal, dein Chef ... was ist denn das für einer?» fragte er nach einer Weile. «Ein hauptberuflicher Massenmörder, was?»

Ich zuckte die Achseln und antwortete nicht.

Er fuhr herum und schrie mich an: «Herr im Himmel, ich weiß doch überhaupt nichts! Ich mein' ja bloß, der Kadaver kann ja schon im Kofferraum gelegen haben, als du den Wagen geklaut hast.»

«Nein. Der Kofferraum war leer, das weiß ich. Ich hab' nachgesehen.»

«Na schön ... Hast du ihn unterwegs aufgemacht?»

«Ich glaube schon.»

«Wo zum letztenmal?»

Ich überlegte. Ich fuhr im Geiste nach Fontainebleau zurück. Ich erinnerte mich, daß ich den Gepäckraum geöffnet hatte, um den neugekauften Koffer hineinzustellen. Dann hatte ich es mir anders überlegt.

«In Fontainebleau war er noch leer.»

«Das ist ein hübsches Stück von hier. Wo hast du dann noch angehalten?»

«In Joigny, vor einem Café. Dort habe ich den Fernfahrer getroffen, der mir den Veilchenstrauß weggenommen hat ... Aber es war hellichter Tag; der Wagen stand vor der Tür des Cafés, und niemand hätte eine Leiche hineinpacken können.»

«Bist du sicher, daß du den Kofferraum bis Cassis nicht mehr geöffnet hast?»

«Ich würde mich daran erinnern.»

«Wo hast du nach Joigny angehalten?»

«An einer Tankstelle in der Nähe von Avallon. Dort habe ich den Wagen länger stehenlassen. Er blieb auch dort, während ich beim Arzt war.»

Er betrachtete meinen Verband. In seinen Augen las ich, daß er sich an alles erinnerte, was ich ihm erzählt hatte: an meine zerschmetterte Hand; an die Leute, die mich unterwegs wiedererkannten, weil sie mich angeblich in entgegengesetzter Richtung hatten vorbeifahren sehen, während ich in Paris gewesen zu sein behauptete. Er sagte nur: «Weißt du, deine Geschichte ist schwer zu schlucken.»

Ich wußte nicht, was ich ihm darauf antworten sollte. Noch einmal rechtfertigen wollte ich mich nicht. Er merkte, daß ich in meinem weißen Kleid fror, schlüpfte aus seiner Jacke und legte sie mir über die Schulter. Dicht an meinem Gesicht murmelte er:

«Du lügst doch nicht etwa, Dany?»

«Ich schwöre es dir.»

«Jaaa ... Dany, selbst wenn du das Gewehr auf den Kerl angelegt hast – ich helfe dir, verstehst du?»

«Gewehr? Woher weißt du, daß er mit einem Gewehr ... » Meine Stimme kippte über. Lächerlich. Ich wußte nicht warum, aber mir kamen die Tränen.

«Ich nehme es an. Es liegt neben ihm.»

«Was liegt neben ihm?»

«Das Gewehr, verdammt noch mal! Du kannst es gar nicht

übersehen. Im Kofferraum. Das Gewehr ... Sag mal, kannst du wenigstens mich erkennen?»

Er nahm mein Gesicht in seine Hände und drehte es hin und her, als wollte er mich aufwecken.

«Hör auf! Ich habe kein Gewehr gesehen.»

«Ich frag' mich, was du überhaupt sehen kannst ... Hast du einen Läufer gesehen, ja? Hast du einen Kerl gesehen, ja? Also schön – da lag auch ein Gewehr dabei.»

Er ließ mich los, drehte sich auf dem Absatz um und ging davon, die Hände in den Taschen. Ich stand auf und folgte ihm. Wir überquerten die Straße. Er sagte, daß er keine Zigaretten mehr habe, daß er Hunger habe und keinen Sou. Wir gingen in eine *bar-tabacs.* Es war voll. An den Wänden hingen Fischernetze und Muscheln. Ich kaufte ein Päckchen Gitanes und Streichhölzer. Er trank ein Glas Wein an der Theke und aß ein Sandwich. Er sprach nicht. Er sah mich nicht an.

«Wie bist du nach Marseille gekommen?» fragte ich

«Meine Sache.»

«Wo ist dein Koffer?»

«Meine Sache.»

Als wir hinausgingen, legte er den Arm um meine Schulter und zog mich an sich. Ich hatte keine Lust, mich loszumachen. So gingen wir aneinandergeschmiegt über den Gehsteig, auf dem leere Kisten standen, aus denen ein Geruch nach Algen hochstieg. Wir überquerten den großen Platz vor dem Alten Hafen. Im Spiegel eines Restaurantfensters sah ich einen Augenblick lang unsere vorüberziehenden Gesichter, mein weißes Kleid, sein Jackett über meinen Schultern, uns also dicht aneinandergepreßt im grellen Neonlicht, tausend Kilometer von meinem Leben entfernt. Ich glaube nicht, daß ich lüge: Was ich da sah, kam mir noch unwirklicher vor als das übrige.

Auf der Canebière drehten sich die Passanten nach uns um. Ich fragte ihn, wo wir hingingen.

«Zum Wagen. Wir müssen rauskriegen, wer der Kerl ist. Wir müssen ihn uns noch einmal anschauen.»

«Da … ich kann nicht. Verzeih, aber … Ich kann das nicht!»

«Aber ich.»

Dann standen wir vor dem Thunderbird. Ich zog die Schlüssel aus meiner Tasche, aber er nahm sie nicht. Eine Gruppe gestikulierender, schwatzender Halbstarker kam vorbei, dann eine einzelne Frau in einem zerknitterten Kleid, die die Lippen bewegte und den Kopf sorgenvoll gesenkt hielt. Philippe murmelte, stieg ein; fahr los, wir müssen einen weniger belebten Ort finden, damit wir nachschauen können.

Wir fuhren den quai de Rive-Neuve entlang, denselben Weg, den wir zu Fuß gegangen waren. Als ich gerade in eine Straße einbog, die steil zur Stadt hinaufführte, sagte er plötzlich:

«Vielleicht haben wir noch eine Chance, Dany. Wenn man dir den Kerl angehängt hat, weiß niemand davon außer dem Schweinehund, der es war. Es gibt zwischen ihm und dir keine Verbindung. Also werden wir dasselbe tun. Wir müssen nur die Leiche loswerden, egal wo – und dann das Ganze vergessen. Es geht uns ja nichts an.»

Schließlich gelangten wir in eine Straße, in der es keine Autos und Passanten gab, den chemin du Roucas-Blanc. Aber sie war steil und so eng, daß ich einmal anhalten und zurückstoßen mußte, um eine Kurve zu schaffen. Meine Hand tat mir weh und störte mich beim Fahren. Er half mir, das Lenkrad zu drehen. Weit entfernt, durch eine Luke zwischen verfallenen Mauerresten, sah ich die Lichter der Stadt unter mir, und auch das Meer.

Er legte die Hand auf mein Knie zum Zeichen, daß ich anhalten sollte. Genau vor dem Haus Nummer 78. Ich erinnere mich daran, weil es die Nummer ist, mit der meine Sachen im Waisenhaus gezeichnet waren. Neben einem neuen Gebäude lag ein dunkler Hof. Wir warteten ein paar Sekunden. Wir horchten … Dann fuhr ich in den Hof hinein. Die Lichtkegel der Scheinwerfer fielen auf eine Reihe Garagen mit lackierten Türen, auf Büsche, auf eine Treppe. Ein Wagen parkte davor. Ich hielt hinter ihm, stellte den Motor ab und löschte alle Lichter. Der Hof war still, aber eng. Ich dachte mit Schrecken daran, wie lange es dauern würde, hier zu wenden, falls wir aus irgendeinem Grund schnell losfahren mußten.

Ich gab Philippe sein Jackett zurück, und wir stiegen aus. Einige Fenster waren erleuchtet; hinter einem zugezogenen Vorhang flimmerte es bläulich von einem Fernsehgerät. Ich öffnete den Kofferraum und trat, ohne hinzusehen, sofort zurück. Trotzdem schlug mir der scheußliche Geruch ins Gesicht, und in einem Nebel von Übelkeit hörte ich, wie Philippe um ein Taschentuch bat. Er atmete stoßweise. Er sah älter aus, knochig und fremd. Unsere Blicke trafen sich; nie werde ich das Grauen in seinen Augen vergessen.

Ich hörte, wie er neben mir den Toten bewegte. Verzweifelt heftete ich die Augen auf die Hofeinfahrt, aber nicht, weil ich Angst hatte, daß jemand auftauchte. Daran dachte ich nicht einmal.

«Schau mal, Dany», murmelte Philippe. Er zeigte mir das Gewehr, eine lange Waffe mit schwarzem Lauf. «Auf dem Kolben sind Initialen.»

«Initialen?»

«M. K.»

Er hielt mir den Kolben hin und ließ mich mit den Fingern die ins Holz gravierten Buchstaben entlangfahren. Ich kannte niemanden mit solchen Initialen. Er auch nicht. Er sagte:

«Das ist ein Winchester-Repetier-Gewehr. Im Magazin fehlen drei Patronen.»

«Kennst du dich damit aus?»

«Ein bißchen.»

Er wischte das Gewehr mit meinem Taschentuch ab und legte es in den Läufer zurück, der den toten Mann umhüllte. Ich sah im matten Licht der Kofferraumbeleuchtung kurz dessen Gesicht. Die Kinnladen hingen herunter. Philippe durchsuchte die Taschen des Morgenrocks; plötzlich erstarrte er. Ich erriet, daß er etwas gefunden hatte. Dann drehte er sich jäh zu mir um. Er wollte etwas sagen, aber er brachte kein Wort heraus. Ich sah einen Sekundenbruchteil lang ein Stück Papier in seiner linken Hand. Dann schrie er mich an. Ich weiß nicht, was er schrie. Zweifellos, daß ich wahnsinnig sei, daß er sich in den Traum einer Wahnsinnigen habe verstricken lassen ... Ich verstand nicht, was er schrie, aber ich las es in seinen Augen. Ich sah auch, daß er mich schlagen wollte. Ich glaube, ich hob einen Arm, um mich zu schützen.

Ein wahnsinniger Schmerz in meiner Magengrube. Ich kriegte keine Luft mehr. Ich krümmte mich zusammen. Er packte mich am Arm, bevor ich zu Boden sank, zerrte mich zur Wagentür und stieß mich auf den Vordersitz. Ich rang nach Atem und hörte, wie er den Kofferraum schloß und sich entfernte. Dann hörte ich nichts mehr.

Die Zeit verging. Lange Zeit. Es war noch immer still. Ich war allein. Es war mir gelungen, mich am Lenkrad hochzuziehen, aufrecht zu sitzen. Ich atmete durch den Mund. Die Nachtluft war kühl. Mir war nichts passiert. Ich weinte. Meine Brille war auf den Boden gefallen. Als ich sie wieder aufgesetzt hatte, zeigte die Uhr auf dem Armaturenbrett ein Uhr morgens. Auf meinem zerdrückten Kleid fand ich das Stück Papier, das Philippe dem Toten aus der Tasche gezogen hatte.

Ich machte Licht.

Es war ein Telegramm, aufgenommen am Flughafen Orly am 10. Juli um 18 Uhr 55 und an einen gewissen Maurice Kaub gerichtet, Passagier des Fluges 405 der Air France. Ich nahm mir Zeit, um nachzurechnen, daß das am Freitag gewesen war – vor zweieinhalb Tagen. Und in diesem Augenblick versank alles, was ich in diesem Zeitraum getan hatte, in einem eiskalten, von Schreien durchzuckten Strudel.

> GEH NICHT WEG STOP HABE MITLEID
> STOP FOLGE DIR ANDERNFALLS NACH
> VILLENEUVE STOP HABE PUNKT ERREICHT
> WO ALLES EGAL STOP DANY

Die Telefonnummer, eine Pariser Nummer, die in das Kästchen *Absender* eingetragen war, war meine Telefonnummer.

Die Straße kurvte über dem Meer und unter dem Mond entlang. Das ist meine einzige Erinnerung. Ich weiß nicht, wie ich in das Hotel Bella Vista zurückgekommen bin. Ich weiß nicht einmal, ob ich zurückkehren wollte. Es war kalt. Ich fror. Ich glaube, daß ich nicht einmal merkte, daß ich im Süden war. Eher befand ich mich auf der Straße nach Chalon, ich hatte gerade den Arzt verlassen, der meine Hand behandelte, den Tankstellenbesitzer, den Streifenpolizisten. Jetzt würde ich am Ufer der Saône Philippe treffen, aber diesmal würde ich ihn nicht mitnehmen, nein, diesmal nicht, und alles würde anders verlaufen.

Ich dachte an mein weißes Kostüm. Ich glaube, daß der Gedanke an mein weißes Kostüm mir in diesem Augenblick weiterhalf. Ich fuhr, und ich dachte an das Kostüm, das in einem fremden Zimmer hing; dieser Gedanke tröstete mich. Das war etwas, was mir gehörte, etwas, das mir vor dem 10. Juli gehört hatte. In dem Kostüm würde ich mich wiederfinden.

Im Hafen von Cassis brannten noch Lichter. Aus einer offenen Bar drangen die Klänge einer elektrischen Gitarre. Ein paar junge Männer tanzten vor meinem Wagen herum und zwangen mich anzuhalten. Einer beugte sich durch das Fenster und küßte mich auf den Mund. Sein Atem roch nach Alkohol und Tabak. Dann kam der Strand mit dem weißen Kiesgeröll, dann das Hotel mit den maurischen Türmen. Ein riesiger, runder Mond zitterte hinter dem Blattwerk der Palmen.

Der Nachtportier in weiß-goldener Uniform gab mir den Schlüssel. Er sagte irgend etwas von Pferden, von einer gewonnenen Wette, und ich antwortete ungezwungen. Erst nachdem ich die Zimmertür verriegelt hatte, fing ich an zu weinen. Aber die Tränen kamen mir vor wie die Tränen einer anderen. Ich hob meine Kostümjacke vom Bett auf und drückte sie eine Weile an mich. Ich erkannte das Parfüm wieder, das ich seit Jahren benutze, und den Geruch meiner Haut, aber es tröstete mich nicht, eher im Gegenteil.

Ich zog mich aus und ging zu Bett, mein Kostüm zu Füßen, das Telegramm aus Orly in der rechten Hand. Bevor ich das Licht löschte, las ich es mehrmals durch.

Ich kannte keinen Maurice Kaub. Ich hatte die Nachricht nicht durchgegeben. Am Freitag, dem 10. Juli, befand ich mich um 18 Uhr 55 bei den Caravailles und fing gerade an zu tippen … Und jemand mußte unterdessen bei mir zu Hause eingedrungen sein und meinen Namen und meine Telefonummer benutzt haben. Das lag auf der Hand.

Das Gewehr im Thunderbird trug die Initialen M. K. – auf dem Kolben. M. K. – Maurice Kaub. Der Zusammenhang zwischen dem Gewehr und dem Telegramm zeigte, daß die Leiche nicht zufällig in den Wagen gelegt war. Im Gegenteil: Man hatte mich mit Vorbedacht ausgesucht – mich, Dany Longo –, um mich in diesen Albtraum zu stürzen. Auch das lag auf der Hand.

Ich weiß nicht, ob ich richtig geschlafen habe. In gewissen Augenblicken durchkreuzten Einzelheiten meiner Reise seit Orly so heftig und so deutlich meinen Traum, daß ich die Augen aufschlug: eine kleine weiße Karte auf dem Empfangspult des Hotels La Renaissance. Die gereizte Stimme des Hotelbesitzers: *Longo, Danielle Marie Virginie, sechsundzwanzig Jahre, Werbeberaterin – sind Sie denn das nicht?* Plötzlich war jemand hinter mir im Waschraum der Tankstelle. Der Strahl der Taschenlampe des Streifenpolizisten trifft mich im Gesicht. Er will, daß ich meine Handtasche öffne. Das kleine Mädchen heißt Maureen. Sie sagen, sie haben mich gesehen. Und mit mir gesprochen. Sie sagen, ich bin am Samstag früh in der entgegengesetzten Richtung nach Paris gefahren.

Und dann graute der Morgen. Ich hatte die Augen offen; ich sah, wie der Tag nach und nach ins Zimmer drang, und ich dachte, nein, das war kein schlechter Scherz von einem Fernfahrer; es ist ein Komplott, eine Intrige, die jemand gegen mich gesponnen hat. Irgend jemand hat aus Gott weiß welchen Gründen den Leuten vorgespiegelt, ich sei schon am Samstag spät in der Nacht zwischen Mâcon und Avallon gewesen Man hat nicht nur mein Telefon benutzt, sondern auch mein Äußeres – meine dunkle Brille, meine Identität … Die Leute haben nicht gelogen, als sie behaupteten, mich wiederzuerkennen. Sie hatten mich «gesehen», aber es war eine andere Frau in einem anderen Wagen ... Ich rannte mit dem Kopf gegen eine Wand.

Ich richtete mich im Bett auf. Ich konnte nicht einmal mehr weinen. Es war Wahnsinn. *Es gibt kein Komplott. Niemand kann ein solches Komplott geplant haben.* Ich konnte mir wer weiß was einreden, aber niemand, es sei denn, er hatte übernatürliche Kräfte, konnte mich im voraus durch ein Telegramm mit einem Toten in Verbindung bringen, den er anderthalb Tage später in meinen Wagen legte, Hunderte von Kilometern von meiner Wohnung entfernt. Noch weniger konnte jemand im voraus von einer anderen Frau an bestimmten Punkten einer Strecke meine Rolle spielen lassen, zwölf oder fünfzehn Stunden bevor ich den Entschluß faßte, dorthin zu fahren. Niemand in der Welt, niemand konnte an jenem Freitag um 18 Uhr 55 wissen, daß ich den dümmsten Einfall meines Lebens haben würde, daß ich wie eine dumme Gans den Wagen meines Chefs behalten und abends wirklich auch an diesen Orten auftauchen würde. Niemand. *Ich hab's ja selbst noch nicht gewußt.*

Ich sagte mir, hör zu; so kommst du nicht weiter. Denk noch einmal alles durch. Es gibt sicher eine Erklärung – es muß doch eine geben! Und doch gab es keine. Das Schrecklichste war das: *Ich selbst habe ja nicht einmal gewußt, daß ich losfahren würde.* Alles hatte also über meinem Kopf und über die Köpfe der anderen hinweg begonnen; kein menschliches Wesen hat dieses Telegramm schicken und unterwegs meine Identität annehmen können ... Mir blieb nichts übrig als zu glauben, daß ich während einer ganzen Nacht und eines ganzen Tages, also bevor ich mich plötzlich entschloß, den Thunderbird zu behalten, schon von irgendeinem fremden Willen ausgewählt und gelenkt worden war. *Von einem Willen aus dem Weltall, was? Alberne Ziege.* Dann hatte das ganze Weltall keinen Sinn mehr. *Weltall. Scheiß aufs Weltall.*

Ausgewählt. Gelenkt. Etwas hinter mir. Meine Hand tut weh. Mein Leib tut weh, wo Philippe mich geschlagen hat. Eine Strafe. Das Kind in meinem Leib getötet, in Zürich, vor vier Jahren. Ich weiß nicht, was für eine unversöhnliche, wachsame Macht mich aus dem Weltall verfolgt und immer dort ist. Wieder das Gefühl, wach im Traum eines anderen Menschen zu leben. Mit allen meinen Kräften wünsche ich mir, auch schlafen zu können – oder daß der Träumende erwacht. Daß alles still und friedlich ist. Daß ich sterbe. Daß ich vergesse.

Montag, den 13. Juli. Heute morgen.

Die Blumen auf der Tapete. Blau, mit roten Herzen. Mein schmutziger Verband. Meine Armbanduhr an meinem rechten Handgelenk, ihr Ticktack an meinem Ohr. Meine nackten Beine schauen unter der Bettdecke hervor. Der Teppich ist warm unter meinen Füßen, dort wo die Sonne ins Zimmer fällt. Zwei blonde Mädchen schwimmen unter meinem Fenster Seite an Seite mit gleichmäßigen Stößen durch das Schwimmbassin. Der brennende Himmel zwischen den reglosen Palmen. Das Meer, das ich hatte sehen wollen. Alles hell. Jawohl, sehr hell.

Ich wusch meine Unterwäsche vom vorherigen Tag mit einem Stückchen Werbeseife, das ich auf dem Waschbecken fand. Wonach roch sie nur? Ich weiß es nicht mehr. Ich weiß nicht mehr, was ich wirklich erlebt habe. Einige Dinge kommen mir deutlich ins Gedächtnis, andere – o Gott. *Oder erfinde ich auch die deutlichen Dinge?* Ich weiß, so ist der Wahnsinn: deutliche Dinge – blaue Blumen mit roten Herzen, ein schmutziger Verband, die Sonne zwischen den Palmen –, harte Einzelheiten, die sich nicht zusammenfügen und nur zu einem selbst zurückführen.

Ich hätte den ganzen Tag in diesem Zimmer bleiben können und dann noch einen Tag und noch einen Tag, ohne mich zu rühren. Ich hätte auch denselben Schlüpfer, denselben Büstenhalter weiterwaschen können, bis die Seife verbraucht, bis das Gewebe aufgerieben, bis nichts mehr da war – kein Kind, kein Blut, keine Lüge, die man sich selbst erzählt.

Manchmal sprach Mama-Obs mit mir. Sie bestellte Kaffee – das heißt, sie bestellte ihn durch mich. Sie paßte auf mich auf, sie telefonierte durch meinen Mund, aber das ist ja dasselbe. Sie sagte: *Dany, Dany, nimm dich zusammen. Sieh, was aus dir geworden ist.*

Ich sah mein Gesicht im Spiegel über dem Waschbecken und fragte mich, was sich hinter meinen Augen verbarg, welches Geheimnis hinten in meinem Kopf oder auch tief in meinem Herzen taumelte wie ein verlorener Vogel mit gebrochenen Schwingen.

Ich trank zwei Tassen schwarzen Kaffee. Ich duschte kalt. Es ging mir besser. *Alles geht immer besser.* Ich brauchte nur zu warten, Unterseeboot zu spielen, und schon hörte ich wieder die Stimme von Mama-Obs; etwas in mir schlief ein, und eine Zeitlang war ich ruhig. Alles ging besser.

Ich zog mich an: weißes Kostüm, nasser Verband, Sonnenbrille. Als ich den Kamm in meiner Handtasche suchte, merkte ich, daß Philippe diesmal mein Geld mitgenommen hatte. Mein Gehaltsumschlag war leer, meine Geldbörse auch.

Bitterkeit habe ich nicht empfunden. Schließlich war es etwas Verständliches, etwas, das sich leicht erklären ließ. Wenn wir zusammengeblieben wären, hätte ich Philippe sowieso Geld gegeben. Er hatte keinen Sou, also. Ein Glück für den Jungen. *Scher dich zum Teufel Philippe.*

Der Diebstahl half mir sogar weiter. Ich hatte nicht die leiseste Ahnung, was ich tun sollte, es sei denn, mich der Polizei zu stellen oder ins Meer zu springen. Ich mußte zunächst in eine Filiale der Kommerz- und Industrie-Bank gehen und Geld von meinem Konto abheben. Mama-Obs sagte: *Na los, geh schon! Das ist besser, als hierzubleiben und Trübsal zu blasen.*

Ich ging hinunter, fragte beim Empfang nach einer Filiale der Kommerz- und Industrie-Bank und sagte, ich wolle das Zimmer einstweilen behalten. Der Thunderbird stand noch da, wo ich ihn abgestellt hatte. Er war glühend heiß, und ich ärgerte mich, daß ich ihn nicht in den Schatten gestellt hatte. Als ich mich ans Steuer setzte, spürte ich nichts von dem widerlichen Geruch. Ich zwang mich, nicht daran zu denken, was in dieser Hitze allmählich mit dem Mann geschah, der über sechzig Stunden tot war. Ich bin an solche Willensanstrengungen gewöhnt. Ich habe mein Leben lang versucht, unangenehme Bilder aus meinem Bewußtsein zu verdrängen. Das Weinen meiner Mutter, als man ihr den Kopf schor, kurz bevor sie zwei Stockwerke weiter unten auf dem Gehsteig zerschmettert lag. Oder mein Vater, wie er brüllte, eingeklemmt unter einem plötzlich anfahrenden Güterwagen. Ich sagte mir, hör auf, du dumme Gans. Denk nicht dran ... Aber was kann man schon wirklich vergessen?

Die Sonne. Ich parkte den Wagen im Schatten auf der Hauptstraße von Cassis, die zum Hafen führt. Ich öffnete das Verdeck, damit die Luft den süßlichen Geruch und die bösen Träume davontrug. Ich ging in die saubere, beruhigende Bankfiliale. Dort erfuhr ich, daß ich 750 Francs von meinem Pariser Konto abheben konnte. Aber weil mir nach den Einkäufen in Fontainebleau nicht mehr viel blieb, hob ich nur 500 ab. Mama-Obs sagte: *Nimm alles, was du kriegst. Das Geld nutzt keinem mehr. Hau ab. Flieh ins Ausland. Verschwinde.* Ich habe nicht auf sie gehört.

Während ich wartete, erblickte ich an der Wand eine große Straßenkarte. Ein Satz aus dem Telegramm fuhr mir durch den Kopf: Folge dir andernfalls nach Villeneuve ... Ich sah nach, ob es zwischen Paris und Marseille ein Villeneuve gab. Ich zählte so viele, daß ich erst einmal den Mut verlor. Villeneuve-Saint-Georges, Villeneuve-la-Guyard, Villeneuve-sur-Yonne, Villeneuve-l'Archevêque, Villeneuve-lès-Avignon. Es gab noch andere, und ich mußte auch noch die weniger wichtigen Villeneuves in Rechnung ziehen, die nicht auf der Karte verzeichnet waren.

Ich sah jedoch, daß Villeneuve-la-Guyard gleich bei Fontainebleau lag, wo ich zum letztenmal den Kofferraum leer gesehen hatte. Villeneuve-sur-Yonne lag in der Nähe von Joigny – dort hatte ich den Fernfahrer mit den Veilchen getroffen. Aber Mama-Obs sagte: *Alles Quatsch. Das Telegramm ist an einen Fluggast gerichtet. Man fliegt nicht nach Villeneuve-la-Guyard. Das ist nur ein paar Finger breit von Paris entfernt. Du kannst es nachmessen.*

Ich verstaute das Geld in meiner Handtasche und fragte, ob es in Cassis ein Reisebüro gebe. Es gab eins im Nebenhaus. Ich brauchte nur zur einen Tür heraus und zur anderen wieder hinein. Dabei sah ich, daß das Glück wieder auf meiner Seite war. Zwei Schilder, fast dieselben auf beiden Türen, kündigten an, daß an diesem Montag, dem 13. Juli, alle Geschäfte mittags schlossen. Ich dankte dem Himmel, daß ich rechtzeitig mein Geld abgehoben hatte. Mir blieb noch eine Stunde. Mama-Obs fragte: *Wozu?* Ich wußte es nicht recht. Vielleicht nur, um mich zu bewegen, um mich noch einmal wie ein lebendiges Wesen, wie ein freies Wesen zu fühlen, bevor sie mich mit dieser Leiche im Wagen festnahmen und dann einsperrten, bevor ich den Rest meiner Tage im Dunkeln verbrachte, den Kopf auf die Arme gelegt, in mich zusammengekrümmt, wie schon einmal, in der Wärme, fern von allem, im Leib der Renata Longo, geborene Castellani aus San Appolinare, Provinz Frosinone.

Ich ließ mir ein Kursbuch der Air France geben. Draußen, auf dem sonnenüberfluteten Gehsteig, inmitten einer Touristenmenge, die zum Strand zog, schlug ich nach. Der im Telegramm erwähnte Flug Air France 405 war ein Direktflug Paris–Marseille, mit einer Caravelle, jeden Freitag (Feiertage ausgenommen), Abflug Orly 19.45, Ankunft Marseille-Marignane 20.55. Ich dachte gleich, dann kommt nur Villeneuve-lès-Avignon in Frage. Die anderen liegen alle weiter nördlich … Dabei überkam mich ein unangenehmes Gefühl. Ich konnte nicht sagen, was es war. Es regte sich etwas in meinem Unterbewußtsein; etwas, das ich nicht an die Oberfläche ziehen konnte. Es machte mir angst.

Ich suchte den Thunderbird mit den Augen. Er stand am Gehsteig gegenüber. Plötzlich sah ich die Anmeldekarte auf dem Empfangspult des Hotels La Renaissance in Chalon vor mir. Das hatte mir Angst eingejagt. Jawohl, man hatte mir im La Renaissance gesagt, daß ich aus Avignon kam, als ich angeblich das erste Mal dort abgestiegen war. Ich hatte geantwortet, daß das Unsinn sei. *Siehst du,* sagte Mama-Obs, *alles ist darauf angelegt, dich ins Verderben zu schicken. Alles ist im voraus berechnet. Wenn jetzt die Leiche in deinem Kofferraum entdeckt wird, wem willst du einreden, daß du nichts damit zu tun hast? Ich bitte dich, flieh! Egal, wohin – flieh und komm nicht wieder …* Ich hörte auch diesmal nicht auf sie.

Ich ging zum Hafen. Als ich am Vortag den Weg zum Hotel Bella Vista erfragte, hatte ich am Ende des Kais ein Postamt gesehen. An derselben Stelle hatte mich einige Stunden später ein angetrunkener Kerl auf den Mund geküßt, und ich hatte mir instinktiv mit meiner verbundenen Hand die Lippen abgewischt. Ich sagte zu Mama-Obs: *Reg dich nicht auf; einstweilen habe ich noch gar nicht angefangen, mich zur Wehr zu setzen; warte nur ab … Stimmt, ich bin ganz auf mich gestellt. Aber ich war immer ganz auf mich gestellt. Und wenn mir jetzt die ganze Welt an den Kragen will, werde ich mich zur Wehr setzen, daß die Fetzen fliegen!* Ich war wieder wie in meinen besten Zeiten.

Im Postamt war es dunkel, wenn man aus der prallen Sonne kam. Ich mußte die Brille wechseln. An ein schräges Pult gekettet, fand ich einen Stapel Telefonbücher der umliegenden Départements. Ich öffnete das von Vaucluse. In Villeneuve-lès-Avignon gab es einen Maurice Kaub.

Eigentlich hätte ich meinen Augen nicht trauen sollen. Mein Herz setzte aus. Ich kann es nicht erklären. Da stand es schwarz auf weiß, zu Druckerschwärze geronnene Wirklichkeit; es war wirklicher, als das von meinem Anschluß aufgegebene Telegramm, als die Leiche in meinem Kofferraum. Jedermann konnte dieses dicke Buch öffnen und schwarz auf weiß die Adresse lesen … Nein, ich kann es nicht erklären.

Da stand: *Maurice Kaub, Bauunternehmer, Villa Saint-Jean, route de l'Abbaye.*

Wieder fühlte ich, wie sich eine Erinnerung oder Gott weiß was regte und versuchte in mein Bewußtsein zu dringen. Villa Saint-Jean. Route de l'Abbaye. Bauunternehmer. Villeneuve-lès-Avignon. Ich wußte nicht, woran ich mich hätte erinnern sollen. Der Eindruck verschwand. Ich war nicht einmal sicher, ob ich ihn wirklich hatte.

Ich schlug ein anderes Telefonbuch auf, das vom Département Yonne. Ich sah, daß es in Joigny verschiedene *bar-tabacs* gab, aber an der 6 nur eine: *Zum Alten Rasthaus, Pozzon T., Besitzer.* Dort mußte ich gehalten, dort mußte ich den Fernfahrer mit den Veilchen getroffen haben. Wie ein Rechenkünstler im Zirkus memorierte ich die Telefonnummer 2-20 und ging hinaus.

Als ich zum Wagen zurückkam, stand die Sonne höher; der Schatten bedeckte ihn nur zur Hälfte. Aber ich hatte keine Zeit, mich darum zu kümmern. Zwei Polizisten in Khakiuniform standen davor.

Ich bemerkte sie erst im letzten Augenblick, als ich fast in sie hineinlief. Ich sehe beim Laufen immer zu Boden, aus Angst, daß ich über irgendeinen Elefanten stolpere. Bis zu meinem achtzehnten Lebensjahr trug ich Brillen, die lange nicht so gut waren wie meine jetzige, und schlug fortwährend längelang hin. Sie nannten mich «den Sturzbomber». Einer meiner Albträume ist heute noch der leere Kinderwagen im Hauseingang. Zu dritt mußten sie mich herausklauben.

Als ich den Blick hob und die beiden Polizisten vor dem Thunderbird sah, fiel ich vor Schreck fast in Ohnmacht und wollte instinktiv auf dem Absatz kehrtmachen und rennen. *Verdammt noch mal,* schimpfte Mama-Obs, geh *weiter! Sieh woanders hin, geh vorbei los!* Statt dessen blieb ich stehen.

«Ist das Ihr Wagen?»

Ich sagte ja, das heißt, ich versuchte es zu sagen, aber es kam nichts. Die beiden waren groß, und der jüngere trug wie ich eine Sonnenbrille. Er war der Sprecher. Er fragte nach meinen Papieren. Ich ging um den Thunderbird herum und nahm sie aus dem Handschuhfach. Währenddessen näherten sie sich schweigend dem Kofferraum. Mama-Obs zischelte: *Steh doch nicht rum wie eine Salzsäule – verschwinde! Hau ab!* Ich ging zu den beiden und hielt dem jüngeren die Plastikhülle mit den Wagenpapieren hin. Er zog sie heraus und warf einen Blick auf die graue Karte.

«Den Führerschein, bitte.»

Ich holte ihn aus meiner Tasche und reichte ihn dem Beamten. Er betrachtete ihn, dann sah er wieder auf die graue Karte:

«Was heißt I. C. P.?»

«I. C. P.?»

Er hielt mir lässig, aber etwas gereizt die Karte vor die Nase.

I. C. P. stand da, wo der Fahrzeughalter einzutragen ist. Ich hatte keine Ahnung, was die Abkürzung bedeutete. Ich schluckte und sagte:

«Das ist eine Werbeagentur.»

«Aha. Und was heißt I. C. P.?»

Ich antwortete, was mir gerade einfiel: «International Caravaille Publicité.»

«Wer ist Caravaille?»

«Der Gründer der Firma. Aber jetzt gehört sie mir. Also, das heißt, ich bin die Geschäftsführerin. Verstehen Sie?»

«Doch, das verstehe ich.» Er nickte. «Was ich nicht verstehe, das ist, wie man seinen Wagen genau vor einem Parkverbotsschild abstellen kann ... Wie lange sind Sie schon in Cassis?»

«Ich bin gestern angekommen.»

«Passen Sie das nächste Mal besser auf. Die Straße ist ohnehin eng genug, und wenn jeder so wie Sie parken würde ...»

Und so weiter und so weiter. Ich atmete auf. Er gab mir die Papiere zurück, hob sein Käppi und wischte sich die Stirn mit einem Taschentuch ab. Dann warf er seinem Kollegen einen raschen Blick zu und knurrte:

«Man kann sich schließlich nicht alles erlauben, bloß weil man ein hübsches Mädchen ist und einen Straßenkreuzer fährt ...»

Und jetzt kam die Katastrophe. Der andere, der ältere, der mit einem aufmerksamen halben Lächeln zugehört und kein Wort gesagt hatte, spielte mechanisch am Schloß des Kofferraums herum. Er drückte mit dem Daumen auf den dicken Metallknopf ...

Und das Schloß schnappte zurück.

Als ich in der vergangenen Nacht wie eine Schlafwandlerin aus Marseille zurückgefahren war, hatte ich nicht daran gedacht, den Kofferraum abzuschließen. Ich hatte ihn für Philippe geöffnet. Er war noch immer offen.

Im gleichen Augenblick, als das Schloß unter dem Daumen des Polizisten klick machte, habe ich mich rasch auf den Kofferraumdeckel gestützt und es wieder zuschnappen lassen. Zu hastig, denn der mit der Sonnenbrille merkte etwas. Er betrachtete erst den Kofferraum, dann mich. Sonnenbrille hin, Sonnenbrille her, er mußte sehen, daß ich kalkweiß war. Ich bin sicher, daß ich kalkweiß geworden bin.

«Kaputt?» erkundigte er sich.

Ich nickte. Verzweifelt suchte ich nach Worten, nach irgend etwas, das ich hätte sagen können, um seine Aufmerksamkeit von dem Wagen abzulenken. Mir fiel nichts ein. Auch der andere starrte jetzt auf meine rechte Hand, die auf der Klappe lag. Ich zog sie zurück. Dann standen wir da und starrten uns an. Nach einem endlosen Schweigen trat der jüngere endlich zurück.

«Na schön ... Aber nächstens parken Sie woanders, ja?»

Er berührte sein Käppi mit dem Zeigefinger und beide entfernten sich in Richtung des Hafens. Mit fiebrigen Fingern suchte ich die Wagenschlüssel in meiner Tasche. Ich schloß den Kofferraum ab. Dann saß ich mehrere Minuten hinter dem Steuerrad und sah starr geradeaus, ehe ich fähig war, loszufahren. Ich zitterte am ganzen Körper. Ich bin ein sehr empfindliches Schaf.

In meinem Zimmer im Hotel Bella Vista drehte sich der Ventilator im Sonnenstaub, aber kühler wurde es dadurch nicht. Ich schloß die Fensterläden, zog mich aus und legte mich auf das frisch gemachte Bett. Das Telefon stand neben mir.

Ich verlangte in der Zentrale zwei Verbindungen: 2-20 in Joigny und die Wohnung eines Grafikers der Agentur, Bernard Thorr, mit dem ich mich gut verstehe. Er hatte den Chef schon mehrfach wegen des *Milkaby*-Etats nach Genf begleitet und wußte sicher, in welchem Hotel Caravaille gewöhnlich abstieg. Ich wollte Anita anrufen und ihr gestehen, daß ich den Wagen behalten hatte. Ich brauchte sie als Zeugin, um mich aus der Affäre herauszuwinden. Anita würde mir helfen.

Ich bekam die *bar-tabacs* in Joigny fast sofort. Ich verlangte den Inhaber. Zuerst erinnerte er sich nicht an mich. Weißes Kostüm, blond, dunkle Brille, amerikanischer Wagen – das alles sagte ihm nichts. Er erinnerte sich aber an den Fernfahrer, als ich von der

Zeche sprach, die er bezahlen wollte, und als ich sein Lächeln erwähnte. Ich fragte:

«Kennen Sie ihn?»

«Und ob ich den kenne! Das ist Jean. Jean mit dem Somua. Er kommt jede Woche hier vorbei.»

«Jean was? Ich verstehe nicht …»

«Der Somua ist sein Lastwagen. Ich weiß nicht, wie er mit Nachnamen heißt. Er ist aus Marseille. Wir nennen ihn Blendax.»

Das war komisch. Auch ich hatte ihn so genannt. Ich lachte. Ich war glücklich. Endlich hatte ich etwas in der Hand. Es sah so aus, als ob sich alles in Wohlgefallen auflösen sollte.

«Aus Marseille, sagen Sie? Wissen Sie, ob er jetzt in Marseille ist? Wissen Sie, wo ich ihn finden kann?»

«Da bin ich überfragt. Ich weiß, daß er am Samstag runtergefahren ist. Aber wo Sie ihn jetzt finden können – keine Ahnung … Wenn Sie wollen, kann ich ihm was ausrichten, wenn er wieder vorbeikommt.»

Ich sagte, daß das zu spät sei, daß ich ihn sofort finden müsse. Er sagte, ach so, und ein so langes Schweigen trat ein, daß ich schon glaubte, er hätte aufgelegt. Aber nein. Endlich sagte er: «Ach – da fällt mir was ein. Moment mal, Mademoiselle.»

Ich hörte am anderen Ende Gesprächsfetzen und Geschirrklirren. Ich versuchte mir den Raum vorzustellen, wie ich ihn vor zwei Tagen gesehen hatte: die lange Holztheke, die Fotos mit den verunglückten Lastwagen, das blau-weiß-rote Plakat mit den Tanzveranstaltungen am 14. Juli. Ich stellte mir die Fernfahrer beim Essen vor und die nassen Kringel, die ihre Weingläser auf den Wachstüchern zurückließen. Ich war plötzlich hungrig und durstig. Ich hatte seit dem Morgen nur zwei Tassen Kaffee … Eine andere Stimme:

«Hallo? Wer ist am Apparat?»

«Ich heiße Longo, Danielle Longo. Ich sagte gerade dem Herrn, mit dem ich gesprochen habe …»

«Was wollen Sie denn von Blendax?»

Auch diese Stimme sprach mit südlichem Akzent. Sie keuchte

ein bißchen. Die Stimme eines Mannes, der schlecht schläft und der gerade beim Essen gestört worden ist. Ich erzählte also alles noch einmal von vorn und sagte dazwischen immer wieder, entschuldigen Sie bitte, verstehen Sie mich bitte richtig. Er sagte:

«Blendax ist ein Kumpel von mir. Ich möchte wissen, mit wem ich es zu tun habe. Wenn Sie in ihn verschossen sind, na schön. Aber wenn's wegen was anderem ist, ja ... Also ich weiß nicht recht. Sie müssen das verstehen, Mademoiselle, es ist ja nur, weil nämlich, ich meine, unter Kollegen, ja, und womöglich hänge ich dann auch mit drin, nicht wahr, versetzen Sie sich doch mal in meine Lage.»

Er redete wie ein Wasserfall. Ich hätte ihn kaltblütig erwürgen können, aber ich blieb liebenswürdig, wenn er mich auch einmal zu Worte kommen ließ. Ich sagte, ja gewiß, er hätte ganz recht, ich wolle seinen Freund wiedersehen, er hätte mit mir ein Rendezvous ausgemacht, zu dem ich nicht gekommen sei, und jetzt ... Ja eben, es tue mir jetzt leid – ja, ganz recht ... Wenn und Aber, Für und Wider – es nahm kein Ende. Er redete, als bekäme er Prozente von den Telefongebühren.

«Also schön», sagte er schließlich, «es geht mich ja nichts an. Wenn es eine Bettgeschichte ist ... Eh, Pardon, ich meine ... Also gut. Bloß, sagen Sie ihm, daß ich den Mund gehalten hätte, ja? Ich meine, zuerst. Sonst hält er mich womöglich noch für einen Schwätzer ...» Schließlich teilte er mir mit, daß sein Freund Jean Le Gueven hieß und daß er in Marseille in dem Stadtteil Sainte-Marthe wohnte. Er wußte die Adresse nicht genau, aber die konnte ich bei seiner Firma erfahren, Spedition Garbaggio, boulevard des Dames, Telefon Colbert 0910 ... Ich hätte zu lange gebraucht, wenn ich das alles mit der rechten Hand aufgeschrieben hätte; ich ließ es mir wiederholen, um es besser im Kopf zu behalten. Und dann fiel ihm immer noch etwas ein:

«Ach ja – und sagen Sie ihm, daß er in der rue du Louvre noch vier Tonnen zuladen muß ... Richten Sie ihm das aus? Sagen Sie nur, ich hätt's Ihnen gesagt – Die Sardine, er weiß dann schon Bescheid ... Vier Tonnen, ja? Stückgut. Aber das brauchen Sie nicht zu sagen, das weiß er ohnehin ... Na schön. Dann mal viel Glück, ja?»

Die Hotelvermittlung hatte die Verbindung nach Paris noch nicht bekommen. Ich verlangte Colbert 0910 und bestellte eine Mahlzeit aufs Zimmer. Die Firma Garbaggio meldete sich sofort.

«Le Gueven?» sagte eine Frauenstimme. «Ach, das tut mir aber leid – der ist schon wieder weg ... Warten Sie mal; er muß noch an den Kais aufladen. Rufen Sie mal Colbert 2218 an; vielleicht erwischen Sie ihn dort noch. Aber er hat heute abend eine Ladung Frischgemüse nach Pont-Saint-Esprit, und da sollte es mich wundern, wenn er noch da wäre.»

«Wollen Sie sagen, er fährt nach Paris? Mit seinem Lastwagen?»

«Ja, dachten Sie mit der Eisenbahn?»

«Ich meine, weil doch Feiertag ist. 14. Juli.»

«Na und? Meinen Sie, die Pariser verzichten aufs Mittagessen, weil vor knapp zweihundert Jahren jemand die Bastille erstürmt hat?»

Ich rief Colbert 2218 an. Gerade als die Verbindung kam, klopfte es an der Tür. Ich ließ es klopfen und fragte, ob ich Jean Le Gueven sprechen könne. Man forderte mich auf, einen Augenblick zu warten. Ich wollte aufstehen und meine Zimmertür öffnen, da war er schon am Apparat. Ich war sprachlos.

«Ja, hallo?» sagte er. «Hallo!»

«Jean Le Gueven?»

«Am Apparat.»

«Ich bin ... Wir haben uns Samstag nachmittag in Joigny getroffen ... Erinnern Sie sich an den weißen Thunderbird? An den mit dem Veilchenstrauß?»

«Ach nee ...»

«Ja. Erinnern Sie sich nicht?»

Er lachte; ich erkannte das Lachen wieder. Ich sah sogar deutlich sein Gesicht vor mir. Es klopfte wieder an der Tür.

«Wissen Sie, der Strauß ist verwelkt», sagte er. «Ich muß Ihnen einen neuen kaufen. Wo stecken Sie denn?»

«In Cassis. Es ist nicht wegen des Straußes ... Oder eigentlich doch. Ich … Warten Sie bitte einen Augenblick. Können Sie einen Augenblick warten? Nicht auflegen, bitte!»

Er lachte wieder und sagte, aber nein. Ich sprang aus dem Bett und lief zur Tür. Draußen sagte eine Stimme, daß mein Mittagessen bereit sei. Eine Männerstimme. Ich trug nur einen Schlüpfer. Bevor ich öffnen konnte, mußte ich ins Badezimmer laufen und mich in ein Frottiertuch wickeln. Ich öffnete die Tür nur halb, nahm das Tablett, danke, vielen Dank, und machte die Tür wieder zu. Als ich den Hörer aufnahm, war Blendax noch immer dran. Ich sagte:

«Entschuldigen Sie bitte, ich bin hier in einem Hotelzimmer. Es hat geklopft. Mein Mittagessen.»

«Was gibt's denn Schönes?»

Ich sah nach. «Einen gebratenen Fisch. Rotbarsch, glaube ich.»

«Ist das alles?»

«Nein. Eine Art Ragout, Salat, Krabben … Ich habe in Joigny angerufen, um Sie wiederzufinden.»

«Na so was. Warum? Wegen der Veilchen?»

«Nein. Nicht unbedingt.» Ich wußte nicht, wie ich es ihm sagen sollte. Das Schweigen dauerte ewig. «Sie haben doch nichts gegen mich unternommen, nachdem ich losgefahren war, oder?» fragte ich schließlich.

«Ob ich … Wieso? Wie meinen Sie das?»

«Ich hatte unterwegs allerhand Ärger. Ich dachte, daß mir jemand einen Streich spielen wollte – nur so aus Jux, nicht wahr. Und daß Sie es gewesen sein könnten.»

«Nein, das bin ich nicht gewesen.» Es klang ruhig, aber nicht mehr ganz so nett. «Was für Ärger denn?»

«Das kann ich Ihnen am Telefon nicht sagen. Ich … Ich muß Sie sprechen.»

«Um mir von Ihrem Ärger zu erzählen?»

Ich wußte nicht, was ich antworten sollte. Nach ein paar Sekunden hörte ich ihn seufzen; dann sagte er:

«Ihr Rotbarsch wird kalt werden.»

«Das ist mir egal.»

«Hören Sie zu. Ich bin gerade mit dem Aufladen fertig. Die Frachtpapiere werden gerade unterschrieben; ich wollte jetzt eigentlich losfahren. Können Sie mir nicht das alles in zwei, drei Tagen erzählen? Ich muß heute abend in Pont-Saint-Esprit sein. Ich muß einfach.»

«Bitte ...»

«Wann könnten Sie denn in Marseille sein?»

«Ich weiß nicht ... In einer halben Stunde. Dreiviertel Stunde vielleicht.»

«Gut; wir können's ja versuchen. Ich fahre von hier aus zur Fernfahrerzentrale in Saint-Lazare – fragen Sie einen Polizisten; jeder weiß, wo das ist. Ich warte Eineinviertelstunde auf Sie. Länger kann ich nicht.»

«Ich werde dort sein.»

«Die Fernfahrerzentrale in Saint-Lazare. Hab' ich Ihnen neulich gesagt, daß Sie hübsch sind?»

«Nein. Das heißt, ja. Instinkt.»

«Ich hoffe, Sie haben keinen großen Ärger. Wie heißen Sie eigentlich?»

«Longo. Dany Longo.»

«Ihr Name ist auch hübsch.»

Dann tat ich alles gleichzeitig. Ich zog mein Kostüm an, während ich die Salatblätter aß, in meine Sandalen schlüpfte und ein Glas Mineralwasser trank. Gerade als ich weggehen wollte, läutete das Telefon. Es war mein Grafiker aus Paris. Ich hatte ihn völlig vergessen.

«Bist du's, Bernard? Dany am Apparat.»

«Sag mal, du machst mir aber Spaß! Wo steckst du denn, um Himmels willen?»

«Im Süden. Ich erzähl's dir später mal.»

«Und warum hast du neulich nachts aufgelegt?»

«Neulich nachts?»

«Ja natürlich, neulich nachts – red' ich vielleicht Chinesisch? Erst weckst du mich auf, und dann ...»

«Wann neulich nachts?»

«Freitag, mein Gott! Oder nee – Samstag. Es war drei Uhr früh.» Er brüllte fast.

Ich sagte ihm, daß ich nicht angerufen hätte. Ich saß auf dem Bett, meine Handtasche auf den Knien, und fiel wieder in die Hölle zurück. Eben noch, als ich Blendax glücklich aufgetrieben hatte, sogar noch, als ich ihm von meinem Ärger erzählte – eben noch war es gewesen, als habe es dieses Wochenende nie gegeben: Die Leiche im Wagen, das Gewehr, das Telegramm – das alles hatte ich vergessen gehabt. Blendax mit seiner ruhigen Stimme. Jemand, der sich dafür interessierte, was ich zu Mittag aß. Ich war wieder in einer Welt gewesen, in der Mord und Angst keinen Platz hatten.

Und jetzt … Selbst Bernard Thorr, den ich seit Jahren kenne, der sicher mein bester Freund ist und der von allen Menschen am meisten von mir weiß – selbst Bernard spielte plötzlich mit in meinem Albtraum. Ich verstand ihn nicht mehr. Er verstand mich nicht mehr. Wir schrien uns einige Minuten lang an. Er brüllte, daß ich ihn in der Nacht von Freitag zum Samstag angerufen hätte, von weiterher offenbar, oder von einem defekten Apparat, er hätte nichts von meinen Geschichten verstanden. Ich sei jedenfalls völlig durcheinander gewesen – durchgedreht, ja? – und hätte plötzlich aufgelegt. Zitternd vor Wut schrie ich, daß ich nicht angerufen hätte, weder am Tag noch in der Nacht, daß ich auf keinen Fall angerufen hätte. Ich fragte ihn:

«Bist du sicher, daß es meine Stimme war?»

«Ob es … Na klar! Die Verständigung war schlecht, aber ich kenn' doch deine Stimme!»

«Ich war's aber nicht.»

«Ja, dann … Dann warst du eben besoffen, Herrgott noch mal! Was ist denn eigentlich los? Wo bist du?»

«Ich sage dir doch, daß ich es nicht war!»

«Dany, ich konnte nicht alles verstehen, aber du hast Sachen gesagt, die nur du wissen konntest. Halt mich doch nicht für total …»

«Wovon hab' ich denn gesprochen?»

«Na, von Zürich!»

Ich fing an zu weinen. Genau wie am Abend vorher, als ich in das Zimmer zurückkam: die Tränen rollten aus meinen Augen, als hätten sie einen eigenen Willen, als wären es nicht meine Tränen. Vor vier Jahren hatte mir Bernard Thorr geholfen. Er hatte die Adresse beschafft und mir das Geld für die Operation geliehen. Trotzdem war er nur ein Kollege, jemand, an den man nicht denkt, solange man ihn nicht sieht. Nur er wußte von meiner Reise nach Zürich. Ich hatte gezögert, ich hatte fast vier Monate damit vertan, mir und dem Mann, den ich liebe, alles mögliche einzureden – alberne, sentimentale Dummheiten. Dabei habe ich die ganze Zeit gewußt, daß ich nie den Mut haben würde, das Kind zu behalten. Ich habe mich idiotisch angestellt. Selbst dieser miese Arzt muß mich verachtet haben.

«Dany! Dany! Hörst du?»

Ich sagte ja.

«Weinst du?»

Ich sagte ja.

«Wo bist du, Dany?»

«Das erzähl' ich dir später mal. Ich will überhaupt bloß wissen, in welchem Hotel Caravaille immer in Genf absteigt.»

«Du hast mich doch neulich nachts schon nach seiner Telefonnummer gefragt. Hast du ihn nicht erreicht?»

«Aber ich sag' dir doch, daß ich das nicht gewesen bin ... Bist du denn sicher, daß ich es war?»

«Ja, aber ... Sag mal – spinnst du? – Du mußt doch selber am besten wissen, ob ...»

Er brach ab. Ich konnte am Telefon hören, wie er die Achseln zuckte.

Alle sagen sie das gleiche. Alle. Ich muß doch selber am besten wissen, ob ich einen Verband an der Hand getragen habe oder nicht. Ich muß doch selber am besten wissen, ob ich in einem mir unbekannten Hotel übernachtet habe oder nicht. Ich muß doch selber am besten wissen, ob ich Bernard nach Caravailles Telefonnummer gefragt habe, während ich bei den Caravailles war. Und sie klingen alle so aufrichtig. *Sag mal – spinnst du?* Ja, ich spinne.

Die verfluchten Tränen rollten mir noch immer die Wangen hinunter. «Bernard, in welchem Hotel steigt Caravaille immer ab?»

«Im Beau Rivage. Und jetzt hör mir bitte mal einen Augenblick zu, Dany ...»

«Hast du die Telefonnummer zur Hand?»

Er ließ mich ein paar Sekunden warten, um sein Notizbuch zu holen. Er gab mir die Nummer. Ich öffnete meine Handtasche und notierte sie mit der rechten Hand auf einem Stück Papier.

«Bitte, Dany, häng diesmal nicht wieder ein.»

«Ich bin verabredet. Ich muß dringend jemand sprechen, und er fährt sonst weg. Ich muß jetzt einhängen, Bernard.»

«Aber was ist denn um Himmels willen neulich nachts passiert?»

«Was hat man dir eigentlich am Telefon gesagt?»

«Wer? Du? Ach, Unsinn; reinen Unsinn. Ich weiß es nicht mehr genau. Du hast von einer verletzten Hand gesprochen, von Villeneuve-lès-Avignon und dann ... Wart mal, dann hast du was gefaselt, daß jemand in einen Läufer gewickelt sei – in einen Läufer, weißt du Bernard – ich habe Zürich ausgelöscht ... Das war alles. Dann hast du eingehängt. Ach ja, und du hast noch gesagt, das in Zürich damals, das war alles meine Schuld, ich hätte das nicht tun dürfen – was weiß ich. Lauter Unsinn eben.»

«Wenn ich soviel geredet habe, hättest du doch meine Stimme wiedererkennen müssen!»

Ich schrie schon wieder. Wahrscheinlich hörte man mich bis zum anderen Ende des Korridors. Ich fühlte, daß mein Körper im heißen Schatten dieses Zimmers in Schweiß gebadet war und fror trotzdem.

«Mein Gott, ich erkenne doch auch jetzt deine Stimme wieder», schrie Bernard zurück. «Du mußt ja völlig durchgedreht sein. Sag mir doch wenigstens, was ...»

«Wo bist du heute abend?»

Er sagte, daß er zu Hause sein werde. Ich versprach, ihn anzurufen. Während er noch «Häng bitte nicht ein», sagte, hängte ich ein. Ich wusch mir im Badezimmer das Gesicht. Ich wollte nicht nachdenken. Ich durfte Blendax nicht verpassen, er war jetzt noch wichtiger geworden. Ich hatte eben am Telefon schlagartig begriffen, daß auch in dieser so perfekt eingefädelten Intrige wenigstens ein Fehler war. Also hatte kein übernatürliches Wesen, kein Teufel das Ganze ausgeheckt. Der Teufel hat noch nie einen Fehler gemacht.

Das Meer glänzte in der Sonne. Der Paß. Der Col de la Gineste … Wie oft bin ich schon über dieses Asphaltband zwischen den ausgedorrten Hügeln gerollt? Es war, als kannte ich sie schon seit langem.

Ich fuhr schnell. In jeder Kurve wurde ich zur Seite gedrückt. Jedesmal setzte ich mich verzweifelt wieder zurecht. Der Schmerz kam von meiner linken Hand und breitete sich über den ganzen Körper aus. Einmal, auf einer geraderen Strecke, kreuzte ich eine andere Straße, die sich in einer Wüste aus Steinen und dürrem Gras verlief. Ich fuhr langsamer. Ein Schild wies in die Richtung eines Militärlagers: Carpianne. Mama-Obs sagte: *Bieg nach dort ein; da gibt es bestimmt irgendeinen Platz, wo du das grauenvolle Ding im Kofferraum loswerden kannst.* Ich zögerte. Aber dann fuhr ich weiter.

Ich sagte mir: Alle Leute, die dich wiederzuerkennen glaubten, müssen tatsächlich bei Tagesanbruch eine Frau in einem hellen Kostüm gesehen haben. Sie hat eine Sonnenbrille getragen, war blond wie ich und etwa so groß wie ich; sie hat mir bestimmt ähnlich gesehen, aber nicht zum Verwechseln ähnlich. Das gibt es nicht. Was die Aufmerksamkeit der Leute auf sich zog, was sie geradezu blind gemacht haben muß für alles andere, war sicher das auffallende Auto. Ja, und dann hat die falsche Dany Longo einen Verband an der linken Hand getragen … Da lag der Fehler. Das mit dem Verband war ein guter Trick, aber es konnte nicht von vornherein geplant gewesen sein: Erst *hinterher* hatte man mir im Waschraum einer Tankstelle die Hand zerschmettert. Es hatte sich auf einmal nicht mehr allein darum gehandelt, daß diese Frau mir ähnlich sah – *ich mußte auch ihr* ähnlich sehen, und darum hatte man mir die Hand zerschmettert …

Ich konnte mich noch immer an die Polizei wenden und dort alles erzählen. Ich hatte sogar Aussichten, damit durchzukommen. Die Caravailles konnten bestätigen, daß ich die fragliche Nacht in ihrem Haus verbracht hatte, und Blendax alias Jean Le Gueven hatte mich bestimmt aufmerksam gemustert und würde sich daran erinnern, daß ich in Joigny noch keinen Verband getragen hatte, daß meine Hand zu diesem Zeitpunkt noch unverletzt gewesen war. Erst dann, später, war es zu dem Zwischenfall in der Tankstelle gekommen … Ja, ich konnte beweisen, daß ich die Wahrheit sagte.

Ich dachte auch: Du bist vielleicht gar nicht das einzige Opfer dieser Intrige; du bist womöglich nur eine Nebenfigur. Jemand hat versucht, sich für dich auszugeben, ja; aber da kommt dann etwas dazu, das schwer zu erklären ist, weil es auf einem Zufall beruht: Daß du den Thunderbird fährst, beruht auf einem Zufall. Der Thunderbird gehört den Caravailles. Und das … Ja, das ist der springende Punkt: *Jemand hat die Leiche in den Wagen der Caravailles gelegt.*

Denk das noch einmal durch … Irgend jemand ist es darauf angekommen, daß der Thunderbird am Samstagfrüh an verschiedenen Punkten gesehen wurde. Wenn es nicht der gleiche Wagen gewesen wäre, hätte der Tankstellenbesitzer nicht solche Verwirrung gestiftet. Wenn der Wagen nicht das gleiche Nummernschild getragen hätte, wäre der Streifenpolizist auf der Straße nach Chalon nicht auf ihn aufmerksam geworden … Es hat also nur einen Thunderbird gegeben. Man hat ihn während der Nacht aus Caravailles Garage geholt und am Morgen wieder zurückgebracht. Offenbar wollte jemand die Caravailles in eine schmutzige Geschichte verwickeln.

Aber warum wurde dann nicht Anita nachgeahmt, sondern

ich? Ich, von dem kein Mensch auf Gottes weiter Welt ahnen konnte, daß ich in den Süden fahren würde?

Zum Verrücktwerden.

Ich sagte mir: Es gibt noch eine andere Erklärung. Ich darf nichts als gegeben voraussetzen. Ich kann niemandem trauen, nicht einmal den Caravailles. Um meine Rolle so gut zu spielen, um zu wissen, was ich anhabe, daß ich Linkshänderin bin, völlig in meine Identität zu schlüpfen, muß mich die falsche Dany Longo sehr gut kennen. Und überhaupt – wem habe ich von der Sache in Zürich erzählt?

Anita. Anita weiß es ... Sie ist etwas kleiner als ich, sie sieht auch nicht genauso aus wie ich. Aber auch sie ist blond, und sie kennt mich sehr gut ... Sie wäre fähig, dessen bin ich sicher, gewisse Bewegungen von mir nachzuahmen, sogar meinen Gang, den fünfzehn oder zwanzig Jahre Aufbegehren gegen die Kurzsichtigkeit unnatürlich gemacht haben. Sie wäre auch fähig, meine Sprechweise nachzuahmen. Und so schwer es auch sein mag, eine fremde Stimme zu imitieren. Am Telefon, mit Hilfe von Störungsgeräuschen, wäre sie auch in der Lage, die Rolle einer erregten Dany Longo zu spielen, die kurz vor einem Nervenzusammenbruch steht ... Außerdem kennt sie Bernard Thorr; er hat ja schon mit uns in einer Firma gearbeitet, ehe wir alle drei bei Caravaille landeten. Sie weiß auch, wie ich zu Bernard stehe ...

Bis zum vergangenen Jahr war Bernard für mich nichts als ein netter Junge, der mir einmal einen großen Dienst erwiesen hatte. Von Zeit zu Zeit ging ich mit ihm essen, ins Kino oder ein Glas Wein trinken. Dann war ich es eines Abends leid, die Garbo zu spielen, als er mich zu meiner Haustür brachte. Ich hatte plötzlich das Gefühl, ihn jedesmal gekränkt und traurig gemacht zu haben. Also stieg ich wieder in seinen Wagen zurück und fuhr mit zu ihm ... Es gibt vermutlich noch andere Mädchen in seinem Leben, aber er spricht nie davon. Genauso wenig wie ich über die Männer in meinem Leben spreche. Er ist noch der gleiche nette Junge für mich; nichts hat sich zwischen uns geändert außer der Tatsache, daß wir nach dem Essen, nach dem Kino oder nach dem Glas Wein manchmal miteinander schlafen. Und das ist sehr angenehm.

Eines Nachmittags, als ich mich in der Agentur über seinen Tisch beugte und ihm zusah, wie er einen Entwurf korrigierte, legte ich ganz mechanisch die Hand auf seine Schulter. Er antwortete mit einer Geste, die zu ihm paßte: ohne seine Arbeit zu unterbrechen, legte er die Linke auf meine Hand und ließ sie dort, warm und freundschaftlich, als wäre ein Teil von uns ganz woanders, weit weg. Auf einmal mochte ich ihn sehr gut leiden und dachte, vergiß das Vergangene. Ich war richtig verliebt in ihn.

Ich erinnere mich, daß ich dies und andere Dummheiten vor ein paar Monaten Anita einmal erzählt hatte, an einem Samstag vor Weihnachten. Ich hatte sie in der Spielwarenabteilung der Galeries Lafayette getroffen; wir saßen in einem Lokal in der Nähe der Oper vor einer Tasse Kaffee. Sie lachte. Sie machte sich über mich lustig: *Mein armer Floh, Bernard hat mich vor dir durchs Bett gezogen ... Ach, ich könnte ihn eigentlich mal anrufen.* Ich fühlte mich unbehaglich, aber ich lachte mit. Sie fügte hinzu: *Wir könnten ja auch mal zu dritt ... Zu viert machst du dir ja nichts draus.* Ich sah an ihren Augen, hinter ihrem Lächeln, daß sie mir mit Absicht weh tat. Sie war nicht fähig, das Vergangene zu vergessen; sie würde immer den gleichen Groll gegen mich hegen. Dann hob sie den Arm, wie um sich zu verteidigen, und sagte in jenem nachgemachten kindlichen Tonfall, den ich nicht ausstehen kann: *Nicht hauen ... Du willst mich doch nicht wieder hauen?* Ich nahm meine Handtasche, meine Päckchen und stand auf. Sie hielt mich am Arm zurück. Sie war plötzlich grau unter ihrem Make-up. *Ich bitte dich, Dany, laß mich doch nicht so sitzen, vor allen Leuten! Ich hab' doch nur Spaß gemacht.* Ich wartete auf sie. Draußen, auf dem Gehsteig, sagte sie mit dem gleichen höfischen Lächeln, aber es klang sehr böse: *Du dreckige kleine Abtreiberin! Leute abfahren lassen, das kannst du, was? Bloß dich wehren – das lernst du nie. Du kneifst jedesmal ...* Ich machte auf dem Absatz kehrt und ließ sie stehen. Erst hinterher wurde mir klar, in der Metro, als es schon zu spät war, daß ich ihr durch mein Verhalten recht gegeben hatte.

Abends rief sie mich an. Ich glaube, sie war betrunken. *Dany, Dany, mein Liebling, das ist doch alles lange her, ich weiß, daß es nicht deine Schuld war, lassen wir doch die Streiterei, du weißt doch, daß ich deine Freundin bin ...* Na, und so weiter. Ich habe Rotz und Wasser geflennt und bin vor Selbstmitleid zerflossen wie ein Sahnebonbon. Sie versprach mir, daß wir uns bald wiedersehen würden. Sie versprach mir, daß wir endlich ohne Hintergedanken Frieden schließen würden. Sie versprach mir zu Weihnachten eine Riesenflasche unseres Parfüms – wir benutzten dasselbe, denn mit zwanzig hatte ich angefangen, das ihre zu benutzen. Sie versprach, mit mir ins Olympia zu gehen und Bécaud anzuhören, und hinterher nach Montparnasse, japanisch essen. Der Friede zu Münster und Osnabrück (1648) war ein Dreck dagegen.

Das Allererbärmlichste war, daß ich in den darauffolgenden vierzehn Tagen, ausgenommen am Heiligabend, an dem sie ihre Kleine unmöglich allein lassen konnte, so rasch wie möglich nach Hause stürzte und nicht mehr ausging vor Angst, womöglich ihren Anruf zu verpassen. Ich habe sie erst am vergangenen Freitag wiedergesehen, am 10. Juli, als mich ihr Mann zum Arbeiten mit nach Hause nahm.

Ja, warum hatte er mich eigentlich mit nach Hause genommen? Damit er mich eine ganze Nacht lang von der Welt abschneiden und hinterher behaupten konnte, daß ich nicht in Auteuil gewesen war, sondern mich auf der Route Nationale 6 herumgetrieben hatte – jawohl! All dies verstärkte meinen Verdacht. Ich war von neun Uhr abends bis zwei Uhr morgens allein gewesen. Den beiden war also Zeit genug geblieben, wer weiß was zu unternehmen. Anita hatte nichts verziehen, nichts vergessen; im Gegenteil. Sie rächte sich für eine Tracht Prügel, indem sie mir ...

Idiotisch.

Und wie rächt sie sich? Indem sie einen umbringt, damit sie mir einen Mord in die Schuhe schieben kann? Indem sie zu ihrem

Mann sagt, hilf mir dabei, die hat mich mal verhauen, als ich vor ein paar Jahren in ihrem Zimmer mit zwei Männern gleichzeitig geschlafen habe, weil sie nicht mitspielen wollte?

Ich fing wieder an zu weinen. Ich konnte nicht dagegen an, ich mußte. Ich sah die Straße vor mir nicht mehr. Ich sagte mir, hör auf, was nützt dir die Heulerei, es war deine Schuld ganz allein ... Ja, ich habe sie mit den beiden allein gelassen, als sie außer Rand und Band war, betrunken, als sie sich vor mir aufspielen wollte – ja, ich weiß es ganz genau, sie wollte sich nur vor mir aufspielen. Ich hätte sie zur Vernunft bringen sollen, die beiden Männer rausschmeißen, die Nachbarn zu Hilfe rufen – was weiß ich. Aber was habe ich getan? Ich bin davongelaufen. Mit dem erhebenden Gefühl, daß ich ein anständiges Mädchen war, ein reiner, strahlender Engel in einer Welt voller Schweine. Dany Longo, die Heulsuse mit dem ruhigen Gewissen ... Von wegen ruhiges Gewissen. Du warst für sie verantwortlich. Sie war deine Freundin – na ja, du hast sie Freundin genannt ... O ja, ich verdiente eine Strafe und noch eine Strafe und noch eine ...

Halt an, sagte Mama-Obs. *Halt an!*

Ich hielt am Stadtrand von Marseille. Ich wartete, bis ich mich besser fühlte. Die Uhr auf dem Armaturenbrett zeigte halb zwei. Wahrscheinlich war Jean Le Gueven schon losgefahren. Ich mußte noch die ganze Stadt durchqueren, ehe ich die Fernfahrerzentrale erreichte.

Wie kam ich nur auf den Einfall, daß Anita jemand umgebracht hatte? Wie kam ich nur auf den Einfall, daß sie mit dem Auto umherfuhr, nur um mir diesen absonderlichen Streich zu spielen? Ich muß den Verstand verloren haben.

Wenn ich es in aller Ruhe überdachte (soweit ich dazu fähig war) – es ergab keinen Sinn. Wie konnte ich nur auf die Idee kommen, daß die Caravailles eine Leiche, um sich zu entlasten, ausgerechnet in den Kofferraum ihres eigenen Wagens legen würden? Außerdem mußte die Frau, die meine Rolle gespielt hatte, tatsächlich eine Verletzung an der Hand haben, sonst wäre es überflüssig gewesen, mich zu verletzen, damit wir uns aufs Haar glichen. Anita hatte keine verletzte Hand gehabt ... Und immer wieder: Wie konnte Anita oder wer auch immer darauf verfallen sein, schon am Freitag abend an einem Ort meine Rolle zu spielen, von dem ich zu diesem Zeitpunkt selbst noch nicht wußte, daß ich ihn je betreten würde?

Genausogut hätte ich Bernard Thorr verdächtigen können. Oder meinen früheren Liebhaber, der inzwischen in seine Heimat zurückgekehrt ist, die auf einem anderen Kontinent liegt. Oder auch – warum nicht? – den Mann, den ich liebe. Von den drei Männern im Leben dieser Dany Longo kam jeder in Frage ... Oder Philippe. Natürlich, Philippe – er gab einen gefährlichen vierten ab. Oder vielleicht auch meine Flurnachbarin (*sie trägt den Kopf immer so hoch, sie hält sich für was Besseres*) – warum nicht? Oder eine von den Texterinnen in der Agentur – mein Gott, wenn sie sich ein bißchen anstrengen, fällt ihnen bestimmt irgendein Grund ein. Oder aber – sehr naheliegend – es war die große Verschwörung aller Vorgenannten.

Warum eigentlich nicht?

Es blieb noch eine letzte Möglichkeit – die einzige zugleich, mit deren Hilfe man alles erklären konnte. Aber ich wagte es nicht, sie ins Auge zu fassen. Es dauerte noch den ganzen Nachmittag und den Abend, ehe ich es tat. Ehe ich darin versank.

Mit vierzig Minuten Verspätung erreichte ich die Fernfahrerzentrale. Immer wieder mußte ich fragen, um mich nicht in den engen Gassen zu verirren. Die Marseillaiser sind nette Leute. Sie schimpfen nicht ärger als die Leute anderswo, wenn man sie überholen will. Dann schauen sie aufs Nummernschild, sehen die Ziffern 75 und sagen sich, was kann man von einem, der aus Paris kommt, schon erwarten? Sie tippen sich ohne Bösartigkeit und ohne Groll gegen die Stirn, nur weil sie sich dazu verpflichtet fühlen. Spricht man sie jedoch im gleichen Augenblick an: *Ich habe mich verfahren, ich finde mich in eurer Scheißstadt nicht zurecht, ihr habt hier zu viele Einbahnstraßen, und ich suche die Fernfahrerzentrale in Saint-Lazare – gibt's die überhaupt?* – dann werden sie weich, dann sind sie wie eine Mutter zu einem: Dutzende bieten sich an, einem den Weg zu zeigen. *Fahren Sie rechts, und dann links, und wenn Sie an den Platz mit dem Triumphbogen kommen, müssen Sie auf die Trolleybusse achten – die fahren wie die armen Irren, und die Schwester der Frau meines Vetters ist von einem überfahren worden, jetzt liegt sie im Familiengrab auf dem Friedhof von Canet, aber ich bitte Sie, das ist doch viel zu weit weg, als daß man ihr Grab pflegen könnte …*

Ich hatte nicht mehr damit gerechnet, aber Blendax wartete noch auf mich. Er stand hinter den Benzinpumpen, ans Heck eines Lastwagens gelehnt, seines Lastwagens wahrscheinlich; er hielt sich im Schutz eines schmalen Schattens und sprach mit einem, der neben ihm auf der Felge des Hinterrads hockte. Sein verblichenes blaues Hemd war über der Brust geöffnet; er trug eine Hose, die einmal gleichfalls blau gewesen sein mochte, und eine rotkarierte Mütze mit einem langen Schirm, die offenbar der letzte Schrei war.

Die Fernfahrerzentrale sah aus wie eine größere Tankstelle; überall standen schwere Lastzüge und Sattelschlepper herum. Ich fuhr eine scharfe Kurve und hielt mitten in der Sonne neben Blendax an.

«Wissen Sie was?» sagte er ohne jede Begrüßung, «Paulchen fährt einstweilen allein los, und wir kommen dann mit Ihrem Schlitten hinterher … Dann kann ich Ihr Schiff auch mal ausprobieren.» Er lächelte; die Zähne blitzten. «Spaß beiseite, wir müssen uns wirklich dranhalten.»

Paulchen war der Mann, der auf der Felge hockte, sein Beifahrer. Als er den Kopf hob und *Wie geht's, wie steht's?* sagte, erkannte ich ihn wieder. Er war in Joigny auch dabeigewesen.

Ich stieg aus. Ich zögerte etwas wegen der Leiche im Kofferraum; ich wollte mich nicht so weit von ihr entfernen, und immer wenn der Wagen hielt, glaubte ich den Geruch zu spüren. Ich zögerte nur einen Augenblick, aber das reichte, um Jean Le Guevens Lächeln verschwinden zu lassen. Ich ging auf ihn zu und blieb reglos vor ihm stehen, bis er die rechte Hand ausstreckte und meine Wange berührte.

«Ist es so schlimm?» sagte er. «Haben Sie wenigstens etwas essen können?»

Ich sagte nein, nein, und schüttelte den Kopf. Seine Hand glitt zu meinem Haar hinauf. Er war viel größer als ich; er hatte eine Boxernase und dunkle, aufmerksame Augen. Ich erriet, daß er genau das war, was ich nicht bin – stark und ruhig und lebenstüchtig; ich erriet auch, daß er ein guter Kerl war, ein ... Das ist ein dummer Ausdruck, aber wie soll ich es sonst sagen – ein richtiger Mann.

Ein Mann mit einer ziemlich unmöglichen rotkarierten Mütze auf dem Kopf.

Er sagte zu Paulchen – die Hand glitt unterdessen auf meine Schulter – *Also schön, bis bald* und daß er auf uns warten sollte, falls wir ihn bis was weiß ich wo noch nicht eingeholt hätten. Er legte den Arm um meine Schulter, als wäre ich eine alte Freundin.

Wir überquerten die Straße und betraten ein Café, in dem die anderen Fernfahrer gerade die Teller leerten.

Fast alle kannten Blendax; er drückte Hände, er blieb stehen, um dem oder jenem zu antworten. Er wurde nach Tonnenpreisen gefragt, nach dem Übergewicht – kurz, nach Dingen, von denen ich nichts verstand. Er hielt noch immer den Arm um mich gelegt. Seine Kollegen sahen mich an, als gehörte ich zu ihm. Und ich glaube, ich war froh darüber. Ich dumme Gans bin für die Sklaverei. Ich muß ganz einfach jemand gehören.

Wir setzten uns einander gegenüber an einen Fenstertisch. Hinter seinem Lastwagen konnte ich den Thunderbird sehen und aufpassen, daß niemand an den Kofferraum ging. Aber im Grunde war es mir egal. Ich fühlte mich wohl. Ich wollte mich einfach wohl fühlen; ich wollte, daß es mir egal war, daß es ein Traum war. Ich machte eine Bemerkung über seine Mütze – irgend etwas über französische Skiläuferinnen, die ich mit ähnlichen Kopfbedeckungen im Fernsehen gesehen hatte. Er lachte, nahm die Mütze ab und setzte sie mir auf. Ich besah mich in der Spiegelung der Fensterscheibe. Ich ließ die Mütze auf dem Kopf, schob sie ein wenig nach hinten und fand mich endlich einmal nicht ganz so albern wie sonst.

Alle um uns herum aßen offenbar dasselbe Gericht, das Blendax «Lerchen ohne Kopf» nannte. Er fragte mich, ob ich eine Portion wolle, und drehte sich zu einer dicken Frau in Schwarz um, die an der Kasse saß, und hob den Zeigefinger, um zu bestellen. Ich werde nie einem Menschen begreiflich machen können, wie hell die Welt in diesem Augenblick war.

«Was haben Sie eigentlich an der Hand?» fragte er plötzlich.

Ich wollte etwas sagen. Ich wollte es sagen, bevor er weitersprach. Ich wollte ihn unterbrechen. Aber es war schon zu spät.

«Hatten Sie das neulich schon?» setzte er hinzu.

Ich holte tief Luft. «Das wollte ich Sie fragen. Darum geht es ja gerade: Hatte ich das neulich schon?»

Mein Tonfall und mein gespanntes Gesicht verwirrten ihn. Er gab sich augenscheinlich Mühe, meine Frage zu begreifen; er betrachtete lange meinen schmutzigen Verband. Aber schließlich kam, was kommen mußte:

«Mein Gott, das müssen Sie doch selber am besten wissen!»

Nacheinander hatten die anderen Kunden das Lokal verlassen. Blendax hatte für mich ein Viertel Rosé und für sich einen Kaffee kommen lassen. Von Zeit zu Zeit sagte er:

«Aber so essen Sie doch – es wird ja kalt!»

Ich erzählte ihm alles von Anfang an: Daß ich in einer Werbeagentur angestellt bin, daß mich mein Chef zum Arbeiten mit nach Hause genommen hat, daß er mir am nächsten Morgen seinen Wagen anvertraute und daß ich diesen Wagen aus einer Laune heraus für vier Tage behalten habe. Ich erzählte ihm von meinen Begegnungen – von dem Paar in der Raststätte, den Verkäuferinnen in Fontainebleau, von ihm, von der alten Frau, die behauptete, ich hätte meinen Mantel bei ihr vergessen, von dem Tankstellenbesitzer und seinen Freunden, dem Streifenpolizisten unterwegs und von den beiden am Empfang des Hotels La Renaissance. Ich erzählte es in allen Einzelheiten und genau so, wie ich es erlebt hatte. Nur von der Leiche im Kofferraum sagte ich nichts, und Philippe Filanteris ließ ich weg, weil ich es für unnötig hielt und weil ich mich schämte. Ich beendete meine Erzählung mit meinem Eintreffen in Chalon-sur-Saône.

«Und dann?» fragte er.

«Nichts weiter. Ich bin nach Cassis gefahren und habe ein Hotelzimmer genommen.»

«Essen Sie doch noch einen Happen.»

«Ich habe keinen Hunger.»

Er sah mich lange an. Ich stocherte mit der Gabel auf meinem Teller herum, ohne etwas zu essen. Er zündete sich eine Zigarette an – die dritte oder vierte, seitdem ich mit meinem Bericht begonnen hatte. Es war bereits drei Uhr, aber er hatte nicht ein einziges Mal auf die Uhr geschaut. Ein guter Kerl, Blendax.

Kurz vorher hatte er gesagt – ich weiß nicht mehr, in welchem Zusammenhang –, daß er kein großer Denker sei, er könne zwar lesen und schreiben, und den Schulabschluß habe er auch, alles in Ordnung, aber sonst ... Achselzucken. Als er jetzt sprach, merkte ich, daß er übertrieben hatte. Er hatte die faulen Stellen in meiner Geschichte sofort herausgefunden.

«Etwas versteh' ich nicht: Das ist doch alles vorbei – warum regen Sie sich dann so auf?»

«Ich will wissen, was los ist. Das ist alles.»

«Aber warum? Vielleicht hat Sie wirklich einer auf die Schippe nehmen wollen. Na und? Also ich war's bestimmt nicht. Warum verbohren Sie sich so in die Sache?»

«Ich verbohre mich nicht.»

«Aber ich bitte Sie: Sie haben immerhin nach Joigny telefoniert. Und Sie sind sicher nicht allein wegen meiner schönen Augen hierhergekommen. Ich wollte, es wäre so ...» Pause. Dann: «Was ist denn nun wirklich los?»

Ich zuckte die Achseln und schwieg. Weil ich nichts mehr aß, gab er mir zu bedenken, daß ich eines Tages mit meinen Knochen Kratzer in die Badewanne machen würde; dann bestellte er mir einen Kaffee. Wir schwiegen, bis ihn die dicke Frau brachte. Er sagte zu ihr:

«Ach, Yvonne – mach mir doch mal ein Gespräch mit Joigny

2-20, ja? Und dann bring mir die Rechnung; wir müssen los. Paulchen ist schon vorgefahren.»

Sie sagte, na so was, und ging ans Telefon. Ich fragte Blendax, warum er nach Joigny telefonieren wollte.

«Ach, das ist nur so eine Idee ... Was der Mann von der Tankstelle sagt und dieser Polizist, das kann dummes Geschwätz sein. Ich scheiß' auch auf den Anmeldeschein von diesem Hotel in Chalon – den haben Sie ja nicht selber ausgefüllt. Das einzige Handfeste, das ist der Mantel, den die in Deux-Soirs-lès-Avallon in ihrer Kneipe gefunden hat. Da müssen wir ansetzen. Wir müssen feststellen, ob er wirklich Ihnen gehört. Wenn er Ihnen gehört, dann stimmt was nicht mit Ihrer Geschichte.»

Mir blieb die Spucke weg. Er sprach klar, präzis, und es klang ein wenig gereizt. Wahrscheinlich war er gekränkt, weil er spürte, daß ich etwas vor ihm verbarg.

«Sie glauben doch nicht etwa, daß ich diese Frau im Auto gewesen bin?» fragte ich weinerlich. «Glauben Sie denn, daß ich lüge?»

«Ich habe nicht behauptet, daß sie lügen; ganz und gar nicht.»

«Oder halten Sie mich für verrückt?»

«Das hab' ich auch nicht behauptet. Aber ich hab' schließlich Augen im Kopf ... Wie alt sind Sie eigentlich? Vierundzwanzig? Fünfundzwanzig?»

« Sechsundzwanzig.»

«Mit sechsundzwanzig hat man keine großen Rosinen mehr im Kopf. Trinken Sie viel? Nein; Sie haben ja Ihren Rosé kaum angerührt ... Was ist los mit Ihnen? Als ich Sie neulich sah, hab' ich sofort gewußt, daß da irgendwas nicht stimmt. Da braucht man kein Abitur dafür. Ich hab's Ihnen einfach angesehen.»

Ich wollte nicht schon wieder weinen. Ich wollte es nicht; ich schloß die Augen, ich sah nichts mehr, ich preßte die Lider zu, ganz fest. Die Tränen liefen darunter hindurch.

«Sehen Sie», sagte er nervös. «Sie sind am Ende mit Ihren Nerven. Was ist los mit Ihnen, verdammt noch mal?» Er beugte sich über den Tisch: «Mädchen, ich frag' doch bloß, weil ich Ihnen helfen will!»

«Ich bin diese Frau nicht. Ich war in Paris. Ich war es nicht.»

Ich öffnete die Augen. Durch meine Tränen hindurch sah ich, wie er mich musterte. Düster, aber aufmerksam. Dann sagte er genau das, was ich erwartet hatte.

«Sie sind ein reizendes Mädchen, und sehr hübsch. Ich mag Sie. Aber es gibt einfach keine dritte Lösung ... Entweder war es eine andere oder Sie waren es doch. Ich weiß nicht warum, aber ... Sie geben sich solche Mühe, Sie versichern sich immer wieder, daß es eine andere gewesen sein muß – tun Sie das nicht vielleicht nur deshalb, weil Sie sich selbst nicht ganz sicher sind, ob es wirklich eine andere war?»

Ich schlug blindlings nach ihm. Er wich Gott sei Dank aus – ich bin eben ungeschickt mit der rechten Hand. Ich ließ den Kopf auf die Tischplatte sinken und weinte herzerweichend. Ich bin eine dumme Gans. Und manchmal gewalttätig.

Er bekam den Besitzer des *bar-tabacs* in Joigny ans Telefon. Er sagte, wer er war. Er fragte, ob die Sardine schon abgefahren sei. Die Sardine war abgefahren. Er fragte, ob sonst noch ein Fahrer da sei, der nach Marseille wolle. Es war keiner da. Er sagte:

«Hör mal, Theo, kannst du mir nicht eben mal die Telefonnummer eines Cafés in Deux-Soirs-lès-Avallon raussuchen?» und zu mir gewandt – ich stand dicht neben ihm und preßte den zweiten Hörer gegen das Ohr: «Wie heißt es?»

«In der Tankstelle sagten sie was von den Pacauds. Denen gehört es. Den Pacauds.»

Der Wirt in Joigny fand die Nummer. Blendax bedankte sich und meldete gleich Deux-Soirs-lès-Avallon an. Wir mußten zwanzig Minuten auf die Verbindung warten. Wir tranken schweigend einen Kaffee.

Eine junge Frau war am Apparat. Blendax fragte, ob der Mantel noch da sei, der hängengeblieben war.

«Der Mantel von der blonden Dame mit der verbundenen Hand? Natürlich ist er noch da ... Wer spricht denn dort?»

«Ich bin ein Freund von der Dame. Sie steht neben mir.»

«Als sie am Samstag nachmittag vorbeifuhr, hat sie meiner Schwiegermutter gesagt, daß er ihr nicht gehört. Was stimmt denn nun?»

«Regen Sie sich nicht auf. Sagen Sie uns lieber, wie er aussieht.»

«Weiß. Ein Seidenstoff. Es ist ein Sommermantel ... Warten Sie mal.» Sie ging den Mantel holen.

Blendax hatte wieder den Arm um meine Schultern gelegt. Hinter ihm, durch die Fensterscheiben des Restaurants, sah ich den Thunderbird in der Sonne stehen. Ich ging in der Zwischenzeit in den Waschraum, wusch mir rasch das Gesicht, kämmte mich und ging wieder ins Lokal zurück. Ich hatte ihm seine Mütze zurückgegeben; sie lag vor uns auf der Theke. Die dicke Frau in Schwarz wischte die Tische ab und hörte zu.

«Hallo? Er ist weiß mit einem geblümten Stoff gefüttert», sagte die junge Frau am anderen Ende der Leitung. «Er hat einen kleinen Stehkragen. Auf dem Etikett innen steht: Franck Fils, rue de Passy.»

Mit einem leichten Nicken gab ich Blendax zu verstehen, daß dies unter Umständen mein Mantel sein könne. Ermutigend drückte er meine Schulter und fragte in den Apparat:

«Ist irgendwas in den Taschen?»

«Ich kann doch nicht einfach ...»

«Doch, doch. Schauen Sie ruhig nach.»

Schweigen. Zwar konnte ich die Frau nicht sehen, aber sie schien mir ganz nah; ich hörte ihr Atmen und das Rascheln von Papier.

«Hier ist eine Flugkarte der Air France. Das heißt, nur noch der Rest. So ein Umschlag wie bei einem Heftchen, ja? Und innen sind die Blätter rausgerissen ... Longo, steht drauf. Mademoiselle Longo.»

«Welche Strecke?»

«Von Paris-Orly nach Marseille-Marignane.»

«Steht ein Datum darauf?»

«10. Juli, Abflug 20.30.»

«Sind Sie sicher?»

«Ich kann lesen.»

«Ja natürlich. Ist sonst noch was drin?»

«Moment … Ein paar Zettel. Geld. Und ein Kinderspielzeug. Ein kleiner rosa Elefant; wenn man draufdrückt, knicken die Beine ein, und er bewegt sich.»

Ich mußte mich gegen die Theke lehnen. Blendax hielt mich fest, so gut er konnte, und fragte:

«Was für Zettel sind das?»

«Na hören Sie mal – reicht denn das noch nicht, um ihren Mantel wiederzuerkennen?»

«Los, sagen Sie schon, was auf den Zetteln steht.»

«Na gut … Hier ist die Rechnung von einer Garage.»

«Von welcher Garage?»

«Vincent Cotti, boulevard Raspail in Avignon. Über 723 Francs. Sie ist auch vom 10. Juli. Der reparierte Wagen ist eine amerikanische Marke, ich kann den Namen nicht lesen. Polizeiliches Kennzeichen 3210 RX 75.»

Blendax sah zum Fenster hinaus, um das Nummernschild des Thunderbirds zu prüfen, aber von seinem Standort aus konnte er es nicht lesen. Deshalb warf er mir einen fragenden Blick zu. Ich nickte und entfernte das Ohr vom Hörer. Ich wollte nichts mehr hören. Ich ließ mich gerade noch rechtzeitig auf einen Stuhl sinken. Was dann geschah, weiß ich nur noch ungefähr. Ich war wie ausgehöhlt. Blendax sprach noch ein paar Minuten lang, nicht mit der jungen Frau, sondern mit einem Touristen, einem Deutschen, glaube ich, der gerade im Café Pacaud eine Rast eingelegt hatte. Blendax konnte sich nur schwer mit ihm verständigen.

Später stand er vor mir und hielt mein Gesicht in seinen Händen. Ich war einen Augenblick lang völlig von Sinnen. Nur einen Augenblick lang. Ich versuchte ihn anzulächeln. Ich fühlte, daß er zu mir hielt. Es kam mir so vor, als würden wir uns schon sehr lange kennen. Hinter ihm stand schweigend die dicke Frau in Schwarz.

«Da fällt mir noch etwas ein», sagte er plötzlich. «Während Sie nicht zu Hause waren, hätte doch leicht jemand bei Ihnen einbrechen und Ihnen den Mantel stehlen können. Lag dieser Mantel bei Ihnen herum?»

Ich schüttelte den Kopf. Ich wußte es nicht mehr. Wenn Blendax schon zugab, kein großer Denker zu sein, sollte ich wenigstens aufhören, mir alles mögliche einzureden. Meine Wohnungstür in der rue de Grenelle hat zwei Riegel; es ist eine schwere, massive Tür. Wer da einbrechen will, braucht schon eine Axt, und das würde die Nachbarn alarmieren. Das galt nicht nur für den Mantel, sondern auch für das Telegramm an Maurice Kaub ... Ich mußte wirklich aufhören, mir weiter etwas einzureden.

Wie spät ist es eigentlich? Ich gehe immer wieder durch dieses Haus, in dem alles begonnen hat. Ich gehe von Zimmer zu Zimmer. Zuweilen schiebe ich einen Vorhang zur Seite und starre auf die blinkenden Punkte in der Nacht. Einmal habe ich sogar versucht sie zu zählen. Die meiste Zeit verbringe ich auf einem Ledersofa im Schein einer Lampe aus der Diele, mein Gewehr mit beiden Armen gegen mich gepreßt.

Mama-Obs spricht nicht mehr mit mir. Ich spreche auch nicht mehr mit ihr. Ich leiere immer wieder den Vers meiner Kindheit vor mich hin: *Hell mein Haar, dunkel mein Auge, schwarz meine Seele, kalt der Lauf meiner Flinte.* Immer wieder.

Wenn sie kommen, um mich zu holen, werde ich ganz gelassen aus dem Halbdunkel zielen. Auf den Kopf. Und dann ... Es ist nur ein ganz heller Blitz.

Ich muß ihn gleich mit dem ersten Schuß töten, um Munition zu sparen. Die letzte Kugel ist für mich. Dann werde ich frei sein. Sie werden mich mit nackten Augen finden, die meinem wirklichen Leben entgegenblickten, in einem weißen Kostüm mit roten Flecken; sanft, rein und schön, wie ich es immer sein wollte. Ein Wochenende lang hatte ich die Chance, eine andere zu sein. Nicht mehr und nicht weniger. Es ist mir nicht gelungen, weil das keiner schafft. Niemand schafft es.

Wir rasten eine Straße entlang, die er auswendig kannte. Er war beunruhigt und verwirrt nach dem Telefongespräch mit Deux-Soirs-lès-Avallon. Aber ich merkte auch, daß es ihm auf eine schlichte, kindliche Art Spaß machte, den Thunderbird zu fahren.

Er trug wieder die rotkarierte Mütze. Er steuerte mit den sicheren Bewegungen eines Berufsfahrers.

Hin und wieder sagte er etwas. Er sprach nicht von dem Mantel und nicht von meinem Abenteuer. Er sprach von sich, von seiner Kindheit, von seiner Arbeit. Er wollte mich wohl ablenken. Ich erfuhr, daß er seine Eltern nie gekannt, daß sich die Fürsorge seiner angenommen und ihn später, als er zehn Jahre alt war, zu einer Bäuerin bei Nizza in Pflege gegeben hatte. Er nannte sie «meine wirkliche Mutter». Er verehrte sie offenbar sehr.

«Sie hatte einen Hof in der Nähe von Puget-Théniers. Kennen Sie die Gegend? Ich hab mich dort jedenfalls sauwohl gefühlt. Sauwohl. Als ihr Mann starb, war ich achtzehn. Sie verkaufte alles, und so bin ich Fernfahrer geworden ... Nee, ‹fern› kam erst später. Zuerst hatte ich einen alten Renault und fuhr in Vals Mineralwasser aus. Aber die Fahrerei bringt nur auf den größeren Strecken was ein. Na ja, viel bringt sie überhaupt nicht, aber ... Wissen Sie, ich nehm' alles auf die leichte Schulter, und wo was zu holen ist, bin ich immer dabei. Jetzt hab' ich den Somua und einen Berliet. Den Berliet fährt ein Kumpel von mir aus der Fürsorge; meistens karrt er Gemüse nach Deutschland ... Sie, das ist ein Kerl – wie mein eigener Bruder; der würde sich beide Hände für mich abhacken lassen, und zwischen uns hat es noch nie Ärger gegeben. Er heißt Baptistin Laventure. Das ist ein Prachtkerl. Und wir schaffen's bestimmt ... Hab' ich's Ihnen noch nicht erzählt? Wir wollen Milliardäre werden, wir beide. Er meint, es ist das Gescheiteste, was man werden kann.»

Die Tachometernadel pendelte bei 160; er verstummte und konzentrierte sich aufs Fahren. Etwas später fragte ich ihn:

«Ist Jean Le Gueven ein bretonischer Name?»

«Stellen Sie sich vor, ich bin in L'Aveyron geboren. Wie in einem Kitschroman: Sie haben mich auf den Stufen vor einer Kirche gefunden. Und dann haben sie mich so genannt – keine Ahnung, woher der Name stammt. Aus einer Zeitung oder so wahrscheinlich.»

«Haben Sie Ihre wirkliche ... eh, Ihre leibliche Mutter nie wiedergefunden?»

«Nein. Ich hab auch nicht nach ihr gesucht. Wozu? Ist doch egal, wer mich auf die Kirchentreppe gelegt hat. Es ist eben so.»

«Haben Sie etwas gegen sie?»

«Gegen wen? Gegen meine Mutter? Sie wird ihre eigenen Probleme gehabt haben. Immerhin hat sie mich in die Welt gesetzt, und das ist doch die Hauptsache. Dafür bin ich ihr dankbar.»

Dann sprachen wir nicht mehr, bis wir die mehrbahnige Brücke über die Durance passierten, über die ich am Vortag mit Philippe gefahren war. Am Straßenrand parkte in der prallen Sonne der Somua. Blendax stoppte dahinter, und wir stiegen aus. Paulchen war auf dem Fahrersitz eingeschlafen und mußte geweckt werden. Er sagte zu Blendax, du Armleuchter, in Pont-Saint-Esprit werden sie uns nichts mehr aufladen, und morgen ist alles geschlossen.

«Wir werden's schon schaffen», meinte Blendax. «Bis sechs können wir's noch schaffen. Außerdem drück' ich den Leuten dort was in die Hand, dann bleiben sie länger. Schlaf weiter.»

Als er sich dann von mir verabschiedete, sagte er: «Ich habe vorhin am Telefon mit einem Touristen im Café in Deux-Soirs-lès-Avallon gesprochen. Er kommt uns mit Ihrem Mantel entgegen. Er meint, gegen neun, halb zehn kann er in Pont-Saint-Esprit sein. Ich hab' mich mit ihm an der Post verabredet. Wenn ich fertig aufgeladen habe, können wir uns anschließend hier in Avignon treffen. Paßt Ihnen das?»

«Fahren Sie denn nicht nach Paris?»

«Klar fahr' ich nach Paris. Das mach' ich mit Paulchen ab. Ich werd' schon einen finden, der mich nachher mitnimmt und hinter Paulchen herfährt. Können Sie sich bis heute abend in der Gegend rumtreiben?»

Ich nickte. Ja, sagte ich. Wir machten aus, uns um halb elf in einem Restaurant gegenüber dem Bahnhof in Avignon zu treffen. Er gab mir seine Mütze – *damit Sie's nicht vergessen. Keine Angst, es wird schon alles in Ordnung gehen.*

Ich sah ihm nach, wie er zu seinem Lastwagen ging. Auf seinem Rücken hob sich ein Schweißfleck ab, ein Fleck in einem dunkleren Blau als sein Hemd. Ich lief hinter ihm her und hielt ihn am Arm fest. Ich wußte nicht einmal, was ich ihm eigentlich noch sagen wollte. Wie eine Idiotin stand ich vor ihm. Er nickte mir zu und streichelte meine Wange wie zuvor in der Fernfahrerzentrale. Braungebrannt stand er in der Sonne und sagte:

«Halb elf, klar? Und wissen Sie, was Sie am besten in der Zwischenzeit tun? Sie gehen in Avignon erst mal zu einem Arzt und lassen sich einen sauberen Verband anlegen. Dann gehen Sie ins Kino, egal, was sie spielen. Und wenn Sie dann immer noch Zeit haben, gehen Sie ins nächste Kino. Bloß nicht denken, ja? Ich komm ja wieder.»

«Warum sind Sie so nett zu mir? Ich meine, Sie kennen mich doch nicht einmal; ich störe Sie bei der Arbeit, aber Sie sind nett, und Sie ... Warum?»

«Sie sind auch sehr nett. Sie wissen es nur nicht. Und außerdem haben Sie jetzt eine hübsche Mütze.»

Ich setzte sie auf. Als der Lastwagen davonrollte und immer kleiner wurde, habe ich mit meiner verbundenen Hand den Schirm der Mütze zurückgeschoben und den Entschluß gefaßt, die Angelegenheit aus der Welt zu schaffen, egal wie, bevor er zurück war. Und dann, Gott ist mein Zeuge, wollte ich ihm helfen, ihm und seinem Baptistin Laventure, Milliardäre zu werden, und wenn ich bis an mein Lebensende Überstunden machen müßte.

Avignon.

Immer diese Sonne. Meine Augen brannten. Mauern, hohe Mauern, von Zinnen gekrönt. Eine lange Straße, beiderseits Caféterrassen. Die Fahnen zum 14. Juli bildeten längs der Straße einen blau-weiß-roten Tunnel ohne Ende. In Doppelreihen schob sich der Verkehr dahin, langsam und stockend. Auf den Gehsteigen Deutsche, Engländer und Amerikaner – man kann die Staatsangehörigkeit erraten. Ihre Arme und Beine waren ziegelrot und die Nylonkleider der Frauen so durchsichtig, daß sie fast nackt wirkten. Ich fuhr langsam weiter, Mauern. Sonne. Schatten. Wieder Sonne. *Wo bin ich, Mama-Obs?*

Linkerhand plötzlich ein Straßenschild: boulevard Raspail. Als ich einbog, entfachte ich hinter mir ein Hupkonzert. Ich erinnerte mich nicht mehr an den Namen der Garage, den die junge Frau in Deux-Soirs-lès-Avallon erwähnt hatte, aber ich erinnerte mich an den Namen des Boulevards. Ich fuhr etwa dreihundert Meter und suchte beide Straßenseiten danach ab. Ich sah über einer gelbgestrichenen Einfahrt das gesuchte Schild:

FORD
VINCENT COTTI
Morris – VW – Fiat

Daneben lag das Hotel Angleterre, vor dem ein Paar mühsam seine Koffer aus einem Sportwagen zerrte. Ein schlappohriger Hund unterbrach seine Streunerei und sah ihnen zu.

Ich hielt vor der Garage. In der Einfahrt war ein Mann damit beschäftigt, einen Reifen abzumontieren. Er drehte mir den Kopf zu, sah den Thunderbird und als ich ausstieg, richtete er sich auf und sagte mit starkem, provenzalischem Akzent:

«Na so was! Schon wieder? Das gibt's doch gar nicht!»

Ich ging auf ihn zu, die Handtasche am rechten Arm, die Mütze auf dem Kopf, in meinem zerdrückten, verschwitzten Kostüm – ich wollte nicht daran denken, wie ungepflegt und erbärmlich ich aussah. Es war ein kleiner Mann im Overall, mit einem Reißverschluß bis zum Hals. Er hatte farblose, fast gelbe Augen und dicke, buschige blonde Brauen. Ich fragte ihn:

«Kennen Sie diesen Wagen?»

«Und ob ich den kenne! Der hat doch zwei Wochen lang hier in der Werkstatt gestanden. Wir mußten ja den ganzen Motor auseinandernehmen … Was geht denn wieder nicht?»

«Es ist alles in Ordnung.»

«Zieht er nicht?»

«Doch, doch. Es ist nur … Sagen Sie, kennen Sie den Besitzer des Wagens?»

«Den Herrn aus Villeneuve? Flüchtig. Warum?»

«Er hätte gern eine Kopie von der Rechnung.»

«Eine Kopie? Warum denn? Hat er sie verschlampt? Sehen Sie, so was vermiest einem den ganzen Laden. Man wird nie mit dem Papierkram fertig.»

Er führte mich durch die Garage, in der mehrere Mechaniker arbeiteten, zu einem Glaskasten, in dem zwei Frauen in gelben Blusen saßen. Zu viert blätterten wir den Rechnungsblock durch; alle waren sehr liebenswürdig und ohne jedes Mißtrauen. Und dann sah ich mit eigenen Augen, daß ein gewisser Maurice Kaub Ende Juni den Thunderbird wegen eines Getriebeschadens und verschiedener anderer Dinge der Garage übergeben hatte. Er hatte ihn am 10. Juli abends abgeholt und 723 Francs bezahlt.

Die eine gelbe Bluse wurde stutzig, als ich fragte, wer mit dem Wagenbesitzer verhandelt habe; ich wolle ihn sprechen. Sie sah mich mit dunklen Augen an und sagte in schleppendem Tonfall:

«Was wollen Sie denn von Roger? Sie wollten doch eine Rechnung? Haben Sie eine gekriegt, oder nicht? Wer sind Sie eigentlich?»

Trotzdem haben sie Roger schließlich geholt. Er war ein ziemlich großer, kräftiger, junger Mann mit ölverschmiertem Gesicht. Ja, er erinnerte sich an Monsieur Kaub. Er war am Freitag abend dagewesen und hatte den Thunderbird abgeholt. So um halb zehn, zehn. Er hatte am Morgen aus Paris angerufen, um sich zu vergewissern, daß der Wagen fertig und jemand in der Garage war.

«Wenn ich recht verstanden habe, wollte er das Wochenende hier verbringen. Er hat gesagt, er hat ein Haus in Villeneuve ... Was wollen Sie denn eigentlich wissen?»

Ich wußte keine Antwort. Die vier standen im Glaskasten um mich herum. Ich bekam plötzlich keine Luft mehr. Die mißtrauische gelbe Bluse musterte mich von Kopf bis Fuß.

«Eh ... Nichts», sagte ich, «gar nichts. Eh ... Ich danke Ihnen.» Ich ging überstürzt hinaus. Sie sahen hinter mir her, während ich die Garage durchquerte. Ihre Blicke waren mir so unangenehm, daß ich immer schneller ging, ohne auf den Reifen zu achten, der noch in der Einfahrt lehnte ... Der Dany-Longo-Spezialsalto hat noch immer Anklang gefunden. Ich landete auf allen vieren, und der schlappohrige Hund vor dem Hotel Angleterre heulte auf wie ein Ertrinkender, der um Hilfe ruft.

In Villeneuve fuhr ich an grauen Torbogen vorbei, durch schmale Gäßchen mit Kopfsteinpflaster. In den Höfen hing Wäsche zum Trocknen. Ich stieß auf einem für das Fest mit Lampions geschmückten Platz auf einen Hochzeitszug und mußte anhalten, bis er vorüber war. Die hagere, brünette, barhäuptige Braut hielt eine rote Rose in der rechten Hand; der Saum ihres weißen Kleides war staubig. Alle hatten offenbar über den Durst getrunken. Ich stieg aus und wollte in eine *bar-tabacs* gegenüber. Zwei Männer umfaßten mich und wollten mich zum Tanz auf die Hochzeitsgesellschaft mitnehmen. Ich sagte, nein, danke, vielen Dank, und machte mich los, so rasch ich konnte. Die Gäste waren nach draußen geeilt, um dem Bräutigam Mut zuzusprechen. Ich stand in dem leeren Lokal vor einer blonden Frau, die hinter der Kasse rührseligen Erinnerungen nachhing. Sie beschrieb mir den Weg zur Villa Saint-Jean, route de l'Abbaye. Ich trank einen Fruchtsaft, kaufte ein Päckchen Gitanes und zündete mir eine an. Ich hatte eine Ewigkeit lang nicht mehr geraucht.

«Sind Sie eine Freundin von Monsieur Maurice?» fragte die Blonde.

«Nein. Das heißt, ja.»

«Weil er Ihnen seinen Wagen geliehen hat.»

«Kennen Sie ihn?»

«Monsieur Maurice? Ach nein. Nur so vom Grüßen. Manchmal geht er mit meinem Mann auf die Jagd. Ist er jetzt hier?»

Ich wußte nicht, was ich antworten sollte. Zum erstenmal fragte ich mich, ob der Unbekannte im Kofferraum überhaupt Maurice Kaub war. Ich machte eine Kopfbewegung, die alles und nichts bedeuten konnte. Ich zahlte, sagte danke schön und ging hinaus. Sie rief mich zurück, weil ich mein Kleingeld, meine Mütze, meine Zigaretten und den Wagenschlüssel auf der Theke hatte liegenlassen.

Die Villa Saint-Jean lag hinter einem schmiedeeisernen Tor am Ende einer langen Allee. Ein großes, niedriges Gebäude mit einem Ziegeldach schimmerte zwischen Weinstöcken und Zypressen hindurch. Es gab noch mehrere Häuser in der Straße; sie lagen wie Außenwerke einer Festung hoch über Villeneuve. Ich sah jedoch keinen Menschen.

«Es ist niemand zu Hause, Mademoiselle. Ich hab's dreimal versucht.»

Ich fuhr herum. Ein blondes, etwa zwanzigjähriges Mädchen lehnte sich über die Gartenmauer auf der anderen Straßenseite. Sie hatte ein ziemlich hübsches, dreieckiges Gesicht und helle Augen.

«Suchen Sie Monsieur Maurice?»

«Ja. Maurice Kaub.»

«Er ist nicht da.» Sie fuhr sich mit dem Zeigefinger über ihre kleine, runde Nasenspitze. «Aber Sie können reingehen – es ist nicht abgeschlossen.»

Ich ging auf sie zu. Mit einem Schwung stand sie aufrecht auf der Mauer. Sie trug ein rosa Kleid, dessen Rock ziemlich viel von den langen, braungebrannten Schenkeln freiließ. Sie streckte mir die Arme entgegen:

«Helfen Sie mir mal runter, bitte?»

Ich half ihr. Sie hatte keinerlei Schwierigkeiten dabei, nur ich hätte mich beinahe hingesetzt. Sie war etwas kleiner als ich und hatte langes, von der Sonne gebleichtes Haar; sie sah aus wie aus einem schwedischen Film entsprungen. Sie stammte jedoch weder aus Schweden noch aus der Gegend. Sie war in Cachan (Seine) geboren, studierte in Aix-en-Provence und hieß Catherine, genannt Kiki, Aupieu; ihr Vater war in der Baubranche wie Monsieur Maurice und sie selbst noch Jungfrau, aber komischerweise Nymphomanin – hat wohl was mit Psychologie zu tun oder irgend so einem Quatsch, nicht? Sie ließ mich nicht zu Wort kommen und schlenderte zu dem Thunderbird hinüber. Unter Seufzern berichtete sie, Monsieur Maurice habe sie vor ein paar Wochen einmal darin mitgenommen, im Juni war das, und sie hatte auch ein Stück selber fahren dürfen, nachts natürlich und erst auf dem Rückweg. Sie hatte dabei ein ganz seltsames Gefühl gehabt, so wie schwindlig, ja? – aber Monsieur Maurice hatte sich wie ein Kavalier benommen und die Situation nicht ausgenutzt, um ihre Psychologie in Ordnung zu bringen. Was ich eigentlich von ihm wolle?

«Warum?»

«Sie sind seine Freundin, ja?»

«Kennen Sie mich denn?»

Ich sah, wie sie rot wurde.

«Ich hab' ein Foto von Ihnen gesehen, und ich finde Sie sehr, sehr schön. Wirklich. Ich war ganz sicher, daß Sie kommen würden. Sie werden es bestimmt komisch finden, aber ich muß Ihnen noch was sagen: In Wirklichkeit sind Sie noch viel schöner als auf dem Foto!»

Sie war verrückt. Ich hatte es mit einer Verrückten zu tun.

«Also kennen Sie mich?»

«Ach, irgendwann mußten Sie mir doch mal über den Weg laufen … Eine hübsche Mütze ist das.»

Ich brauchte ein paar Minuten, um einen klaren Gedanken zu fassen. Ich wußte nicht recht, wie ich die Sache anpacken sollte. Um Zeit zu gewinnen, setzte ich mich ans Steuer und bat sie, mir das Tor zu öffnen. Sie öffnete es. Als sie wieder zu mir kam, fragte ich sie, was sie hier täte. Sie wohnte die Ferien über bei einer Tante in einem Haus hinter dem Hügel, das man von hier aus nicht sehen konnte. Ich fragte sie, woher sie so genau wisse, daß niemand bei Maurice Kaub zu Hause sei. Sie zögerte einen Augenblick (diese Bewegung mit dem Zeigefinger über ihre kleine, runde Nasenspitze mußte ein Tick sein) und sagte dann:

«Sie sind doch nicht eifersüchtig? Sie wissen doch, wie Monsieur Maurice ist.»

Sie hatte am Samstag nachmittag einer anderen Dame aus Paris den Weg hierher gezeigt, dieser Fernsehziege, die immer so überkandidelt redet, ja, wie heißt sie denn bloß – Marité Soundso, ja? Bei Kaub hatte alles offengestanden, aber keiner war zu

Hause gewesen. Der Star war weggefahren und später noch einmal gekommen, sie hatte aber wieder niemanden angetroffen. Dann war sie mit hängenden Schultern hochhackig davongestöckelt mit ihrem Koffer – ein toller Koffer war es gewesen, wahrscheinlich aus der Haut von Fernsehzuschauern.

«Gibt's denn hier kein Personal? Überhaupt niemand?» fragte ich.

«Ich habe jedenfalls niemand gesehen, als ich heute früh reinschaute.»

Sie haben reingeschaut?»

«Ja … Ich fand das ein bißchen komisch, wissen Sie. Ich bin nämlich sicher, daß Monsieur Maurice am Freitag abend zurückgekommen ist. Ich hab' ihn kommen hören. Und da ist noch was, aber … Ach nein, das ist ja albern.»

«Was ?»

«Na ja, am Freitag abend hab' ich Schüsse gehört. In seinem Haus. Ich war hinten im Olivenhain. Drei Schüsse … Ich weiß, er fummelt dauernd an seinen Gewehren herum. Aber es war schon nach zehn.»

«Warum haben Sie nicht nachgeschaut, was los ist?»

«Na ja, weil … Ich war nicht allein. Wissen Sie, meine Tante war schon vor Methusalem in den Wechseljahren. Und wenn ich mal mit einem … Also das geht nur im Freien, ja? Mein Gott – verstehen Sie denn das nicht?»

«Doch, doch … Mit – wem waren Sie denn im Olivenhain?»

«Mit einem Jungen. Was haben Sie denn gedacht? Was haben Sie eigentlich an der Hand?»

«Ach nichts. Es ist nicht schlimm … Und seit Samstag ist niemand mehr gekommen?»

«Wissen Sie, ich kann nicht die ganze Zeit hier Portier spielen. Ich habe ein aufreibendes Privatleben.»

Ein dreieckiges Gesicht, hellblaue Augen, ein rosa Kleid, das sich über kleine, spitze Brüste spannte – sie gefiel mir, und zugleich machte sie mich auch wieder traurig – ich weiß nicht warum.

«Vielen Dank also», sagte ich. «Auf Wiedersehen.»

«Sie können mich ruhig Kiki nennen.»
«Auf Wiedersehen, Kiki.»
Während ich die Allee hinauffuhr, sah ich sie im Rückspiegel: Barfuß, blond, den Zeigefinger an der Nasenspitze. Dann kletterte sie wieder über die Mauer.

Vor drei, vier Stunden, ich weiß es nicht mehr genau, war meine Reise zu mir selbst zu Ende. Ich betrat das Haus von Maurice Kaub. Es war unverschlossen, leer, still und vertraut – so vertraut, daß ich schon auf der Türschwelle begriff, wer ich bin. Ich habe es seither nicht verlassen. Das Gewehr in den Armen, warte ich in der Dunkelheit. Ich liege langgestreckt auf dem Ledersofa. Meine nackten Beine sind angenehm kalt, und wenn meine Haut wieder heiß wird, stehe ich auf und suche mir einen kühlen Platz.

Schon beim Hereinkommen fiel mir die merkwürdige Ähnlichkeit dieses Hauses mit Caravailles Villa auf. Ich weiß nicht, ob mich meine Erinnerung trügt. Die Lampen, der Teppich mit den eingewebten Einhörnern in der Halle, dieses Zimmer, in dem ich liege, all dies kenne ich. An einer Wand entdeckte ich eine Mattscheibe, und als ich auf einen Knopf drückte, erschien darauf ein Fischerhafen, dann ein zweiter, dann ein dritter: es waren Farbdias. Ich wußte sofort, daß es sich um Agfacolor-Material handelte. Diesen Zirkus mache ich nun schon so lange mit, daß ich genau weiß, wie ein Rot herauskommt.

Die Tür zum Nebenzimmer war offen. Dort stand, wie ich es erwartet hatte, ein riesiges, mit einem weißen Fell bedecktes Bett, und an der gegenüberliegenden Wand hing ein aufgezogenes Schwarzweißfoto. Es zeigte ein nacktes Mädchen. Es war ein schönes Foto, das jede Pore wiedergab. Das Mädchen saß nicht quer über dem Sessel, sondern aufrecht; es zeigte der Kamera den Rücken und wandte den Kopf über eine Schulter hinweg dem Betrachter zu. Es war nicht Anita Caravaille. Es war überhaupt niemand, dem ich etwas in die Schuhe schieben konnte. Dieses Mädchen war ich.

Ich wartete, bis ich zu zittern aufhörte. Ich brauchte eine Weile, ehe ich mit meinen fast gelähmten Fingern die andere Brille aufsetzen konnte. Ich stellte fest, daß es mein Hals, meine Schultern, meine Beine waren, daß es sich nicht um eine Montage handelte. Auch darin habe ich zu viel Erfahrung, als daß ich mich irren könnte. Ein schwerer, Übelkeit erregender Klumpen bildete sich in meiner Brust und wuchs langsam, aber unaufhörlich. Ein eiskalter Klumpen.

Ich glaube, ich saß länger als eine Stunde auf dem Bett vor diesem Foto, unfähig, an etwas zu denken, bis ich Licht machen mußte, denn es war in der Zwischenzeit dunkel geworden.

Dann tat ich etwas Dummes, dessen ich mich schäme. Ich knöpfte den Rock auf und ging zu einer Tür, hinter der ich das Badezimmer vermutete. Es befand sich tatsächlich dahinter, aber nicht schwarz gekachelt, wie ich es erwartet hatte, sondern rot und orange. Es war sehr geräumig und hatte einen Spiegel. Vor ihm vergewisserte ich mich, daß mein Körper wirklich mein Körper war. Da stand ich inmitten dieser Stille, den Rock zu meinen Füßen, den Schlüpfer heruntergezogen, und begegnete meinem Blick, meinem leeren Blick hinter den Brillengläsern. Einem Blick, der leerer war als dieses Haus und der dennoch mein eigener Blick war.

Ich zog mich wieder an und ging in das Zimmer mit der schwarzen Ledergarnitur zurück. Im Vorübergehen warf ich noch einen Blick auf das Foto. Wenn ich mich nicht wieder täuschte, war es bei mir zu Hause, in der rue de Grenelle, aufgenommen worden. Ich befand mich zwischen Bett und Wandschrank. Das Lächeln, das ich der Kamera zeigte, war zärtlich und liebevoll.

Ich machte überall Licht, riß Schränke und Kommoden auf und stieg ins obere Stockwerk hinauf. Dort fand ich eine Art Fotoatelier; in einer Schublade lagen zwei weitere, allerdings schlechter ausgeleuchtete Fotos von mir. Ich steckte zwischen einer Unzahl anderer nackter Mädchen, die ich nicht kannte. Das heißt, ich war nicht vollkommen nackt, sondern halb angezogen. Das eine Foto zeigte mich mit nacktem Oberkörper, wie ich mit einem abwesenden Blick auf dem Rand meiner Badewanne saß und mir die Strümpfe auszog. Das zweite zeigte mich von vorn, mit leicht geneigtem Gesicht, mit einer Hemdbluse bekleidet, die ich vor mindestens zwei Jahren weggeworfen hatte. Unten war ich nackt. Ich zerfetzte die beiden Fotos mit der rechten Hand, indem ich sie, weil ich die linke nicht benutzen konnte, gegen mich drückte. Ich konnte mich nicht beherrschen. Ich glaube sogar, es hat mir gutgetan.

Auch in den anderen Zimmern öffnete ich die Schränke und fand mich überall wieder. Ich fand Unterwäsche, einen alten Rollkragenpullover, eine schwarze Hose, zwei Kleider. Alles gehörte mir. Außerdem fand ich neben einem zerwühlten Bett, das noch nach meinem Parfüm roch, einen meiner Ohrringe, Zettel mit meiner Handschrift und den langen Ledergürtel eines Mannes. Der Gürtel rief keinerlei Erinnerungen wach.

Ich raffte alles zusammen, was mir gehörte, stieg wieder nach unten und ließ den Kram irgendwo liegen. Ich ging wieder in dieses Zimmer. Gegenüber der Wand mit der Mattscheibe befand sich ein Gewehrständer mit mehreren Waffen. Auf dem Teppich bemerkte ich ein großes Viereck, das weniger ausgebleicht war als die übrige Fläche. Wahrscheinlich hatte dort für längere Zeit ein Läufer gelegen. Über einem Stuhl hing ein marineblauer Anzug, die Hose über dem Sitz, die Jacke über der Lehne. In der Jacke entdeckte ich die Brieftasche von Maurice Kaub. Das Foto in seinem Führerschein bewies mir, daß es sich zweifellos um den Mann handelte, der im Kofferraum des Thunderbird verweste. Darüber hinaus half mir der Inhalt seiner Brieftasche, die ich sorgfältig durchsuchte, nicht weiter.

In der Halle sah ich ein Telefon. Ich kramte den Zettel mit der Nummer des Hotels, in dem die Caravailles in Genf abgestiegen waren, aus meiner Handtasche und meldete ein Gespräch an. Man sagte mir, ich müsse mit einer Stunde Wartezeit rechnen. Ich ging nach draußen, setzte mich in den Wagen und fuhr ihn zu einer Art Schuppen hinter dem Haus, in dem sich ein Traktor, Heugabeln und eine Weinkelter befanden. Es war dunkel, und mir war sehr kalt. Ich zitterte in einem fort. Trotzdem fand ich die Kälte nicht unangenehm, und etwas wie Wut, wie Halsstarrigkeit, eine mir unbekannte Energie hielt mich aufrecht und gab meinen Bewegungen Sicherheit. Obwohl ich verwirrt war, hatte ich das Gefühl, daß ich schnell dachte, daß ich richtig dachte. Und das kam mir sonderbar vor.

Ich öffnete den Kofferraum, ohne mich um den Geruch und den Schmerz in meinem linken Arm zu kümmern. Ich packte den Mann im Läufer mit beiden Händen, zog mit aller Kraft, zog und zerrte, bis er aus dem Wagen herausrollte. Dann schleifte ich ihn in den Schuppen. Ich legte ihn hinten an die Wand, bedeckte ihn erst mit dem Läufer und dann mit allem, was ich fand – mit Brettern, Weidenkörben und Werkzeugen. Beim Hinausgehen schloß ich die beiden kreischenden Türflügel. Ich erinnere mich an dieses Kreischen und auch daran, daß ich das Gewehr mit dem schwarzen Lauf in der rechten Hand hielt. Die Türflügel leisteten Widerstand, aber ich stellte das Gewehr nicht ab. Um nichts in der Welt wollte ich mich davon trennen.

Später – der Thunderbird parkte längst wieder vor dem Haus läutete in der Stille und Dunkelheit ringsum das Telefon. Ich stand gegen die Wand gelehnt, dicht neben dem Apparat, die Augen geschlossen, das Gewehr im linken Arm, und wartete auf meine letzte Chance, mich vor dem Wahnsinn zu retten. Ich brauchte nur die Hand auszustrecken, um den Hörer abzuheben. Eine Frauenstimme sagte:

«Hier kommt Genf … Bitte sprechen.»

Ich sagte danke und wunderte mich, daß ich meiner Stimme noch mächtig war. Das Hotel Beau Rivage meldete sich. Ich fragte, ob Frau Caravaille da sei. Sie war da. Dann eine andere Stimme – erstaunt, lebhaft, freundlich: Anita. In diesem Augenblick fingen meine Tränen wieder zu fließen an. Eine Hoffnung durchzuckte mich oder das Verlangen nach einer Hoffnung – stärker, als ich es je gespürt hatte.

Ich sprach mit Anita so, wie ich mit ihr gesprochen hätte, bevor ich in dieses Haus kam, so wie ich vor Jahren mit ihr gesprochen hatte, als wir noch zwanzig waren, vor jener Mainacht, in der ich nicht einmal versucht hatte, ihr zu helfen, damals, als auch sie in eine Art Wahnsinn hineinglitt. Ich sprach mit ihr so, wie ich mit ihr vor jenem Maimorgen gesprochen hatte, als ich sie weinend in meiner Wohnung wiederfand, totenblaß, vom Ekel geschüttelt, zum erstenmal weinend in meiner Gegenwart ... Damals, als ich jede Verantwortung für sie von mir wies. *Warum hast du mich nur allein gelassen?* schluchzte sie in einem fort, es war wie eine Litanei – *Warum hast du mich nur allein gelassen?* Damals, als ich nicht einmal den Mut aufbrachte, ihr zuzuhören. Damals, als ich auf sie einschlug, um sie zum Schweigen zu bringen. Damals, als ich sie hinauswarf.

Ich erzählte Anita, daß ich den Thunderbird behalten hatte. Sie verstand kein Wort und ließ sich jeden Satz dreimal wiederholen. Sie besaß keinen Thunderbird. Sie wußte nicht einmal, was ein Thunderbird war. Sie verstand nicht einmal das Wort am Apparat. Sie hörte nur mein Schluchzen und sagte immer wieder:

«Mein Gott, Dany – wo bist du denn? Dany, was ist denn mit dir los?»

Sie hatte mich seit jener Woche vor Weihnachten, als wir uns im Café an der Oper stritten, nicht mehr gesehen. Sie hatte niemals in dieser Gegend gewohnt ...

«Mein Gott, Dany, soll das ein Witz sein? Sag mir doch, daß es ein Witz ist! Du weißt doch, wo ich wohne ...»

Sie wohnte in der avenue Mozart, M-O-Z-A-R-T, und wenn mich Michel Caravaille wirklich mit nach Hause genommen hätte, um dort etwas abzutippen, so hätte sie mich gewiß gesehen und davon gewußt!

«Ich bitte dich, Dany – sag mir doch endlich, was los ist!»

Ich glaube, ich lachte trotz der Tränen und Schluchzer, die meine Worte erstickten. Ja, ich habe gelacht; es war eine Art Lachen. Es verwirrte sie noch mehr. Ich hörte sie am anderen Ende der Leitung hastig atmen.

«Wo bist du, Dany? Mein Gott, ich bitte dich, sag mir doch zumindest, wo du bist!»

«In Villeneuve-lès-Avignon. Hör zu, Anita, ich erklär' dir alles später, mach dir keine Sorgen – das geht schon vorbei, ich ...»

«Wo bist du?»

«In Villeneuve-lès-Avignon, in Vaucluse. In einem Haus.»

«Mein Gott, aber wie ... Dany, in welchem Haus? Und mit wem bist du dort? Woher weißt du eigentlich, daß ich in Genf bin?»

«Ich hab's wohl im Büro gehört – ich weiß es nicht mehr. Ich muß es wohl irgendwo aufgeschnappt haben.»

«Ist jemand bei dir? Gib ihn mir mal an den Apparat.»

«Nein, hier ist kein Mensch.»

«Aber du kannst doch dort nicht mutterseelenallein ... Also ich begreife überhaupt nichts, Dany!»

Ich merkte, daß sie jetzt auch weinte. Ich versuchte sie zu beruhigen und sagte ihr, daß mir ihre Stimme wohl tue. Sie sagte, daß Michel Caravaille jeden Augenblick ins Hotel kommen müßte, daß er sicher wissen würde, was zu tun sei, und daß sie mich zurückrufen würden. Sie wollte ein Flugzeug nehmen und zu mir kommen. Ich mußte ihr versprechen, daß ich bis zu ihrem Anruf hierbleiben würde. Ich hatte nicht die geringste Absicht, hier auf irgendwen zu warten, aber ich versprach es ihr. Als ich aufhängte, dachte ich erleichtert, daß sie in ihrer Aufregung vergessen hatte, nach der Telefonnummer dieses Hauses zu fragen und daß sie mich deshalb nicht erreichen konnte.

Die Tür zur Diele hebt sich als helles Viereck ab. Ich bin im Dunkeln. Die Zeit dehnt sich wie eine überspannte Feder. Ich weiß, daß die Zeit sich ausdehnen kann, o ja. Wie lange war ich in der Tankstelle in Deux-Soirs-lès-Avallon bewußtlos? Zehn Sekunden? Eine Minute? Jedenfalls war diese eine Minute so ewig lang, daß sich die Wirklichkeit darin verlor.

Ja, genau dort, als ich auf den Kacheln kniend wieder zu mir kam – genau dort hatte die Lüge angefangen. Ich bin für die Lüge geboren. Für die Lüge, ja. Ich bin zum Kotzen. Eines Tages werde ich es begreifen.

Die Wirklichkeit? Ich, Dany Longo, habe einen Liebhaber verfolgt, der mich verlassen hat. Ich habe ihm in einem Telegramm gedroht. Ich habe eine Dreiviertelstunde nach ihm ein Flugzeug genommen. Ich habe ihn hier getroffen, in diesem Haus, nachdem er seinen reparierten Wagen in der Werkstatt abgeholt hatte. Während des darauffolgenden Streits habe ich ein Gewehr aus dem Waffenständer genommen, dreimal auf ihn geschossen und ihn zweimal in die Brust getroffen. In meiner Panik hatte ich nur einen Gedanken, die Leiche fortzuschaffen, zu verstecken, sie verschwinden zu lassen. Ich habe sie in einen Läufer gewickelt und bis zum Kofferraum des Wagens geschleift. Ich bin die ganze Nacht wie im Trancezustand in Richtung Paris gefahren. Für ein paar Stunden habe ich versucht, in einem Hotel in Chalon-sur-Saône zu schlafen. Ein Streifenpolizist hat mich wegen der defekten Rücklichter angehalten. Ich habe meinen Mantel in einem Café in der Nähe von Auxerre liegenlassen. Von dort aus habe ich Bernard Thorr angerufen. Dann muß ich wohl meine Absicht geändert haben. Ich wußte wohl nicht, wie ich die Leiche loswerden sollte. Jeder, der sie gefunden hätte, wäre früher oder später auf mich gestoßen. Halb von Sinnen vor Müdigkeit und Angst habe ich wieder kehrtgemacht. Die verletzte Hand stammt wahrscheinlich von dem Streit mit meinem Opfer. Ich habe wieder an der Tankstelle gehalten, wo ich schon am Morgen gewesen war – warum wissen die Götter. Ich habe mich wohl wie ein Roboter verhalten, der immer wieder den gleichen Weg einschlägt. Dort muß plötzlich vor einem laufenden Wasserhahn irgend etwas in mir nachgegeben haben; ich bin in Ohnmacht gefallen. Und danach fing die Lüge an.

Als ich die Augen wieder öffnete – zehn Sekunden später? Eine Minute später –, da habe ich nur noch die Alibis im Kopf gehabt, die ich mir während der Nacht zurechtgezimmert hatte. Ich habe das Geschehene so heftig und verzweifelt von mir gestoßen, daß die Realität für mich nicht mehr existierte. Ich habe mich in einer unsinnigen Geschichte versponnen, deren Einzelheiten erfunden waren. Ich habe Brocken der Realität in meine Geschichte gemixt: Die Mattscheibe, das Bett mit dem weißen Fell, das Foto der nackten Frau – all dies war wirklich. Ich habe Maurice Kaub und alles, was mit ihm zusammenhing, verschwinden lassen und die Löcher mit der Logik eines Albtraums zugestopft. Wieder einmal bin ich vor einer Wirklichkeit geflohen, die über meine Kräfte geht. Weil ich ihr jedoch nicht entrinnen kann, habe ich mich nur um so tiefer in sie hinein verstrickt.

Ja, ich weiß, das sieht mir wieder mal ähnlich.

Wer ist ... war Maurice Kaub? Warum kann ich mich nicht an ihn erinnern, auch jetzt nicht, wo ich der Wirklichkeit nicht mehr ausweiche? Auf einem der Fotos von mir, die ich oben zerrissen habe, trage ich eine Hemdbluse, die ich vor zwei Jahren weggeworfen habe. Maurice Kaub muß mich also schon seit langem gekannt haben. Zweifellos bin ich schon mehrmals in diesem Haus gewesen; meine hier zurückgelassenen Kleider und das Gerede des jungen Mädchens von gegenüber sind Beweis genug. Wenn ich diesem Mann erlaubt habe, derartige Fotos von mir aufzunehmen, muß ich ihn zu gut gekannt haben, als daß ich ihn so einfach aus meinem Bewußtsein, meinem Leben hätte auslöschen können. Das verstehe ich nicht.

Was verstehe ich nicht? Es gibt schließlich so etwas wie Geisteskrankheit. Geisteskranke wissen oft nicht, daß sie krank sind ... Ich weiß nicht sehr viel über diese Dinge, nur was so in Illustrierten steht; ich kann mir vieles dabei nicht erklären. Aber es steht wohl fest, daß ich mir Dinge einbilde, die nicht existieren.

Wer war Maurice Kaub?

Ich muß aufstehen. Ich muß Licht machen. Ich muß dieses Haus sorgfältig durchsuchen.

Das Fenster. Ich schiebe den Vorhang beiseite. Ich habe plötzlich das Gefühl, wehrlos zu sein ... Ach so. Ich habe das Gewehr auf dem Sofa liegenlassen. Das ist unsinnig, wer sollte jetzt noch kommen?

Draußen ist es Nacht. Eine klare, von Lichtern durchbrochene Nacht. Wer sollte schon nach mir suchen? Ich bin die einzige, die nach mir sucht ... Zürich. All dieses Weiß. Ja, da wollte ich auch sterben. Ich habe zu dem Arzt gesagt: *Töten Sie mich. Bitte töten Sie mich* … Er hat es nicht getan. Kein Mensch kann jahrelang eine solche Schuld mit sich herumschleppen, ohne dabei verrückt zu werden. Das muß es sein.

Die Nachricht von Mama-Obs' Tod hat mich damals zu spät erreicht, und ich kam nicht mehr rechtzeitig zur Beerdigung. Eine der Schwestern hat gesagt: *Sie waren schließlich nicht die einzige ehemalige Schülerin, die wir benachrichtigen mußten!* Seit diesem Tag bin ich nie mehr für einen Menschen die einzige gewesen. Es ging einfach nicht. Und ich hätte es doch sein können für einen kleinen Jungen … Ich weiß nicht, wie ich darauf komme; der Arzt hat es mir nicht gesagt, aber ich war mir von Anfang an sicher, daß mein Kind ein Junge sein würde. Ich stelle mir immer vor, wie er größer und größer wird. Jetzt ist er drei Jahre und fünf Monate alt … Im März wäre er auf die Welt gekommen. Er hat die schwarzen Augen, den Mund und das Lachen seines Vaters und mein blondes Haar, meine beiden etwas auseinanderstehenden Schneidezähne. Ich weiß, wie er läuft, wie er spricht, und ich töte ihn in einem fort.

Ich kann nicht allein bleiben.

Ich muß hier raus. Ich muß aus diesem Haus fliehen. Mein Kostüm ist schmutzig. Ich werde den Mantel darüber anziehen, den mir Jean Le Gueven mitbringt. Der Mantel wird den Schmutz verdecken. Ich werde den Wagen behalten. Ich werde über die Grenze fahren; nach Italien, nach Spanien – egal. Ich werde dieses Land verlassen und den Rest meines Geldes für eine Fahrt weit weg ausgeben. *Wasch dir erst mal dein Gesicht!* Wie bitte? Ach so, Mama-Obs. Mama-Obs ist wieder da. Sie spricht wieder mit mir … Oder bilde ich mir das auch nur ein? Sie hat recht gehabt: Ich hätte so viel Geld wie möglich abheben und fliehen sollen. Mama-Obs hat immer recht. Ich wäre jetzt schon aus dem ganzen Schlamassel heraus. Wie spät ist es jetzt? Meine Uhr ist stehengeblieben. *Kämm dich.*

Draußen im Thunderbird zeigt die Uhr auf dem Armaturenbrett halb elf. Blendax muß schon auf mich warten. Ich weiß, daß er auf mich wartet. Ich fahre die Allee hinunter. Das Tor ist noch offen. Unten blitzen die Lichter von Avignon. Der Wind, der mich umfängt, trägt Tanzmusik herüber. Die Leiche ist nicht mehr im Wagen, stimmt's? Die Leiche ist nicht mehr im Wagen. Brauche ich an der spanischen Grenze einen Paß? Nach Andalusien fahren, ein Schiff nach Gibraltar nehmen. Andalusien. Gibraltar ... Klingt hübsch. Ein neues Leben; weit, weit weg. Diesmal gebe ich auf. Ich gebe mich auf. Für immer.

Er ist da. Er trägt eine Lederjacke über seinem Hemd. Er sitzt vor einem Marmortisch im Restaurant. Auf der Bank neben ihm liegt ein Päckchen. Braunes Packpapier. Er lächelt, während ich durch den Saal auf ihn zugehe. *Reiß dich zusammen.*

«Haben Sie sich Ihren Verband nicht erneuern lassen?»

«Nein. Ich habe keinen Arzt gefunden.»

«Was haben Sie denn die ganze Zeit über gemacht? Erzählen Sie mal. Sind Sie im Kino gewesen? War der Film gut?»

«Ja. Hinterher bin ich in der Stadt spazierengegangen.» Ich halte mich gut.

Er hat mit Paulchen fünf Tonnen Frischgemüse aufgeladen. Die deutschen Touristen mit dem Mantel haben ihn hier vor dem Bahnhof abgesetzt. Er hat sich ihre Adresse aufgeschrieben, damit er sich demnächst erkenntlich zeigen kann. Sie fahren nach Korsika. Korsika ist hübsch, mit großen Strecken Sandstrand. Er sitzt mir gegenüber und sieht mich vertrauensvoll an. Um elf Uhr fünf geht sein Zug; er trifft sich mit Paulchen in Lyon. Er hat leider nur eine Viertelstunde Zeit.

«Sie haben sich aber sehr viel Mühe gemacht.»

«Na und? Es hat mich schließlich kein Mensch dazu gezwungen. Nein, nein – ich freue mich, Sie wiederzusehen. Wissen Sie, als ich in Pont-Saint-Esprit meine Kisten auflud, hab' ich immer an Sie denken müssen.»

«Mir geht es jetzt besser. Alles ist in Ordnung.»

Er zieht eine Grimasse und trinkt einen Schluck Bier. Er bittet mich, daß ich mich zu ihm auf die Bank setze. Er legt seine Hand auf meinen linken Arm. Ich spüre den sanften Druck durch die Kostümjacke hindurch.

«Haben Sie Freunde, mit denen Sie sich in Verbindung setzen können?»

«Weswegen?»

«Ich weiß nicht. Wegen der Geschichte da.»

«Ich habe niemanden. Den einzigen Menschen, den ich anrufen möchte, kann ich nicht anrufen.»

«Warum?»

«Er hat eine Frau und eine Familie. Ich habe mir schon seit langem geschworen, ihn in Frieden zu lassen.»

Er öffnet das Paket, das er mitgebracht hat, und gibt mir den weißen, sorgfältig zusammengefalteten Mantel. Er sagt: «Sie haben wahrscheinlich das, was Ihnen am Samstag passiert ist, in Ihrer Erinnerung durcheinander gebracht. So was kann vorkommen, wenn man müde ist. Ich bin zum Beispiel einmal, nachdem ich nur zwei Stunden geschlafen habe, statt nach Paris in die entgegengesetzte Richtung gefahren. Baptistin war dabei. Als er schließlich wach wurde, war ich schon hundert Kilometer gefahren. Und felsenfest davon überzeugt, daß wir kurz vor dem Ziel waren ... Wollen Sie was trinken?»

Ich will nichts trinken. In den Taschen meines Mantels finde ich die Flugkarte der Air France, meinen kleinen rosa Elefanten, fünfhundertdreißig Francs in einem Gehaltsumschlag, die Rechnung der Garage in Avignon und verschiedene Papiere, die mir gehören. Blendax beobachtet mich; ich sehe auf, um ihm zu danken, um ihm zu sagen, daß dies alles wirklich mir gehört. Er sieht mich freundschaftlich und etwas beunruhigt an. In diesem Augenblick hörte ich über dem Lärm des Restaurants, über dem heftigen Klopfen meines Herzens wieder die schreckliche, die wundervolle Stimme von Mama-Obs.

Und Mama-Obs sagt, daß ich Maurice Kaub nicht getötet habe, daß ich nicht verrückt bin, *o nein, Dany,* daß ich all dies wirklich erlebt habe, genau so, wie ich mich daran erinnere, daß ich mich zum erstenmal in meinem Leben in dieser Stadt befinde, in dieser Stadt, die für mich plötzlich voller Licht ist und voller Musik. Die Wahrheit dieses Wochenendes trifft mich so plötzlich, daß ich zittere. Meine Gedanken überstürzen sich. Ich muß ganz verändert aussehen. Erstaunt sagt Blendax:

«Woran denken Sie denn? Warum sehen Sie plötzlich so vergnügt aus?»

Ich weiß nicht, wie ich es ihm sagen soll. Ich küsse ihn auf die Wange, nehme seine rechte Hand in meine verbundene linke und drücke sie so heftig, daß es mir weh tun müßte. Aber es tut mir nicht weh. Es geht mir wieder gut. Ich bin bereit … Oder fast. Mein Lächeln gerinnt. Etwas schießt mir durch den Kopf und drängt alles andere zurück: Ich werde verfolgt. Ich werde in diesem Augenblick beobachtet. Jemand muß mir seit Paris auf den Fersen geblieben sein, sonst hätte sich alles nicht so abgespielt.

Weißt du, sagt Mama-Obs, *vielleicht bist du deinem Verfolger entwischt. Wahrscheinlich sogar. Bestimmt. Denn sonst wärst du jetzt schon tot. … Begreifst du denn nicht, daß man dich töten will?*

Ich muß Blendax loswerden.

«Wollen wir gehen? Ich begleite Sie. Sie werden Ihren Zug verpassen.»

Er hilft mir in den Mantel. Ich öffne meine Handtasche, um mich zu vergewissern, daß ich mich nicht geirrt habe. Nein, diesmal habe ich mich nicht geirrt. Eine neue Angst steigt in mir hoch. Draußen legt Blendax den Arm um mich. Der Gedanke verfolgt mich, daß er sich damit in die gleiche Gefahr bringt wie ich. Ich kann mich nicht beherrschen und sehe mich um. Mein Blick wandert von dem Thunderbird vor dem Restaurant die lange Straße entlang, über die ich heute nachmittag angekommen bin. Sie ist jetzt hell erleuchtet.

«Was ist denn los?»

«Nichts. Ich schau' mich nur mal um … Gar nichts.»

Ich lege den linken Arm um seine Hüfte. Er lacht. Die Bahnhofshalle. Eine Bahnsteigkarte. Ein Durchgang unter der Erde. Der Bahnsteig. Ich drehe mich dauernd um … Unbekannte Reisende. Fremde, verschlossene Gesichter. Der Zug wird über den Lautsprecher angekündigt. Irgendwo Tanzmusik, weit weg … Ich stehe vor Blendax. Er hält mich an den Armen fest. Er sagt:

«Wissen Sie was? Morgen abend bin ich in Paris in einem Hotel in der rue Jean-Lantier. Dort steige ich immer ab. Versprechen Sie mir, daß Sie mich anrufen?»

«Ich verspreche es.»

«Haben Sie meine Mütze?»

Sie ist in meiner Tasche. Mit einem Kugelschreiber kritzelt er eine Telefonnummer ins Futter der Mütze und gibt sie mir zurück. Hinter mir pfeift der einfahrende Zug, rollt mit ohrenbetäubendem Lärm den Bahnsteig entlang. Blendax sagt etwas. Ich verstehe kein Wort. Er schüttelt den Kopf, packt mich bei den Schultern und drückt sie mit seinen großen Händen. Dann rollt er aus meinem Leben, winkend aus dem Fenster gelehnt, braungebrannt und lächelnd, er gefällt mir, er wird immer kleiner, und mir fällt ein, daß ich mir vorgenommen habe, ihm und seinem Partner Laventure zu helfen, Milliardäre zu werden ... *Verlier die Mütze nicht,* sagt Mama-Obs, *und wenn du dich aus der Klemme ziehen willst, mußt du dich beeilen.*

Auf dem Gehsteig vor dem Bahnhof fange ich mit dem Flugbillett an, das ich nie benutzt habe. Ich zerreiße es in kleine Stücke und sehe mich dabei nach allen Seiten um. Immer wieder rede ich mir ein, daß man meine Spur verloren haben muß, immer wieder versuche ich mich zu beruhigen. Aber ich weiß, daß es nicht stimmt. Ich fühle einen starren, erbarmungslosen Blick, der von irgendwoher kommt und schwer auf mir lastet.

Zum letztenmal der Thunderbird. *Fahr nicht wieder dorthin zurück,* beschwört mich Mama-Obs. Ich fahre durch die erleuchteten Straßen, um die festlichen Plätze herum. Wieder muß ich nach dem Weg nach Villeneuve fragen. Im Rückspiegel beobachte ich die Wagen hinter mir. Die Menschenmenge, die Musik beruhigen mich. Solange ich unter Menschen bin, kann mir nichts passieren, dessen bin ich sicher.

Auch in Villeneuve tanzt man. Ich halte an der gleichen *bartabacs.* Ich kaufe einen großen gelben Umschlag und eine Briefmarke. Ich steige in den Wagen zurück und schreibe inmitten des lärmenden Festes die paar Worte, die notwendig sind, falls ich sterbe. Ich klebe den Umschlag zu und schreibe meine Pariser Adresse darauf. Ich werfe ihn in einen Briefkasten. Ich habe Angst, aber niemand folgt mir in der Menge.

Die lange route de l'Abbaye. Auf der Geraden zwischen den Kurven sehe ich zwei Scheinwerfer hinter mir. Das Tor ist offen. Ich halte in der Allee und knipse das Licht aus. Die Scheinwerfer huschen vorbei und entfernen sich. Ich warte, bis mein Herzklopfen nachläßt. Ich fahre wieder an. Ich halte vor dem dunklen Haus. Ich vergewissere mich, daß nichts im Wagen geblieben ist, das mir gehört. Mit meinem Kopftuch wische ich sorgfältig das Steuerrad und das Armaturenbrett ab. Ich verlasse den Donnervogel, wie ich ihn in Orly genommen habe: voller Ahnungen, die mir die Kehle zuschnüren und meine Bewegungen unbeholfen machen. *Geh da nicht wieder hinein, Dany – geh da nicht hinein!* flüstert Mama-Obs. Aber was sein muß, muß sein. Ich muß unbedingt das Foto an der Wand zerstören und meine Kleider an mich nehmen … Die Tür. Ich knipse das Dielenlicht an. Jetzt ist es schon besser. Ich schließe die Tür hinter mir. Ich gebe mir fünf Minuten, um alles in Ordnung zu bringen und das Haus zu verlassen. Ich atme auf.

Auf der Schwelle des Zimmers mit dem Ledersofa höre ich eine Bewegung. Ich schreie nicht. Selbst wenn ich wollte, könnte ich keinen Laut herausbringen. Das Licht ist hinter meinem Rücken. Ich stehe vor einem großen schwarzen Loch. *Das Gewehr!* sagt Mama-Obs. *Du hast es auf dem Sofa liegenlassen. Wenn er die ganze Zeit im Dunkeln war, hat er es wahrscheinlich nicht gefunden …* Ich stehe stumm, gelähmt, auf Beinen aus Blei. Wieder ein Geräusch. Diesmal näher. *Dany, Dany, das Gewehr!* schreit Mama-Obs. Verzweifelt versuche ich mich daran zu erinnern, wo das Sofa steht. Ich lasse die Handtasche fallen, um meine gesunde Hand frei zu haben. Plötzlich spüre ich den Atem neben mir, ein unterdrücktes Keuchen. Ich muß zuschlagen …

Das Gewehr

Ich stieg in meinen Wagen und fuhr zu dieser Villa. Ich kannte das Haus nicht. Anita öffnete mir. Sie weinte. Sie sagte, sie habe auf einen Mann geschossen; vielleicht lebe er noch – sie habe nicht den Mut aufgebracht, ihn anzusehen. Ich stieg in den Keller hinab. Er war als Schießstand eingerichtet. Überall lagen Zielscheiben herum. Meine Schritte waren schwer. Ich bin ein schwerer Mann. Ich gehe genauso wie ich spreche, schwerfällig und eigensinnig. Alle Leute halten das für ein Zeichen von Selbstsicherheit. Aber es kommt daher, daß ich dickflüssiges Blut habe, das langsam durch die Adern rinnt.

Ich sah den Mann am Boden liegen und den Karabiner neben ihm. Mit Waffen kenne ich mich aus. Ich war einmal ein guter Jäger. Es war ein Winchester-Repetier-Gewehr, Kaliber 7.62, mit gezogenem Lauf, den das Geschoß mit einer Geschwindigkeit von 700 Metern in der Sekunde verläßt. Er konnte nicht mehr am Leben sein. Wenn ihn einer der beiden Schüsse am Kopf getroffen hätte, hätte er keinen Kopf mehr gehabt.

Ich beugte mich zuerst über den Karabiner. Ich verlor die Hoffnung, jemals wieder ein normales Leben zu führen. Was normal ist, weiß ich nicht mehr. Wenn Anita eine automatische Waffe benutzt hätte, hätte ich sofort die Polizei gerufen und das Ganze als Unfall hingestellt; die Winchester muß man aber nach jedem Schuß wieder durchladen – Sie kennen das bestimmt aus den Wildwestfilmen, Dany. Auch Anita muß es sich da abgeguckt haben, sonst wäre sie nie mit dem Verschluß fertig geworden. Sie hat drei Schüsse abgefeuert. Nein, Unfall – das hätten sie uns nie abgenommen.

Ich untersuchte den Mann. Ich kannte ihn. Er hieß Maurice Kaub. Ich hatte ihn ein paarmal bei Bekannten getroffen. Er hatte zwei Einschüsse in der Brust. Ich öffnete seinen Morgenrock, um sie genauer zu betrachten. Dann entdeckte ich das dritte Geschoß; es hatte nur einen schwarzen Streifen auf der Betonwand hinterlassen und lag in einer Ecke des Kellers, ein abgeplattetes Stückchen Blei. Ich steckte es in die Tasche.

Anita weinte noch immer. Sie schluchzte fassungslos. Ich fragte sie, warum sie diesen Mann getötet hätte. Sie sagte, daß er nichts mehr von ihr wissen wollte. Er war seit Jahren ihr Liebhaber. Sie hatte ihn vor unserer Heirat kennengelernt. Ich schlug sie ins Gesicht. Der Schlag warf sie gegen die Wand. Ihr rotes Kleid und ihr Unterrock rutschten hoch. Ich sah ihre gespreizten Schenkel und ihren Schlüpfer. Das machte mich noch wütender. Ich packte sie an den Haaren und am Ausschnitt ihres Kleides. Ich riß sie hoch und schlug auf sie ein. Sie sagte nur ganz leise, bitte nicht. Ich zog sie von neuem hoch und schlug sie mit der flachen Hand, immer wieder bis sie vor mir auf dem Boden lag und halb ohnmächtig vor sich hin weinte. Ich faßte sie unter den Achseln und zwang sie, die Treppe hinaufzusteigen. Aus ihrer Nase floß Blut. Ich stützte sie, bis wir das Zimmer erreicht hatten, in dem Sie getippt haben. Ich stieß sie in einen Sessel und holte Wasser. An der Wand sah ich ein Aktfoto von Anita. Es war ... Ich habe geweint vor dieser Wand. Dann dachte ich an meine kleine Tochter. Sie ist mein ein und alles. Sie müssen das verstehen, Dany. Seit sie auf der Welt ist, weiß ich, was es heißt, bedingungslos an einem Menschen zu hängen. Nur um meine Tochter zu schützen, habe ich mich entschlossen, Sie zu töten. Sie müssen das wissen, sonst begreifen Sie das alles nicht.

Es hängt mit dem zusammen, was ich von Ihnen weiß. Ich beobachte Sie schon länger, als Sie ahnen. Ich beobachte Sie seit jenem Tag, an dem ich Sie zum erstenmal in der Agentur gesehen habe, als Sie Ihren Anstellungsvertrag unterschrieben. Sie trugen damals ein Kleid, das so hellgelb war wie Ihr Haar. Ich fand Sie schön. Schön und ein bißchen rührend. Ich haßte Sie, Dany. Ich weiß Bescheid über die Hörner, die ich trage. Ich kenne die Affären meiner Frau aus der Zeit vor unserer Ehe, die sich in der kleinen Wohnung in der rue de Grenelle abgespielt haben, in der ich neulich mit Ihnen war. Ich kenne auch alle diese Burschen, die leidenschaftlicher und hübscher sind als ich, diese Burschen, für die sie die Beine gespreizt hat. Auch über jene Nacht weiß ich Bescheid, als sich gleich zwei von ihnen auf Ihrem Bett mit Anita vergnügten und ihr Schreie entlockten, die ich ihr nie entlocken konnte. Auch diese Schändlichkeit hat sie mir später unter Ohrfeigen gebeichtet. Sie hat mir alles gebeichtet, früher oder später. Ich wußte von der Vereinbarung, daß Sie ihr die Wohnung liehen, damit sie sich dort gehenlassen konnte. Darum haßte ich Sie, Dany. Sie haben mich angewidert: Sie spielten das anständige, unverdorbene Mädchen. Sie haben mich immer wieder an das erinnert, was ich vergessen wollte. Sie waren ein Teil meiner Träume, meiner Eifersucht, meiner ungeheuerlichen Gedanken. Sie waren ein Ungeheuer.

Ich stellte Sie mir immer ausgezogen vor, Dany. Ich beobachtete Sie verhohlen, aber voller Gier. Ich beobachtete, wie Sie Ihre linke Hand bewegten. Ich habe immer geglaubt, daß Linkshänder wie die Nagelbeißer sind, verklemmt und heimtückisch. Immer wenn Sie mich sahen, müssen Sie mit einem heimlichen Lachen an die beiden Kerle gedacht haben, die in Anitas Körper eindrangen und für ihre Schweinereien benutzten. Ich wurde fast verrückt. Sicher betrog sie mich noch immer, und Sie wußten Bescheid. Sie mußte Ihnen von diesen widerwärtigen Dingen erzählt haben, die jedermann treibt und von denen ich so wenig weiß. Ja, das mußte sie Ihnen auch erzählt haben, daß ich auf diesem Gebiet wie ein Anfänger bin ... Ich hatte nichts gegen Sie, Dany, nicht persönlich. Aber ich wollte auch Sie besudelt sehen, ich wollte Ihr schönes Gesicht zerstören, Ihren aufreizenden Gang und das alles.

Im letzten Jahr habe ich von dem widerlichen Abenteuer erfahren, das alle anderen in den Schatten stellt. Wir, Anita und ich, hatten abends in einem Restaurant einen jungen Mann ihres Alters getroffen, der genauso schlank und von sich eingenommen war, wie alle diese Burschen. Ich hasse alle jungen Leute, seit ich Anita besitze. Hätte ich nicht Angst vor der Strafe, so würde ich sie umbringen – mit meinen bloßen Händen ohne Gewissensbisse. Alle ... Anita wurde blaß, als sie den jungen Mann sah. Sie zitterte, als er sie begrüßte und irgend etwas Belangloses sagte. Wir aßen. Ich sah ihn mit ein paar Leuten an einem anderen Tisch sitzen, sah, wie er lachte, sich aufspielte und hie und da einen verstohlenen Blick zu Anita herüberwarf. Ich zahlte, ehe wir zu Ende gegessen hatten. Ich schob Anita in den Wagen und schlug sie, bis sie beichtete und mir von jenem Abend erzählte, an dem sie mit zwei Burschen – einer davon war der im Restaurant – und Ihnen getrunken hatte. Sie sagte, daß sie nach Mitternacht die Bar verließen und alle zusammen zu Ihnen gingen, um noch ein letztes Glas zu trinken. Sie erzählte mir, daß sie betrunken war und anfing sich mit einem der beiden Kerle herumzuknutschen – es war der andere –, während der im Restaurant dasselbe mit Ihnen versuchte. Sie erzählte mir, daß Sie sie angeschrien haben und dann aus Ihrer eigenen Wohnung liefen, ohne sich um Anita zu kümmern. Weinend wiederholte sie in einem fort, und ich wußte, daß sie nicht log: «Ich hatte völlig den Kopf verloren. Ich wußte nicht mehr, was ich tat ... Dany, die trinkt nicht; die geht mit keinem ins Bett. Sie ist stolz darauf, daß sie keine Fehler macht und niemanden nötig hat. Aber sie läßt dich bei der ersten Gelegenheit sitzen. Sie hat nicht eine Sekunde an mich gedacht, verstehst du, sie ist einfach fortgelaufen, und ... Ach, ich war ja so betrunken!» Ich setzte Anita in ein Taxi. Ich ging zum Restaurant zurück. Der Bursche war noch da. Ich wartete draußen und folgte ihm später in hundert Meter Abstand die Champs-Elysées entlang. Er bemerkte mich nicht. Er war mit einer Blondine zusammen. Sie waren verrückt aufeinander, wie ihr es ja alle seid. Er ging mit ihr zu Fuß in die rue La Boétie. Sie blieben fortwährend vor erleuchteten Schaufenstern stehen, lachten laut auf oder küßten sich vor aller Leute Augen – wie die Schweine. Ich faßte sie in einem Hausflur, den sie gerade betreten hatten. Ich schlug erst auf ihn ein, dann auf sie. Sie war so überrascht, daß sie nicht einmal schrie. Ich hob sie vom Boden auf und schob den verdutzten Burschen die Treppe hinauf. Ich sagte ihm, daß ich ihn erwürgen würde, wenn er nur den Mund aufmachte. Schlotternd vor Angst schloß er eine geräumige Wohnung im ersten Stock auf. Ich legte das Mädchen auf den Fußboden und machte die Tür zu. Dann schlug ich den Kerl zusammen, langsam und systematisch. Ich bin ein Systematiker, Dany ... Als er halb bewußtlos war, riß ich ihm die Hose herunter. Er trug eine geblümte Unterhose – stellen Sie sich das vor! Geblümt ... Ich zerrte ihn ins Nebenzimmer und suchte irgendwas, womit ich ihn verdreschen konnte wie einen Schuljungen; vor den Augen seiner Freundin wollte ich ihn demütigen ... Er war so feig, daß er nicht den geringsten Widerstand leistete. Es war widerlich. Es verstärkte nur meine Wut. In der Küche schmiß ich ihn auf einen Stuhl, packte ihn am Kinn und drehte sein Gesicht zu mir herum. Das Blut lief ihm aus Ohren und Nase. Ich redete auf ihn ein. Ich weiß nicht, was ich ihm sagte. Er hat auch gar nicht zugehört. Keiner hört einem zu ... Ich ging zu dem Mädchen ins andere Zimmer zurück, hielt ihr mit der linken Hand den Mund und riß ihr die Kleider vom Leib. Ich weiß nicht, was ich mit ihr vorhatte. Ich weiß nur, daß ich in einer Wolke aus roter Wut lebte. Dann sah ich dicht vor mir ihre angstvoll geweiteten Augen voller Tränen. Sie war reizend und zu Tode verängstigt wie ein Kind ... Ich ließ sie los, Dany. Es hört einem ja doch keiner zu ... Irgendwie habe ich dann meinen Wagen wiedergefunden. Ich saß da und schluchzte, den Kopf aufs Lenkrad gelegt ... Dany, ich habe nur zweimal geweint, seit ich erwachsen bin: an jenem Abend und am letzten Freitag vor dem Aktfoto meiner Frau. Können Sie das verstehen, Dany?

An jenem Abend erfuhr ich auch von Ihrer Reise nach Zürich und von anderen Seitensprüngen Anitas nach unserer Hochzeit. Aber von Kaub hat sie mir nie etwas erzählt. Ich habe lange mein schlafendes Kind betrachtet. Dann betäubte ich mich mit Schlaftabletten und schlief auf dem Fußboden vor Michèles Bettchen. Ich habe von ihr geträumt.

Am nächsten Morgen erwartete ich den Burschen im Café neben seiner Wohnung. Er hatte ein völlig verschwollenes Gesicht, aber er redete große Töne – er wußte, daß er mich jetzt in der Hand hatte. Ich gab ihm einen Scheck. Er sagte, daß ich wahnsinnig sei und daß man mich einsperren müßte. Zwischen seinen Heftpflastern grinste er mich an. Ich erniedrigte mich so weit, ihn zu fragen, was damals mit Anita geschehen sei. Das Schrecklichste war, daß er sich nur dunkel daran erinnerte. Es interessierte ihn nicht mehr. Er sagte, er nehme den Scheck an, aber nur dafür, daß er mit meiner Frau geschlafen hätte. Er überlegte laut, ob er mit dem anderen Burschen teilen müsse.

Den ganzen Tag lang konnte ich nicht einen Augenblick an meine Arbeit denken. Unter Schweißausbrüchen ging ich die Liste von Anitas Liebhabern durch. Einer war darunter, den ich kannte, den ich bestrafen konnte. Erinnern Sie sich an den schwarzhaarigen Grafiker, der immer wie ein Torero herumstolzierte? Vitta hieß er – Jacques Vitta. Er hatte dann einen Autounfall und hat gekündigt … Autounfall! Ich habe ihm am gleichen Abend aufgelauert. Stundenlang. Es war nach Mitternacht, als er endlich auf einem Parkplatz hielt. Er sah mich auf sich zukommen und wußte sofort Bescheid. Er wagte es nicht, auszusteigen; er hielt sich verzweifelt am Lenkrad fest. Er fuhr einen Kleinwagen; ich packte die Karre mit beiden Händen und warf sie um. Die Fenster in den umliegenden Häusern wurden aufgerissen. Ich hörte ein Stimmengewirr. Ich zerrte Vitta heraus. Er wollte sich wehren, mir in den Unterleib treten … Ich schlug so lange auf ihn ein, bis ich merkte, daß ich dabei war, ihn zu töten. Ich fuhr nach Hause. Auch in dieser Nacht schlief ich auf dem Fußboden neben meiner kleinen Tochter. Zwei oder drei Tage später kam er in mein Büro und kündigte. Er wies meinen Scheck zurück. Er ließ sich nur die Reparatur seines Wagens bezahlen, nicht die Schläge. Er war fünf- oder sechsmal mit meiner Frau in einem Hotel der rue de Passy gewesen. Mit einer obszönen Geste sagte er mir, daß er meine Frau wie eine Nutte behandelt hatte und dann nichts mehr von ihr wissen wollte … Verstehen Sie mich, Dany?

Danach habe ich Sie gehaßt, Dany – mehr als irgendeinen anderen Menschen. Ich gab mir Mühe, Sie während der Sitzungen nicht anzusehen. Eine Zeitlang trug ich mich mit dem Gedanken,

Ihnen zu kündigen. Zwei Überlegungen hielten mich jedoch davon ab: ich brauchte Ihren Kollegen gegenüber einen Anlaß, und den haben Sie mir bei der Arbeit nie gegeben; und außerdem hätten Sie woanders sofort eine neue Stellung bekommen, die obendrein wahrscheinlich höher dotiert gewesen wäre. Und dann wäre mir eine erfolgreichere Dany über den Weg gelaufen. Ich beschloß also, abzuwarten.

Die Monate vergingen. Ich überwachte Anita ... eh, ich glaube, ich habe sie gut überwacht; es kann eigentlich nichts passiert sein. Ich liebte sie. Ich habe sie immer geliebt. Ich kenne den Büroklatsch, daß sie sich schon bei ihrem Eintritt vorgenommen hatte, sich vom Chef ein Kind machen zu lassen und ihn dann zu heiraten ... Ganz falsch, Dany!

Sie hatte keinen nötig, um das Vermögen und die gesellschaftliche Stellung zu erlangen, die sie anstrebte. Im Gegenteil. Sie hat mir die kalte Schulter gezeigt. Ich interessierte sie nicht. Sie ist ein paarmal mit mir ausgegangen. Ich habe sie zum Essen ausgeführt. Ich erzählte ihr von meiner Kindheit, daß die anderen Kinder Angst vor mir hatten. Ich versuchte sie mit Erinnerungen zu beeindrucken, die meine körperliche Kraft ins rechte Licht rückten ... Sie fand mich einfach zu groß und zu dick; sie gähnte. Wenn wir das Restaurant verließen, wußte ich gar nicht mehr weiter: Ich kann nicht tanzen, und die schicken Lokale kenne ich nicht... Ich brachte sie heim, und dann las ich irgendeine Nutte auf und stellte mir vor, sie sei Anita ... Sie müssen mir zuhören, Dany.

Als wir eines Samstagnachmittags allein in der Agentur arbeiteten, nahm ich sie mit Gewalt. Nie im Leben habe ich etwas Besseres zustande gebracht – an jenem Nachmittag wurde Michèle gezeugt. Und acht Monate später heiratete ich Anita. Ich weiß, daß ich sie vor unserer Hochzeit zumindest physisch anzog. Wenn sie zu mir kam, konnte ich es kaum abwarten, bis ... Na ja. So selbstsicher sie tagsüber war, so herrschsüchtig sie sich gebärdete, so unbeholfen und naiv stellte sie sich an, um mich dazu zu bringen, sie zu beherrschen, ihr Gewalt anzutun wie beim erstenmal. Darin liegt Anitas ganzes Unglück. Sie wird angezogen von dem, was sie zerstört. Das Geheimnis ihrer Bindung an Maurice Kaub liegt darin, daß er sie ohne Unterlaß zerstören und ängstigen konnte. Er zwang sie, Dinge zu tun, die sie nie getan hätte – Ihre Fotos, Dany, sind nur ein harmloses Beispiel. Er schreckte vor nichts zurück ... Mir hat sie auch eines Nachts im Bett einen Gürtel gegeben und stockend gesagt, schlag mich, kümmere dich nicht drum, wenn ich schreie, schlag mich tot meinetwegen – mir kann doch keiner helfen ... Aber ich konnte es nicht. Was ich nicht begreife, kann ich nicht tun. Wer kann das schon?

Hören Sie mir noch zu, Dany? Die beiden Löcher in der Brust von Maurice Kaub haben mich völlig verwirrt. Sie stellten Michèles Zukunft in Frage. Ich schlug Anita im Keller, weil mich noch ein Dreckskerl für das genommen hatte, was ich bin: ein Hahnrei. Nicht mehr und nicht weniger ... Ich war froh, daß er tot war. Ich war froh, daß ich Sie töten mußte, Dany, um uns diesen Mord vom Hals zu schaffen. Ich liebe Anita. Ich liebe sie, wie ich meine kleine Tochter liebe, denn im Gegensatz zu allen anderen weiß ich, daß sie auch nur ein unglückliches kleines Mädchen ist. Nicht eine Sekunde lang habe ich daran gedacht – und ich denke noch immer nicht daran –, sie allein büßen zu lassen, hinter Gittern.

Als ich am Freitag zu ihr in das Zimmer kam, das Sie ja kennen, weinte sie nicht mehr. Wir sprachen lange miteinander. Sie hatte ihre Arme um meinen Hals gelegt und schmiegte ihr Gesicht an das meine. Tonlos berichtete sie mir über ihr Verhältnis mit Maurice Kaub. Nach unserer Hochzeit hatte sie ihn nur von Zeit zu Zeit besucht, war jedoch immer wieder zu ihm zurückgekehrt. Sie hatten oft gestritten, diesmal auch, aber sie hat nur deshalb auf ihn geschossen, weil das Gewehr in Reichweite lag. Er hatte gerade nach Villeneuve-lès-Avignon fahren wollen, um sich mit einer anderen Frau zu treffen ... Ich wußte nicht, was ich tun sollte, mir fiel nichts ein, wie wir uns die Polizei vom Halse halten sollten. Meinetwegen hatte sie sich unter größten Vorsichtsmaßnahmen heimlich mit Maurice Kaub getroffen. Sie hatte ihn immer besucht, wenn die Dienstboten Ausgang hatten – an diesem Wochenende zum Beispiel – und, wenn es notwendig war, einen falschen Namen angegeben: den Ihren, Dany … Ja, so war das.

Und dann … Ich weiß, ich wirke langsam, schwerfällig. Aber ich denke schnell. Es war Viertel nach vier. Sie hatte mich um drei im Büro angerufen und mich schluchzend in diese Villa in Auteuil bestellt. Kaub war bereits über eine Stunde tot. Ich brauchte noch einige Minuten, bis sich der rettende Plan in groben Zügen in meinem Kopf abzuzeichnen begann, und … Ja, Dany: Es war mir völlig egal, was Ihnen dabei geschehen würde. Das Ganze war ein Zeitproblem, das wurde mir sofort klar. Die Zeit – das war die Waffe, die einzige Waffe, die mir zur Verfügung stand.

Ich dachte zunächst daran, Kaubs Todeszeit zu verschleiern, um ein paar Stunden zu gewinnen, damit sich die Tatbestände so darstellen ließen, wie ich es wollte. Ich mußte unbedingt dafür sorgen, daß die Autopsie erst in ein paar Tagen vorgenommen werden konnte. Ich mußte Kaubs Leiche so lange verstecken, bis sich die genaue Todeszeit nicht mehr feststellen ließ. Aus diesem Grunde mußte er weiterleben und ein zweites Mal sterben. Ich brachte die Leiche von Paris nach Villeneuve. Kaub hatte vorgehabt, dorthin zu fahren – also fuhr er dorthin. Ich fand die Flugkarte unter seinen Papieren. Er wollte seinen Thunderbird in Avignon von einer Garage abholen. Er hatte am Morgen in Anitas Anwesenheit dort angerufen, um sich zu erkundigen, ob der Wagen fertig sei – also holte er ihn ab. Ich ließ mir von Anita das Haus in Villeneuve beschreiben. Sie war zwei- oder dreimal dort gewesen, nachdem sie mir jedesmal wer weiß was vorgelogen hatte. Aber ich machte ihr keine Vorwürfe mehr. Sie beschrieb mir die Lage – abseits, aber in der Nachbarschaft andere Häuser, deren Bewohner drei Karabinerschüsse unweigerlich hören mußten, wenn ich vorher die Fenster öffnete. Mehr brauchte ich vorläufig nicht.

Ich durchsuchte rasch den Raum, in dem wir uns befanden, dann Kaubs Zimmer. Während ich es tat, ordneten sich meine Gedanken von selbst. Ich entdeckte nicht nur Stück für Stück die Persönlichkeit dieses Mannes; es wurde mir zugleich klar, wie ich

Ihnen die Schuld an seinem Tod aufhalsen konnte, Dany – an seinem Tod, den ich in tausend Kilometer Entfernung zu inszenieren gedachte.

Ich sagte Anita noch nichts davon – ich hätte kostbare Zeit damit verloren, sie zu überzeugen. In jener Nacht habe ich sie nur teilweise in meinen Plan eingeweiht, je nachdem, wozu ich sie gerade brauchte. Ich habe ihr nicht gesagt, daß Sie am Ende sterben müßten ... Ich habe ihr den selbstsicheren und entschlossenen Mann vorgespielt, wie immer. Als ich die Villa verließ, war alles soweit klar. Es ging nur noch um Einzelheiten, aber da wurde es schwierig. Anita hatte zwar hie und da Ihren Namen verwendet, ich mußte jedoch eine glaubhafte Verbindung zwischen Kaub und Ihnen herstellen. Eine Möglichkeit gab es da, aber ich erfaßte ihre Bedeutung nicht gleich: Als mir Anita die Affäre mit Kaub gestand, hatte sie auch erwähnt, daß sie für Kaub heimlich in Ihrer Wohnung ein paar Fotos von Ihnen geknipst hatte, mit einem Apparat von der Größe einer Streichholzschachtel – eigentlich nur ein Spielzeug für Amateure. Sie erzählte mir, Kaub habe sich oft mit derlei beschäftigt und habe es verstanden, auch aus einer schlechten Aufnahme noch etwas herauszuholen. Sie erinnerte sich auch daran, daß alle Negative entweder zu schwach belichtet gewesen waren oder Ihre Ahnungslosigkeit zu deutlich gezeigt hatten – mit einer Ausnahme: ein einziges Mal, morgens und bei hellem Tageslicht, konnte Anita Sie ohne Risiko fotografieren, weil Sie die Brille abgesetzt hatten. Aber Kaub hatte die Aufnahmen nach Villeneuve mitgenommen, und Anita wußte nicht einmal, ob er sie noch aufbewahrte. Sie selbst waren Kaub nur ein einziges Mal flüchtig im Korridor begegnet – es war noch vor unserer Hochzeit –, als Sie gerade nach Hause kamen und Anita mit Kaub Ihre Wohnung verließ. Er interessierte sich jedenfalls so sehr für Sie, daß er Anita überredete, Sie zu fotografieren, wenn sie das nächste Mal bei Ihnen übernachtete ... Er hat es nur verlangt, um Anita zu demütigen. Anita war jedenfalls der Meinung, daß Sie nichts davon bemerkt hätten.

Ich schloß Kaubs Leiche im Keller ein. In seinem Zimmer suchte ich die Kleidungsstücke zusammen, die er am gleichen Tag getragen hatte. Ich steckte seine Brieftasche und verschiedene Papiere zu mir, darunter ein Rezept für ein Digitalispräparat, die Adresse der Garage in Avignon und eine Flugkarte nach Marseille-Marignane. Ich ließ das Wochenende über sein Telefon auf Kundendienst schalten. Anita blieb mit Kaubs Schlüssel im Haus, damit sie später alles abschließen konnte. Ich sagte ihr, daß ich Sie unter einem Vorwand dorthin bringen würde, um Sie für eine Nacht lang außer Gefecht zu setzen. Ich bat sie außerdem, alles in den Schubladen verschwinden zu lassen, was Sie darauf hinweisen könnte, daß wir nicht in diesem Haus wohnten. Anita war ziemlich sicher, daß Sie unsere wirkliche Adresse kannten, aber mir war ziemlich egal, was Sie sich dabei dachten. Sie sollten am nächsten Tag tot sein.

Ich sagte Anita, daß ich sie in einer halben Stunde in der avenue Mozart anrufen würde; sie sollte sich für das Werbefilmfestival umziehen. Ich wollte ihr dann am Telefon beschreiben, was Sie an jenem Abend anhatten, damit sie sich ähnliche Kleidungsstücke zurechtlegen konnte. Sie begriff nicht, warum. Sie war bleich, und mit ihren Tränen war die Wimperntusche über ihr Gesicht gelaufen. Sie war völlig fassungslos. Ich sagte ihr, daß sie jetzt unbedingt schön, natürlich und selbstsicher wirken müsse.

In der avenue des Trembles, fünfzig Meter von Kaubs Haus entfernt, stieg ich in meinen Wagen und fuhr unverzüglich zur Agentur zurück. Es war fast fünf Uhr. Im Büro wimmelte ich erst einmal Muchet ab, der mir ein paar Inserate zur Begutachtung vorlegen wollte – so schnell hat er noch nie seine miesen Entwürfe durchgekriegt. Der Idiot, ich habe ihn buchstäblich aus dem Büro geschoben. Ich fand einen Flugplan in meiner Schreibtischschublade. Ich notierte mir die für mein Vorhaben nötigen Ankunfts- und Abflugzeiten. Durch das Haustelefon bat ich meine Sekretärin, mir für den nächsten Tag zwei Flugkarten nach Genf für den Swissairflug um vierzehn Uhr zu besorgen. Ich bat sie auch, mir die *Milkaby*-Unterlagen herauszusuchen. Danach trank ich irgend etwas – einen Wodka, glaube ich – und stieg ein Stockwerk höher zu Ihrem Büro.

Es war das erste Mal, daß ich Ihren Arbeitsraum betrat. Als Sie nicht da waren, dachte ich zunächst daran, Sie rufen zu lassen. Dann fiel mir ein, daß ich damit nur unnötige Aufmerksamkeit erregen könnte. Ich nutzte Ihre Abwesenheit dazu, mir das Zimmer genauer anzusehen, die Schubladen zu öffnen und Ihre Handtasche auf dem Tisch zu untersuchen. Ich hatte dabei zwar auch eine bestimmte Absicht im Zusammenhang mit meinem Plan, aber vor allem wollte ich Sie anhand der alltäglichen Dinge kennenlernen. Je mehr Zeit dabei verstrich, um so mehr fürchtete ich Ihr Auftauchen. Ich betrachtete Ihren weißen Mantel, der am Kleiderhaken hing. Ich berührte ihn. Erst erstaunt, dann enttäuscht, dann wiederum ermutigt roch ich das Parfüm, das auch Anita benutzt. Falls man es in der Villa oder in Villeneuve wahrnehmen würde, so war es nicht notwendigerweise ein Indiz für Anitas Anwesenheit – es konnte ebensogut ein Hinweis auf Sie sein. Aber da war noch etwas in diesem Zimmer – nichts Handgreifliches, doch ich konnte es spüren. Es beschäftigte mich, ja es jagte mir sogar Angst ein. Heute, Dany, heute glaube ich, daß es eine Vorahnung war. Ich ahnte, was mir trotz aller Anstrengungen bevorstand; trotz dieser nächtlichen Fahrt bis hierher, trotz dieser Besessenheit, die mich gepackt hatte ... Und dann kamen Sie herein.

Das blonde Wesen, das plötzlich vor mir stand, hatte ich noch nie gesehen; es war mir fremd. Keiner Ihrer Gesichtszüge, Dany, keine Ihrer Bewegungen, ja nicht einmal Ihr Tonfall – nichts paßte in das Bild, das ich mir von Ihnen gemacht hatte. Ich kam mir auf einmal so riesenhaft und plump vor, so als nähme ich den ganzen Platz in diesem sonnenüberfluteten Büro ein. Vielleicht waren Sie zu nah, zu gegenwärtig – ich weiß es nicht. Sie waren so ruhig, so selbstsicher, daß mir plötzlich alles in Frage gestellt zu sein schien. Ich spielte mit einem winzigen Spielzeugelefanten auf Ihrem Schreibtisch. Ich merkte daß Ihnen mein Zögern nicht entging, daß Sie sich darüber Gedanken machten, kurz, daß Sie ein lebendiges Wesen waren. Mit Maurice Kaub zu spielen war eine Kleinigkeit. Ich konnte ihn wie einen Gegenstand willkürlich hin- und herschieben. Ich konnte ihn sogar zum Leben erwecken, denn er war tot. Sie hingegen waren, das erkannte ich auf einmal, der unbekannte Faktor in meinem Plan. Sie konnten zehn Millionen unvorhersehbarer Schritte tun, von denen ein einziger genügte, um mich ins Verderben zu stürzen.

Ich ging hinaus. Ich kam noch einmal zurück, weil ich etwas Wichtiges vergessen hatte. Sie durften auf keinen Fall Ihren Kollegen erzählen, daß Sie abends bei mir arbeiten würden. Ich ging in die Buchhaltung und nahm mir aus der schwarzen Kasse Bargeld. Die neue Stenotypistin – ich weiß nicht, wie sie heißt – sah mir verständnislos zu. Ich rief meine Sekretärin an und bat sie, die *Milkaby*-Unterlagen, Papier, Durchschlagpapier und so weiter in meinen Wagen zu legen. Ich sah Sie in Ihrem weißen Mantel durch den Korridor gehen. Ich holte den für Sie bestimmten Umschlag mit dem doppelten Gehalt und ging noch einmal in Ihr Büro – ich war sicher, daß Sie eine Notiz hinterlassen würden, die den anderen Ihren vorzeitigen Aufbruch erklärte.

Als ich den Zettel an Ihrer Lampe sah, traute ich meinen Augen nicht. Genau das, was ich allen einreden wollte, kündigten Sie darauf an: daß Sie abends ein Flugzeug nehmen würden ... Ich denke schnell, wie gesagt; meine Freude war von kurzer Dauer. Sie hatten ganz von selbst einen Schritt getan; der genau in meinen Plan zu passen schien und doch alles in Frage stellen konnte. Ich hatte vor, in Ihrem Namen telefonisch ein Telegramm aufzugeben, das beweisen sollte, daß Sie die Absicht hatten, Kaub nach Villeneuve zu folgen, falls er abreisen sollte. Der Fehler bestand darin, daß Sie nicht drei Stunden vor Kaubs Abflug Ihren Flug buchen konnten: Wie sollten Sie zu diesem Zeitpunkt schon wissen, daß sich Kaub einen Dreck um Ihre Nachricht scherte? Jeder hätte diesen Zettel an der Lampe sehen können. Ich stand also vor der Wahl: Ihr Zettel oder mein Telegramm. Beides ging nicht ... Ich entschied mich für das Telegramm. Ich faltete Ihren Zettel zusammen und steckte ihn in die Tasche. Er war an niemanden gerichtet, und so konnte er mir nach dem Abflug von Kaubs Maschine noch nützlich sein.

Sie erwarteten mich am Eingang. Groß und reglos standen Sie da, die Sonne im Rücken. Ich brachte Sie zu Ihrer Wohnung. Daß Sie sich Ihre Sachen holen sollten, war nur ein Vorwand; ich mußte Ihre Wohnung kennenlernen ... Ich erinnere mich an die kurze Fahrt im Wagen, an Ihre ruhige Stimme, an Ihr Profil mit der kurzen Nase, an einen Sonnenstrahl, der plötzlich Ihr Haar aufflammen ließ. Ich war auf der Hut. Je weniger ich mit Ihnen sprach, je weniger ich Sie ansah, um so weniger beunruhigte mich das, was hinter dieser dunklen Brille in Ihrem Kopf vorging ... Wir erreichten Ihre Wohnung später als ich angenommen hatte. Dort überfielen mich die Erinnerungen an all das, was ich nie gesehen hatte und doch so genau kannte – an Anitas Liebesabenteuer ... Sie verschwanden im Badezimmer. Ich rief in der avenue Mozart an. Leise sagte ich Anita, daß sie uns in der Villa mit Michèle erwarten sollte. Es beunruhigte sie, daß Michèle mitkommen sollte; ich sagte, daß es so besser sei, daß die Anwesenheit unserer Tochter alles glaubwürdiger machen würde. Aber das war nicht der einzige Grund. Ich mußte Michèle einfach in meiner Nähe haben. Ich hatte Angst, mich von ihr zu trennen. Denn wenn alles schiefging, konnten wir immer noch zusammen ins Ausland flüchten. Das war eine gute Idee. Anita und Michèle sind augenblicklich in Sicherheit.

Als Sie dann ins Zimmer zurückkamen, konnte ich mich mit Anita überhaupt nicht mehr verständigen. Sie bat mich ständig um Erklärungen, und ich konnte nichts erklären. In Ihrer Gegenwart mußte ich ihr beschreiben, wie Sie aussahen, ohne dabei Ihren Argwohn zu wecken. Ich gab vor, auf eine Frage zu antworten, eine Frage wie *Hat sich Dany verändert? Ich habe sie seit sechs Monaten nicht mehr gesehen* ... Sie saßen auf einer Sessellehne, Dany. Sie schlüpften in Ihre weißen Schuhe; Ihr kurzer, enger, modischer Kostümrock zeigte mehr von Ihren langen Beinen, als er verbarg. Ich war selbst erstaunt, daß mir so etwas in einem solchen Augenblick auffiel ... Ich redete und redete. Ich glaube, daß ich in einem völlig normalen Tonfall sprach, aber auf einmal spürte ich ein körperliches Unbehagen bei dem Gedanken, daß ich Sie töten mußte, daß ich das Leben in diesem Körper da neben mir nicht allein in Gedanken, sondern mit beiden Händen auslöschen mußte wie ein Schlächter ... Grauenvoll. Aber dann war es vorüber. Es dauert nur eine Sekunde. Wenn jemand behauptet, daß diese Sekunde einen dazu zwingt, sein Vorhaben aufzugeben – es stimmt nicht, Dany. Ich weiß jetzt Bescheid. Die Sekunde geht vorüber. Und wenn etwas davon zurückbleibt, so gewöhnt man sich daran. Töten ist leicht. Sterben auch. Alles ist leicht. Es ist nur der Rest von dem Kind, das wir einmal waren, der Rest, der noch in uns lebt – es läßt sich nur schwer beschwichtigen. Es schreit um Hilfe, und man darf nicht darauf hören.

Auf dem Wege nach Auteuil kauften Sie mit Kaubs Rezept das Digitalispräparat. Ursprünglich wollte ich damit nur eine weitere Verbindung zwischen Ihnen und Kaub herstellen, doch während Sie in der Apotheke waren, fiel mir ein, daß ich Sie im Lauf des nächsten Tages mit diesem Mittel töten könnte. Ich wollte alles so hinstellen, als hätten Sie die Leiche Ihres Liebhabers im Kofferraum des Thunderbirds von Villeneuve nach Paris gebracht und wären sich erst dort darüber klargeworden, daß sich dieser Mord nicht mehr vertuschen ließ und Ihnen nichts anderes übrigblieb, als sich das Leben zu nehmen. Das Digitalispräparat, bei entsprechender Dosierung ein gefährliches Gift also – das schien mir für eine Frau ein plausibles Mittel, sich das Leben zu nehmen. Außerdem konnte ich einen solchen Selbstmord ohne Schwierigkeiten in Szene setzen. Ich mußte Sie nur zwingen, die Flasche auszutrinken. Sie waren nicht kräftig genug, sich erfolgreich zu widersetzen.

Sie zeigten keine Überraschung, als Sie in die Villa kamen. Sie akzeptierten offensichtlich Kaubs Haus als das unsere. Als ich Anita im ersten Stock Bescheid sagte, wollte sie es nicht glauben. Unten fingen Sie auf der alten Remington des verstorbenen Hausherrn zu tippen an. Auf einem hochlehnigen Sessel saß Michèle, die Puppe im Arm, neben uns. Ich war froh, daß ich sie bei mir hatte. Anita sagte: «Ich kenne Dany besser als du. Der kann man nichts vormachen. Kein Mensch weiß genau, was sie hinter dieser dunklen Brille denkt.» Ich zuckte die Achseln. Mich beschäftigte Ihr weißes Kostüm.

Es stammte aus einem Geschäft, für das wir die Werbung machen; ich durfte also keinesfalls dort anrufen und bitten, daß man mir das gleiche Modell schickte. Anita besaß ebenfalls ein weißes Kostüm, aber außer der Farbe hatte es nichts mit Ihrem gemeinsam. Sie sagte, sie wolle sich Ihr Kostüm einmal genau ansehen, dann werde sie schon eine Möglichkeit finden. Sie hatte weiße Schuhe und konnte sich genauso frisieren wie Sie. Ich erklärte ihr, was sie noch zu tun hatte: die Kleine zur Großmutter bringen, Flugkarten besorgen, allein das Festival besuchen und den Anschein erwecken, als ob ich auch dort sei. Danach sollte sie sich in der avenue Mozart wieder umziehen, ein Taxi nach Orly nehmen und mit der Maschine, die gegen elf startet, nach Lyon kommen. Dort wollten wir uns treffen. Wir sprachen alle Einzelheiten durch – sowohl was Lyon betraf als auch Ihren nächtlichen Soloaufenthalt in der Villa.

Die ganze Zeit hörten wir von unten das Klappern der Schreibmaschine. Anita meinte, daß Sie so lange tippen würden, bis Ihre Augen weh taten. Sie seien ohnehin nicht der Typ, der in einem fremden Haus herumstöbert. Trotzdem schien es mir ratsam, vorzusorgen. In dem Wein, den Anita später mit einer kalten Mahlzeit auf Ihren Tisch stellen sollte, lösten wir ein paar von Maurice Kaubs Schlaftabletten auf. Anita sagte mir, daß Sie nie mehr als ein Glas trinken; also mußten wir mehrere Tabletten auflösen, um sicherzugehen. Wir mußten heimlich in der Küche herumhantieren, weil Sie ja denken sollten, ich hätte längst das Haus verlassen. Als Anita Ihnen dann das Schlafzimmer zeigte, habe ich mich zu Ihrer Handtasche geschlichen und Ihre Schlüssel, Ihren Führerschein und – ein plötzlicher Einfall – Ihr türkisfarbenes Tuch herausgenommen. Michèle schlief in der Küche. Ich küßte sie behutsam. Ich holte mir einen von Kaubs Koffern, stopfte seine Kleidungsstücke hinein und stieg in den Keller.

Er lag da wie eine umgestürzte Statue. Jetzt war er der Genarrte, nicht ich. Anita und ich, wir kämpften um unser Leben. Und um Michèles Leben. Noch nie war Anita so sehr meine Frau gewesen wie in diesem Augenblick. Das war wichtig, nicht Kaubs Tod. Kaub zählte nicht ... Ich nahm den Karabiner und legte ihn quer in den Koffer. Auf einem Wandbrett fand ich passende Munition und packte sie dazu. Ich sammelte die Patronenhülsen von Anitas beiden Schüssen auf und schob sie in die Tasche; die dritte steckte noch im Magazin. Dann schloß ich den Keller wieder ab und ging in den Garten hinter dem Haus. An die Hauswand gelehnt, erwartete mich Anita. Ich gab ihr Geld. Kaubs Schlüsselbund steckte in meiner Tasche; die Schlüssel für das Haus in Villeneuve mußten dabeisein. Anita küßte mich mit fiebrigen Lippen. Sie sagte, daß sie immer so sein werde, wie ich es will, und daß sie mich liebe.

Es war halb sieben, als ich in den Citroën stieg. Ich fuhr in die rue de Grenelle. Niemand begegnete mir im Treppenhaus. Ich öffnete Ihre Wohnungstür und schloß sie leise hinter mir. Zuerst gab ich das Telegramm nach Orly auf. Dann stopfte ich zwei Kleider, eine lange schwarze Hose, Unterwäsche und noch ein paar andere Kleinigkeiten aus Ihren Schubladen in Kaubs Koffer. Ich nahm auch Ihren weißen Mantel und einen einzelnen Ohrring an mich – der andere fiel mir hin und rollte unter ein Möbelstück ... 19 Uhr 10. Kaubs Flugzeug startete um 19 Uhr 45. Trotzdem warf ich noch rasch einen Blick in Ihr Badezimmer und steckte mir eine Flasche von Ihrem Parfüm ein.

Dann die Autostraße Süd. Es war 19 Uhr 30. Die Tachometernadel pendelte bei 160. Ich parkte am Flugplatz, konnte «meinen» Koffer noch aufgeben – mit Trinkgeld geht vieles, was eigentlich nicht mehr geht – und nahm «Ihr» Telegramm in Empfang. Auch dem Boten gab ich ein Trinkgeld – viel zu hoch, damit er sich später daran erinnerte. An Bord fragte mich niemand nach meinem Namen, aber ich spielte den Schwätzer und sorgte dafür, daß die Stewardess mich als Monsieur Kaub im Gedächtnis behalten würde. Maurice Kaub, unterwegs nach Villeneuve-lès-Avignon. Daß ich Kaub nicht ähnlich sah, kümmerte mich wenig; niemand weiß nach einem Flug von einer guten Stunde, wie ein bestimmter Passagier in einer vollen Maschine ausgesehen hat; man erinnert sich höchstens an den Namen und das Reiseziel. Anita hingegen ... Ich fing an zu grübeln. Sie würde es schwer haben. Anita mußte ja ebenfalls die Rolle einer anderen Person spielen – sie mußte sehr deutlich Spuren hinterlassen. Und da ist mir die Sache mit der verbundenen Hand eingefallen, Dany. Ein typischer Werbetrick, nicht wahr? Solche Einzelheiten prägen sich ein: Ach ja – die Dame im Thunderbird. Die mit dem Verband ... Es mußte die linke Hand sein, weil Sie Linkshänderin sind. Mit einem Verband an der Linken konnte Anita auch im Hotel einen ausgefüllten Anmeldeschein hinterlassen, ohne selbst ein Wort schreiben zu müssen. Die Rechtshänderin Anita würde der Verband überhaupt nicht stören. Und noch etwas kam hinzu: Selbstmörder hinterlassen häufig einen Brief; vor allem, wenn sie einen Mord zu gestehen haben. Wenn ein Selbstmörder jedoch am Schreiben verhindert ist ...

In Marseille-Marignane wurde es Nacht. Nachdem ich meinen Koffer in Empfang genommen hatte, stieg ich in ein Taxi und ließ mich nach Avignon fahren. Nein – vorher besorgte ich mir noch Verbandmaterial. Mit dem Chauffeur plauderte ich über meinen angeblichen Beruf als Bauunternehmer. Als ich schließlich zugab, daß die Mieter in ihren Löchern heute übel dran sind, hielten wir bereits vor der Garage Cotti. Ich gab dem Chauffeur ein ordentliches Trinkgeld. Er war achtzig Kilometer in fünfzig Minuten gefahren. Später fiel mir auf, daß ich mich nicht mehr daran erinnern konnte, wie er aussah ... Kein Mensch sieht sich die Leute richtig an, Dany. Jedenfalls war ich jetzt ziemlich sicher, daß ich der Polizei hinterher meine Version der Geschichte andrehen konnte.

Die Werkstatt war schwach beleuchtet und still. Vor einem Glaskasten stieß ich auf einen Mann. Ihm habe ich die Reparatur für den Thunderbird bezahlt. Er gab mir eine Rechnung. Ich erzählte ihm, daß ich in Villeneuve ein Haus hätte. Er fuhr den

Thunderbird bis zur Ausfahrt. Er war auch gleich gewaschen worden, und das Verdeck war geschlossen. Während ich mich ans Steuer setzte, versuchte ich rasch herauszubekommen, wie der Wagen in Gang gesetzt wurde. Es war kinderleicht. Ich fuhr ab, ohne daß der Mechaniker das geringste Zögern wahrnahm.

Ich mußte mich nach Villeneuve durchfragen. Ich hatte nicht gewußt, daß es so nahe bei Avignon liegt. Um 22 Uhr 15 hielt ich vor diesem Haus. Ich fand rasch den passenden Schlüssel an Kaubs Bund. Drinnen nahm ich den Karabiner aus dem Koffer und schoß dreimal – zweimal durch ein offenes Fenster, das dritte Mal gegen eine Wand im Wohnzimmer. Um die Experten zu täuschen, hob ich die beiden ausgeworfenen Patronenhülsen auf und warf statt ihrer die auf den Boden, die zu den Geschossen gehörten, die Kaub getroffen hatten; die dritte Hülse schob ich wieder in die Waffe, nachdem ich drei Schuß nachgeladen hatte. Es war ziemlich schwierig, die leere Hülse wieder in den Lauf zu bekommen, aber schließlich ging es.

Dann horchte ich in die Nacht hinaus. Falls jemand gekommen wäre, hätte ich einfach die Flucht ergriffen und Kaubs Anzug, Ihre Sachen und den Thunderbird zurückgelassen. Aber es rührte sich nichts.

In einer Viertelstunde erledigte ich alles, was noch zu tun war. Oben im Pornographenstudio, fand ich das auf Holz aufgezogene Aktbild von Ihnen. Ich sah mir auch die Fotos in den Pappschachteln an. Ich nahm die Aufnahmen von Ihnen an mich, bis auf zwei, die in meinen Plan paßten – auch all die widerlichen von Anita. Sie hat ihm schamlos Modell gestanden, Dany ... Ich zerriß sie allesamt und stopfte die Fetzen in eine große Tüte, zusammen mit den Negativen und Kontaktabzügen. Ich fand alles leicht, weil Kaub Ordnung in seinem Archiv hatte – alles war numeriert und katalogisiert. Ich trug Ihr aufgezogenes Foto hinunter und hängte es an Stelle eines anderen auf, das ein völlig verrenkt dasitzendes, höchstens zwanzigjähriges Mädchen zeigte. Bevor ich wieder nach oben ging, habe ich Sie zum erstenmal richtig angesehen, Dany. Es war ... Ich kann es nicht erklären, aber ich hatte plötzlich das Gefühl, daß Sie auf unserer Seite wären und Mitleid mit uns hätten. Sie sahen in die Kamera, von der Sie nichts wußten, Sie sahen also zärtlich zu Anita hinüber, die Sie ja im selben Augenblick hinterging, die einfach Ihre Kurzsichtigkeit ausnutzte, um diesem Dreckskerl von einem Voyeur einen Gefallen zu tun. Ich ließ das Foto an der Wand, aber ich wußte, daß ich mich wie ein Schuft benahm.

Ich verteilte Ihre Kleidungsstücke überall dort, wo es glaubwürdig wirkte. Ich spritzte Ihr Parfüm über die Bettlaken, die ohnehin danach rochen, weil es auch Anitas Parfüm ist. Das Bett war nicht gemacht, und auf dem Boden lag der Ledergürtel. Ich habe ihn nicht berührt, aber es war mir egal. Ich war auf einmal unendlich müde. Ich ließ das Haus unverschlossen und nahm die Tüte mit den zerrissenen Bildern, Ihren Mantel und den Läufer mit in den Wagen, in dem Sie später Maurice Kaub fanden. Dann holte ich noch die Schachtel mit der Munition und das Gewehr. Ich ließ alles genauso zurück, wie es die Polizei später vorfinden sollte.

Ich fuhr schnell und konzentriert, mit aufgeblendeten Scheinwerfern trotz des Gegenverkehrs. Gegen ein Uhr morgens erreichte ich den Flugplatz Lyon-Bron, zwanzig Minuten vor dem Start der Maschine, mit der ich nach Paris zurückfliegen wollte – der letzten in dieser Nacht. Anita wartete nicht an unserem Treffpunkt auf mich; sie war mir ein Stück entgegengegangen. Sie stand am Straßenrand; im Licht der Scheinwerfer sah ich, daß sie ein weißes Kostüm trug. Ich öffnete die Wagentür und fuhr gleich wieder an. Sie hatte seit einer Stunde gewartet. Sie zitterte vor Kälte und hatte Angst. Ich bog in einen Feldweg ein und hielt unter Bäumen. Ich erklärte ihr, was sie tun mußte. Ich gab ihr Ihren Führerschein, Ihr Kopftuch und Ihren Mantel. Ich wickelte ihr den Verband um die linke Hand. Ich riß die Abschnitte aus der Flugkarte Paris–Marseille, die sie auf den Namen Longo gelöst, aber nicht benutzt hatte, und verbrannte sie im Aschenbecher; den Rest der Karte steckte ich mit der Reparaturrechnung aus Avignon und dem Umschlag mit dem dreizehnten Monatsgehalt in die Tasche Ihres Mantels, nachdem ich aus dem Umschlag den genauen Betrag für die Flugkarte entnommen hatte. Anitas Kostüm war neu, es sah Ihrem ähnlich. Sie hatte es, ohne es anzuprobieren, in einem noch geöffneten Modegeschäft am Etoile gekauft. Sie zeigte mir, daß sie sich den Rock über der Taille mit zwei Sicherheitsnadeln zusammengesteckt hatte. Ich konnte mich nicht beherrschen und erzählte ihr von Kaubs ungemachtem Bett – ich weiß nicht warum; es überkam mich eben, und ich mußte wissen, ob sie mit ihm in diesen zerwühlten Laken geschlafen hatte. Ich war begierig auf Einzelheiten ... Sie hat mir die Hand auf den Mund gelegt und geschworen, daß sie von jetzt an nur noch mir gehört, was immer auch geschehen wird ... Ich fuhr zum Flughafen zurück. Ich zeigte ihr, wie der Wagen gesteuert wird. Bevor ich sie verließ, küßte ich sie lange.

Sie sagte mir wieder, daß sie mich liebt.

Wir verabredeten, daß wir um halb fünf Uhr morgens miteinander telefonieren würden. Sie mußte zu diesem Zeitpunkt in der Nähe von Avallon sein, wir hatten auf einer von Kaubs Karten nachgesehen. Mit meiner Tüte rannte ich zum Flughafen und löste eine Flugkarte auf den Namen Louis Carroll. Der Flug dauerte wieder eine Stunde. Es war eine Propellermaschine, die aus dem Mittleren Osten kam. Ich schlief ein und träumte von dem Foto Ihres nackten Körpers, das an einer weißen Wand hing. In Orly nahm ich nicht meinen Wagen, sondern ein Taxi. Ich erreichte die porte d'Auteuil kurz vor drei. Ich ging zu Fuß zur Villa. Unterwegs sah ich kein einziges erleuchtetes Fenster. Auch Kaubs Haus lag im Dunkeln. Als ich das Haus betrat, machte ich ein paar laute Bemerkungen über den langweiligen Abend. Ich tat so, als sei Anita anwesend. Ich ging zur Tür des Zimmers, in dem Sie schliefen und rief leise Ihren Namen. Sie schliefen nicht. Die Weinflasche stand nicht mehr in dem Zimmer, in dem Sie gearbeitet hatten. Ich fand sie in der Küche zusammen mit Ihrem Geschirr, daß Sie leider abgewaschen hatten. Zum Glück hatten Sie damit nur eine Spur von sich in diesem Haus verwischt. Ich stellte erleichtert fest, daß Sie ein Glas getrunken hatten. Ich hatte auf dem Etikett markiert, wieviel Wein zuvor in der Flasche war. Die Dosis der Schlaftabletten war offenbar nicht stark genug, um Sie sofort zum Einschlafen zu bringen. Aber ich brauchte ja nur abzuwarten.

Weil Ihr Fenster nach hinten hinausging, wartete ich im Garten vor dem Haus. Ich rauchte und stellte mir dabei Anita vor, wie sie am Steuer des Thunderbirds durch die Nacht fuhr. Ich überdachte noch einmal alles, was ich nach Kaubs Tod unternommen hatte. Ich fand keinen Fehler; bisher war alles planmäßig verlaufen. Gegen vier Uhr schlich ich wieder an Ihre Zimmertür und rief noch einmal leise Ihren Namen. Diesmal antworteten Sie nicht. Ohne das geringste Geräusch trat ich ein. Sie lagen auf dem Rücken, die Augen geschlossen, das Gesicht seitlich auf dem Kissen. Hinter mir fiel ein schwacher Lichtschein aus dem Nebenzimmer herein. Ich war jetzt sicher, daß Sie schliefen. Mir blieb gerade noch Zeit, in die avenue Mozart zurückzufahren. Trotzdem zwang mich irgend etwas, ein paar Schritte auf Sie zuzugehen, so nahe, bis ich Ihren Atem hörte. Ich sah Sie zum erstenmal ohne Brille. Sie schienen mir noch fremder als am Nachmittag ... Etwas länger als eine Minute muß ich so neben Ihnen gestanden haben – da geschah etwas, das mir den Atem stocken ließ. Sie sprachen. Sie sprachen so deutlich wie am Tage. Aus Ihrem Traum heraus sagten Sie: «Töten Sie mich. Bitte, töten Sie mich!» Langsam, ohne Sie aus den Augen zu lassen, bin ich hinausgegangen.

Ich ging zu Fuß nach Hause in die avenue Mozart. Dort spielte ich für die Dienstboten, die im rückwärtigen Flügel der Wohnung schlafen, die gleiche Komödie wie in Kaubs Villa: Ich sprach laut mit einer abwesenden Anita. Sie mußte jeden Augenblick anrufen. Ich erwartete den Anruf in unserem Schlafzimmer. Ich hatte noch eine Menge zu tun, aber ich zwang mich, neben dem Telefon zu warten, damit ich beim ersten Klingelton abheben konnte. Es war mittlerweile fünf Uhr; ich sah den Tag durch die Jalousien dringen, ich hörte die ersten Geräusche von der Straße ... Anita mußte etwas passiert sein! Je mehr Zeit verstrich, um so deutlicher wurde mir der Wahnwitz unseres Vorhabens bewußt.

Als dann das Klingeln die Stille zerriß und ich noch dabei war, den Hörer abzuheben, hörte ich schon ihre Stimme. Anita. Es war eine Anita, weit, weit entfernt von unserem Leben, von dem Leben, das ich mir vorgestellt hatte für sie, für Michèle, für uns alle. Sie meldete sich als Dany Longo – eine Sicherheitsmaßnahme, die ich ihr eingeschärft hatte – und sagte, sie sei per Auto in der Nähe von Avallon. Und dann kam endlich die verschlüsselte Mitteilung, auf die ich so wartete: «Ich habe einen Läufer im Kofferraum, Monsieur Caravaille.» Klartext: *Es hat alles geklappt* … Sie sagte auch, daß sie Bernard Thorr angerufen habe, um sich nach der Telefonnummer zu erkundigen. Ich weiß, daß Thorr nach diesem nachgemachten Gary Cooper, der Ihnen ein Kind gemacht und Sie dann sitzengelassen hat, Ihr bester Freund ist.

Nach dem Anruf verbrannte ich die Tüte mit den zerrissenen Fotos und warf die Asche in den Müllschlucker. Dann packte ich hastig drei Koffer, einen für Michèle, einen für Anita, einen für mich. Ich stopfte die notwendigsten Kleidungsstücke hinein. In Anitas Koffer legte ich ihren Schmuck und einen Scheck über den gesamten Betrag auf einem Pariser Konto. Der größte Teil meines Vermögens ist ohnehin bei Schweizer Banken deponiert, und Anitas Unterschrift hat die gleiche Gültigkeit wie meine. Ich habe jedenfalls so viel, daß meine kleine Tochter immer wie eine Prinzessin leben kann, egal, was geschieht. Außerdem wird Anita wie eine Wölfin um das kämpfen, was ich hinterlasse.

Als ich gerade gehen wollte, kam Maria, unser spanisches Dienstmädchen, im Morgenrock aus ihrem Zimmer und fragte mit ihrer Kanarienvogelstimme, ob ich sie brauche. Ich sagte ihr, daß ich das Wochenende mit meiner Frau in der Schweiz verbringen würde und schickte sie wieder ins Bett.

Ich nahm zwei Koffer in die eine Hand, den dritten in die andere und ging zu Fuß zu Kaubs Villa zurück. Kellner schwemmten mit Wassereimern das Stück Gehsteig vor ihren Cafés sauber. Ich war hungrig und durstig, aber ich hatte keine Zeit, mich aufzuhalten. Hinter Ihrer Zimmertür hörte ich keinen Laut. Offenbar schliefen Sie noch immer. Ich schleppte die Koffer in den ersten Stock und setzte mich in einen Sessel, um ein wenig zu dösen. Ich traute mich nicht, mich lang auszustrecken, aus Angst, zu verschlafen. Um halb acht hörte ich noch immer kein Geräusch im Erdgeschoß. Ich zog mich aus, wusch mich flüchtig in der Toilette, zog einen Morgenrock aus meinem Koffer an und ging nach unten. In der Küche brühte ich einen Kaffee auf. Ich trank zwei Tassen und schenkte Ihnen eine Tasse ein. Es war acht. Draußen war schönes Wetter. Selbst wenn Anita langsam gefahren war, mußte sie sich jetzt auf der Autostraße Süd befinden und spätestens in einer Stunde eintreffen. Trotzdem machte ich mir Gedanken. Anita mußte ebenso müde sein wie ich. Ich öffnete draußen das Tor und die Garagentür, damit sie nur noch hereinzufahren brauchte. Dann klopfte ich an Ihre Tür, und Sie gaben Antwort.

Der Thunderbird traf kurz nach halb zehn ein. Sie tippten schon seit einer ganzen Weile. Ich ging zu Ihnen, um Ihre Aufmerksamkeit vom Fenster abzulenken. Anita kam durch die Hintertür ins Haus. Ich traf sie im ersten Stock. Sie saß auf dem Rand der Badewanne und ließ die Wasserhähne laufen. Sie wirkte abgespannt, aber nicht müde, wie ich befürchtet hatte. Den Verband und die Sonnenbrille hatte sie abgelegt. Sie wollte sich vor allem waschen – «mich von alldem reinigen», hat sie gesagt. Ihre Augen waren groß und starr. Während sie mir von ihrer achtstündigen Fahrt erzählte, hielt sie meine Hand umfaßt. Sie hatte in Mâcon, Tournus, Chalon-sur-Saône, Avallon und sogar an der Ausfahrt der Autostraße Süd Spuren von «Ihrer» Durchfahrt hinterlassen – dort hatte sie getankt. Und das einzige unvorhergesehene Ereignis paßte wunderbar in meinen Plan: Sie war von einem Streifenpolizisten angehalten worden, weil die Rücklichter des Thunderbirds nicht funktionierten. Ich half ihr beim Ausziehen und ließ mir alles noch einmal wiederholen, während sie in der Badewanne lag. In Chalon hatte sie auf Ihren Namen ein Zimmer genommen, im voraus bezahlt und das Hotel unbemerkt eine halbe Stunde später verlassen. Das unvorhergesehene Ereignis hatte sich hundert Kilometer weiter abgespielt, in der Nähe von

Saulieu. Sie sagte, daß sie in diesem Augenblick fast durchgedreht hätte, weil hinten im Kofferraum der Karabiner lag. Wäre es dem Polizisten eingefallen, den Wagen zu durchsuchen ... Während der Wagen repariert wurde, rief sie erst Bernard Thorr und dann mich von einem Lokal aus an. In diesem Lokal hatte sie dann Ihren weißen Mantel hängenlassen. Ihren Angaben entnahm ich, daß sie ihre Rolle offenbar recht gut gespielt hatte.

Nachdem Anita gebadet hatte, gingen wir nach unten. Anita lenkte Sie ab, damit ich Gelegenheit hatte, Ihre Sachen wieder in Ihre Handtasche zurückzulegen. Dann verließ ich das Haus. In der Garage reinigte ich, so sorgfältig wie ich konnte, das Innere des Thunderbirds. Ich trug den Läufer aus Villeneuve, das Gewehr und die Patronenschachtel in den Keller. Dann ging ich wieder in den ersten Stock, rasierte mich, zog mir ein sauberes Hemd und den Anzug an und ließ mich von einem Taxi zur Agentur bringen. Im Atelier fand ich alte *Milkaby*-Entwürfe. Ich ging in die Buchhaltung. Ich schrieb Ihren Namen auf den Vordruck des Gehaltsumschlags. Ich schob Ihr dreizehntes Monatsgehalt hinein und dazu die dreihundert Francs, die ich Ihnen für die Extraarbeit versprochen hatte. Ich rief einige Kollegen an und unterhielt mich mit ihnen über den Abend im Palais de Chaillot. Bevor ich zu Kaubs Villa zurückfuhr, ließ ich in der rue de Grenelle halten und heftete den Zettel, auf dem Sie den anderen Ihren frühen Aufbruch erklärt hatten, an Ihre Wohnungstür. Dann ließ ich mich nach Auteuil fahren, frühstückte dort in einem Café, trank einen Cognac hinterher und fühlte mich erleichtert. Ich glaubte, daß ich die Partie schon gewonnen hätte.

Es war kurz nach elf. Anita stand abreisebereit, und Sie hatten Ihre Arbeit beendet. Ich händigte Ihnen den Gehaltsumschlag aus. Später, wenn Sie den Thunderbird zurückbringen würden, wollte ich Ihnen den Umschlag wieder abnehmen. Ich mußte Sie unbedingt dazu bringen, den Thunderbird zu steuern. Wenn mir das nicht gelang, fiel der ganze Plan ins Wasser. Die Polizei würde zuerst den Wagen untersuchen – mit Mitteln, von denen ich keine Ahnung hatte, die ich mir jedoch sehr zuverlässig vorstellte. Daß jemand fast siebenhundert Kilometer in einem Wagen zurücklegt, ohne darin eine Spur zu hinterlassen – einen Fingerabdruck, eine Faser aus der Kleidung oder ein Haar –, das würde sie stutzig machen. Schlimmer noch: Trotz meiner oberflächlichen Reinigung würde man sicher die Spuren einer anderen Frau darin entdecken, und überdies war es vielleicht wichtig, daß an Ihrer Leiche irgend etwas festgestellt wurde, was darauf schließen ließ, daß Sie den Wagen benutzt hatten – lachen Sie nicht; ich kenne mich da nicht so aus, aber es schien mir von Bedeutung. Ja, und dann …

Dany, ich hätte es fast aufgegeben, als ich vor Ihnen stand. Ich wußte plötzlich nicht mehr, woher ich den Mut nehmen sollte, hinter Ihnen herzufahren, Ihre Hand zu verletzen, Sie zu zwingen, das Digitalispräparat zu trinken und dann einige Minuten lang Ihren Todeskrampf, Ihre Verwirrung, Ihre Verständnislosigkeit mitanzusehen. Trotzdem habe ich weitergemacht. Wir holten Michèle von meiner Schwiegermutter im boulevard Suchet ab. Wir ließen Sie in Orly mit dem Thunderbird allein. Ich hatte Ihnen erzählt, daß unser Flugzeug um zwölf Uhr abfliegen würde. Aber ich hatte noch zwei Stunden Zeit, um Ihnen zu folgen, Sie zu töten, bei Kaub alles planmäßig zurückzulassen und dann Anita und die Kleine im Flughafenrestaurant wiederzutreffen.

Ich gab unser Gepäck auf. Bis zu dem Augenblick, als ich Anita in der überfüllten Halle verließ, wußte sie nicht, daß ich Sie töten wollte. Falls sie auf den gleichen Gedanken gekommen war, so muß sie sich wohl selber eingeredet haben, daß ich irgend etwas anderes vorhatte. Sie fragte mich, was ich tun wollte. Ich sagte ihr, daß ich Sie unmöglich laufenlassen konnte. Sie schüttelte wortlos den Kopf, immer wieder; sie hielt die Kleine im Arm, und ihre Augen füllten sich mit Tränen. Ich sagte ihr, daß sie bis zwei Uhr im Restaurant auf mich warten sollte. Wenn ich bis dahin nicht zurück sein würde, sollte sie auf jeden Fall mit Michèle nach Genf fliegen. Dort würde ich sie treffen. Sie schüttelte immer noch den Kopf … Ich ließ sie stehen.

Sie probierten gerade den Thunderbird aus. Ich stieg auf dem

Parkplatz in meinen Wagen. Dann fuhren Sie los; ich verlor Sie plötzlich aus den Augen, entdeckte Sie aber gleich darauf fünfzig Meter vor mir, als Sie wieder parkten. Ich sah Sie zu Fuß die Straße vor dem Flugplatz überqueren. Ich begriff nicht, was Sie vorhatten, Dany. Ich begriff zum erstenmal nichts mehr.

Ich folgte Ihnen auch zu Fuß. Ich hatte Angst, daß Sie im Gebäude Anita mit der Kleinen treffen würden. Ich sah Anita und Michèle im zweiten Stock. Sie jedoch bemerkten sie nicht. Sie schienen völlig von der Außenwelt abgekapselt zu sein. Sie saßen eine Weile im Restaurant. Ich beobachtete Sie aus einer Telefonzelle. Als ich Ihnen den Wagen überließ, hatte ich mit allem gerechnet, sogar mit einem Verkehrsunfall, der die Aufmerksamkeit der Polizei auf Sie gelenkt hätte. Ich baute jedoch darauf, daß Sie wegen Ihrer Kurzsichtigkeit vorsichtig fahren würden. Ihre Sorgfalt in allen Dingen war mir bekannt. Ich war sicher, daß Sie den Thunderbird unbeschädigt abliefern würden. Ich hielt Sie für durch und durch zuverlässig. Was ich noch nicht wußte und was mich später fast verrückt gemacht hat, das war, daß sich keine Ihrer Reaktionen berechnen ließ.

Sie wissen, was dann kam. Sie haben den Thunderbird behalten, und ich konnte schauen, wie ich Ihnen mit einem Citroën DS auf den Fersen blieb. Sie sollten nach Paris zurückfahren, statt dessen fuhren Sie nach Süden weiter. Zuerst dachte ich, Sie hätten die Ausfahrt der Autostraße übersehen – aber nein. Sie fuhren immer weiter. Hinter einer Fensterscheibe sah ich Sie in der Nähe von Fontainebleau zu Mittag essen. Ich traute meinen Augen nicht. Ich zitterte vor Wut. In meinem Wagen wartete ich darauf, daß Sie das Restaurant verließen. Der Zeiger meiner Uhr rückte weiter und weiter. Ich wußte, daß ich das Flugzeug der Swissair nicht mehr erreichen konnte. Anita und die Kleine mußten allein abfliegen. Verzweifelt zerbrach ich mir den Kopf nach einem rettenden Einfall. Ich hatte noch immer die Hoffnung, daß Sie nach dem Essen zu Kaubs Villa zurückfahren würden, daß Sie vorher nur eine kleine Spritztour machen wollten …

Und dann hat der Teufelskreis begonnen, der mich einfing und dem ich nicht mehr entkam. Sie fuhren nach Fontainebleau. Ich sah, wie Sie sich Kleider kauften und einen Koffer. Ich war in Schweiß gebadet. Nichts ergab einen Sinn. Sie hatten plötzlich unsere Rollen vertauscht. Seit vielen Stunden hatte ich Pläne geschmiedet und den Gang der Ereignisse zu lenken getrachtet, ohne mich dabei um Sie zu kümmern. Sie waren ein Bauer in meinem Schachspiel gewesen – ein Bauer, den man bedenkenlos opfert, um den Gegner zu besiegen ... Sie waren ja nicht der Gegner, Dany. Sie waren nur ein kleiner Bauer ... Und jetzt hatte der Bauer den Spielverlauf umgeworfen. Während ich Ihrem Wagen die ganze Strecke nach Joigny in zweihundert Metern Abstand folgte, schossen mir die irrwitzigsten Vermutungen durch den Kopf. Die verrückteste von allen war, daß Anita recht haben könnte: daß es unmöglich war, Sie hereinzulegen, daß Sie wußten, daß ich Ihnen auf den Fersen war ... Nur auf die Wahrheit kam ich nicht.

Von Kilometer zu Kilometer wurden Sie sicherer am Steuer. Ich mußte mich aufs Fahren konzentrieren, damit ich Sie nicht aus den Augen verlor ... Ich habe Sie nie ganz aus den Augen verloren, aber ein paarmal hätten Sie mir beinahe ein Schnippchen geschlagen. Vor der *bar-tabacs* in Joigny merkte ich erst im letzten Augenblick, daß Sie angehalten hatten. Später, als Sie weiterfuhren, fragte ich mich voller Angst, wer wohl der Fernfahrer war, mit dem Sie gesprochen hatten. Ich wußte noch nicht, Dany, daß das Glück auf Ihrer Seite war; ich ahnte jedoch, daß diese Begegnung, wie alle späteren, für mich ein Minuspunkt war. Und dann brausten Sie am Spätnachmittag mit hundertsechzig los und hängten mich ab. In diesem Augenblick ging mir endlich auf, was Ihr Verhalten und die Einkäufe in Fontainebleau tatsächlich zu bedeuten hatten. Es ging nicht um eine Spritztour; sie wollten den Thunderbird für das ganze Wochenende behalten. Sie fuhren wer weiß wohin – und einstweilen, wie ich mit Entsetzen feststellte, hielten Sie sich genau an Anitas Strecke, nur fuhren Sie in entgegengesetzter Richtung ... Ich mußte Sie stoppen!

Dann fand ich Sie wieder, mitten in einer engen Ortsdurchfahrt. Ich sah Sie erst im letzten Augenblick; um ein Haar hätten

Sie mich entdeckt. Sie sprachen mit einer alten Frau, die neben dem parkenden Thunderbird stand. Ich fuhr vorbei und wartete ein Stück weiter auf Sie, hundert Meter hinter einer Tankstelle, wo ich den Namen des Ortes las: Deux-Soirs-lès-Avallon. Ich glaubte den Verstand zu verlieren: Es war der Ort, in dem Anita Ihren Mantel liegengelassen hatte ... Waren Sie dabei, alles bewußt und grausam zu zerstören? Ich zweifelte nicht mehr daran, als der Thunderbird mit dem türkisfarbenen Flecken Ihres Kopftuchs wieder auftauchte und an der Tankstelle hielt: Es war die gleiche Tankstelle, an der auch Anita gehalten hatte – die quittierte Reparaturrechnung steckte in meiner Tasche. Ich zog sie heraus, verglich ... Es war dieselbe Tankstelle. Ich zerriß sie in sinnloser Wut.

Ich holte die Flasche mit dem Digitalispräparat aus dem Handschuhfach, stieg aus und pirschte mich auf Umwegen durch Büsche und zwischen Bäumen hindurch an den hinteren Teil des weißen Gebäudes heran, in dem ich Sie hatte verschwinden sehen. Bei den Zapfsäulen standen ein paar Männer und unterhielten sich angeregt. Sie bemerkten mich nicht. Ich hatte nur einen einzigen Gedanken im Kopf: Ich mußte Ihrer habhaft werden, ich mußte Sie niederschlagen, ohne daß mich jemand dabei sah oder hörte. Dieser etwas abseits liegende Waschraum, dessen Tür Sie offengelassen hatten, war für mein Vorhaben günstig. Ich sah Sie von hinten, weiß, blond und reglos, kaum drei Meter von mir entfernt. Aber vor Ihnen hing ein Spiegel. Ich fuhr zurück, duckte mich, damit Sie mich nicht darin erkennen konnten, und stürzte mich auf Sie. Ich packte Sie, riß Sie hoch und preßte meine große Hand auf Ihr Gesicht. Ihre Brille fiel herunter. Sie klammerten sich mit der linken Hand an den Türrahmen. Ich sah diese Hand, und im Bruchteil einer Sekunde wurde mir klar, daß ich im Begriff war, meinen eigenen Plan zunichte zu machen: Die Frau, die auf der Straße gesehen worden war, hatte die linke Hand verbunden gehabt; Ihre Hand war jedoch unverletzt ... Ich konnte Sie töten, aber Ihre Hand blieb dann unverletzt!

Ich griff nach der Klinke und drückte mit aller Kraft die Tür zu. In meiner Hand, die über Ihrem Gesicht lag, spürte ich Ihren stummen Aufschrei. Dann sackten Sie plötzlich in meinen Armen zusammen. Ich ließ Sie zu Boden gleiten. Sie fielen auf die Knie; Ihre Stirn berührte den Fußboden, und im gleichen Augenblick wußte ich, daß ich nun doch einen Fehler gemacht hatte.

Ich weiß nicht, was mich am meisten ängstigte – der Lärm, den ich verursacht hatte, die Stimmen draußen oder Ihre unglaublich rasch anschwellende linke Hand ... Diese Hand, das war es. Konnte ein Arzt feststellen, daß die Verletzung erst unmittelbar vor dem Tod entstanden war?

Ich floh.

Ich hätte Sie dort töten können, Dany, aber es wäre eine Dummheit gewesen. Ich mußte Sie in der Nähe von Kaubs Leiche töten oder Sie nach Ihrem Tod dorthin bringen. Aus dieser Tankstelle hätte ich Sie jedoch nicht unbemerkt herausschaffen können. Ich habe instinktiv genau das Richtige getan. Hinterher habe ich immer wieder mit Bedauern an diesen günstigen Augenblick denken müssen, aber ich glaube trotzdem, daß ich richtig gehandelt habe.

Ein Stück entfernt wartete ich. Es wurde Abend. Ich hatte gewendet. Ich war sicher, daß Sie nach alldem nach Paris zurückfahren würden. Ich war hungrig, durstig und müde. Ich fragte mich, ob Sie mich womöglich erkannt hatten. Ein paarmal stieg ich aus und ging in der Dämmerung ein paar Schritte auf und ab. Es dauerte unendlich lange, bis Sie wieder auftauchten.

Allen Erwartungen zum Trotz fuhren Sie weiter nach Süden. Ich mußte wieder wenden. Es wurde dunkel, und Sie fuhren langsam. Trotzdem verlor ich Sie bei Saulieu aus den Augen, weil Sie unvermutet von der Autostraße abgebogen waren. Ich suchte die ganze Stadt nach Ihnen ab – vergebens. Nachdem ich angehalten hatte, um zu tanken, ein Glas Wein zu trinken und ein Sandwich zu essen, fuhr ich auf gut Glück in südlicher Richtung weiter, Kilometer um Kilometer. Ich war allein und fühlte mich verlassen wie noch nie.

Der Thunderbird stand in Chalon am Ufer der Saône. Ich parkte fünfzig Meter weiter und war unendlich erleichtert. Ich glaube, ich habe laut gelacht. Langsam ging ich in der Dunkelheit auf das Cabriolet zu, dessen Verdeck jetzt geschlossen war. Plötzlich flammten die Scheinwerfer auf. Ich sah, daß ein Mann neben Ihnen saß. Dann fuhren Sie los. Ich rannte zu meinem Wagen zurück. Ich war jetzt überzeugt, daß Sie all das aus reinem Sadismus taten, daß Sie mich fertigmachen wollten, ehe Sie mich zur Strecke brachten. Aber ich holte Sie wieder ein. Ich sah Sie mit verbundener Hand an der Seite dieses Kerls im grauen Pullover das Hotel La Renaissance betreten. Ich wäre ohnehin in dieses Hotel gegangen, denn Anita hatte mir den Namen angegeben, weil sie dort ein Zimmer für die Nacht genommen hatte. Mir war jetzt völlig klar, daß Sie meinen Plan Punkt für Punkt durchkreuzten. Ich sah zu, wie Sie das Hotel wieder verließen. Ich sah zu, wie Sie mit diesem Kerl nach Chalon fuhren – mit diesem Kerl, den Sie ganz bestimmt nur aufgegabelt hatten, weil dieser Typ wie ein rotes Tuch auf mich wirkt ... Sie können sich nicht vorstellen, Dany, wie müde ich war.

Während Sie mit ihm im leeren Speisesaal jenes anderen Hotels saßen, hielt ich mich im Garten auf. Wie schon beim Mittagessen, beobachtete ich Sie durch ein Fenster. Sie trugen eine Hose in der Farbe Ihres Kopftuchs. Es war derselbe türkisfarbene Fleck, den ich den ganzen Tag hindurch verfolgt hatte ... In diesem Augenblick habe ich auf einmal selber geglaubt, was ich den anderen einreden wollte – daß Sie Kaubs Geliebte seien ... Ich wartete und wartete. Ich sah Sie mit diesem Kerl die Treppe hinaufsteigen. Ich sah einen schwachen Lichtschein hinter den geschlossenen Vorhängen, die Ihre gemeinsame Nacht verbargen.

Ich fuhr nach Paris zurück. Die Wut hielt mich noch ein paar Stunden lang wach. Wieder raste ich mit aufgeblendeten Scheinwerfern durch die Nacht, ohne mich um den Gegenverkehr zu kümmern. Dreihundertvierzig Kilometer. Ich mußte Paris um fünf Uhr morgens erreichen. Ja, ich mußte es schaffen. Ich mußte Kaubs Leiche und das Gewehr mitnehmen, in den Läufer gewickelt am besten. Ich mußte Anitas Foto zerstören, das noch immer in der Villa in Auteuil hing. Ich mußte wach bleiben. Ich mußte stärker sein als meine Müdigkeit und mein Gewissen. Ich mußte im Morgengrauen nach Chalon zurückkehren und einen Weg finden, auch bei Tageslicht Kaubs Leiche und das Gewehr in den Kofferraum des Thunderbirds zu schaffen. Und dann mußte ich Sie noch irgendwo töten. Ich mußte Ihnen die Arzneiflasche zwischen die Zähne schieben und warten; ich mußte fühlen, wie Ihr Herz unter meiner Hand zu schlagen aufhört, wie bei einem Vogel ... Als Kind habe ich einmal gesehen, wie ein paar Lausejungen einen Vogel töteten. Damals habe ich losgeschrien und auf sie eingeschlagen ... Ich war mit dreizehn Jahren größer als mancher erwachsene Mann und so dick, daß man mir Spitznamen gab, die mich wütend machten. Aber ich habe sie allesamt verprügelt ... Alle machten sich über meine Eltern lustig, weil sie so arm waren, aber ich habe sie alle verprügelt ... Ich erreichte Paris mit Verspätung; die Zeit war gegen mich. Und das schlimmste: Ich hatte die Schlüssel von Kaubs Villa nicht mehr. Ich mußte ein Schloß an der Hintertür erst ab- und dann wieder anschrauben. Ich verstaute Kaubs Leiche, in den Läufer gerollt, im Kofferraum. Es war schwierig, sie hineinzuzwängen. Dann mußte ich noch das Gewehr holen, Anitas Foto verbrennen und nachsehen, ob wir irgendwo Spuren hinterlassen hatten ... Ich stand vor dem Bett, in dem Sie geschlafen hatten, und schwor mir, nur ein paar Minuten lang zu ruhen. Ich bin trotzdem eingeschlafen. Ich weiß nicht, was mich eine halbe Stunde später aufweckte. Ich hätte genausogut den ganzen Tag verschlafen können. Ich wusch mir das Gesicht und fuhr wieder los.

Hinter Fontainebleau war es aus. Ich mußte am Straßenrand halten. Es war gegen acht Uhr, es regnete, und die Autos zischten in Regenböen gehüllt an mir vorbei, aber ich schlief, den Kopf in die Arme auf dem Lenkrad gebettet. Ich schlief nicht länger als eine Viertelstunde, vielleicht sogar weniger, aber ich haßte mich dafür. Jedesmal, wenn ich die Augen schloß, hatte ich das Gefühl, mit Michèles Leben zu spielen. Ich hielt noch einmal in einer Raststätte in der Nähe von Chagny, um einen Kaffee zu trinken. Als sich einer der Gäste draußen meinem Kofferraum näherte, zuckte ich zusammen.

Es war nach zwölf Uhr mittags, als ich den Hotelgarten in Chalon erreichte. Sie waren längst weg, und ich wußte nicht, in welche Richtung Sie gefahren waren und welchen Vorsprung Sie schon hatten. Ich wagte es nicht, mich danach zu erkundigen. Ich fuhr in Richtung Süden weiter. In Valence hatte ich alle Hoffnung verloren, Sie wiederzufinden. Ich rief Anita in Genf an. Sie weinte. Sie sprach sehr leise. Sie hatte keine Hoffnung mehr. Ich sagte ihr: «Sie hat den Wagen behalten und fährt damit in den Süden. Ich habe das Foto mitgenommen. Wir dürfen nicht aufgeben.» Sie fragte: «Wen? Wen hast du mitgenommen?» Ich bat sie, auf mich zu warten. Ich versprach ihr, sie am Abend anzurufen. Dann fuhr ich weiter.

Ich fand Sie in Salon wieder. Sie ließen gerade den Thunderbird an einer Tankstelle volltanken. Das Verdeck war wieder heruntergelassen. Etwas später verließen Sie Arm in Arm mit dem Kerl vom Vorabend ein Café. Ich fühlte mich nicht einmal erleichtert. Ich hatte nur einen einzigen Gedanken: Kaubs Leiche und das Gewehr in den Kofferraum des Thunderbirds zu schmuggeln. Es gelang mir eine halbe Stunde später auf jener verlassenen Nebenstraße in der Nähe von Marseille. Sie hatten den Wagen stehenlassen, und ich konnte mir genau vorstellen, was für Schweinereien Sie trieben. Ich sah Sie beide zwischen den Bäumen des Hügels verschwinden. Ohne lange zu überlegen, fuhr ich neben den Thunderbird. In der hellen Sonne öffnete ich beide Kofferräume. Ich zog mein Jackett aus. Mein Hemd war schweißdurchtränkt. Ich glaubte, mein Kopf müßte zerspringen. Nachdem ich die Leiche in den Thunderkird gepackt hatte, fuhr ich im Grillengezirpe weiter, bis eine Kurve meinen Wagen verbarg, und wendete. Ich nahm an, daß Sie nach Ihrer Freiluftgymnastik nach Marseille weiterfahren würden. Ich stieg aus und wartete am Straßenrand. Einen Augenblick dachte ich daran, Ihnen nachzusteigen, Sie und den Kerl umzubringen, egal wie, mit Faustschlägen meinetwegen, und so die Polizei noch mehr zu verwirren. Aber gleich darauf sagte ich mir, daß sie dann nach einem Täter suchen würden.

Ich sah, wie der Kerl allein in den Thunderbird stieg, ebenfalls wendete und Ihren Koffer wegschmiß. Das war der Grund, weshalb ich Sie wieder aus den Augen verloren habe. Mir blieb die Wahl zwischen dem davonfahrenden Wagen mit seiner gefährlichen Ladung und Ihnen. Ich wußte nicht, was wichtiger war: Ihnen zu folgen oder dem Wagen. Dann fiel mir ein, daß Sie zu Fuß waren und ganz gewiß leichter wiederzufinden sind als der Thunderbird. Ich folgte dem Burschen bis zur Autostraße nach Marseille. Dort hängte er mich sehr bald ab. Trotzdem gab ich nicht auf; ich hatte begriffen, daß er den Wagen stehlen wollte. An der Stadteinfahrt war er verschwunden. Ich fuhr ziellos in den Außenbezirken von Marseille herum, bis ich Angst bekam, ein Polizist könnte auf mich aufmerksam werden.

Ich fuhr die gleiche Strecke auf der Autostraße wieder zurück. Die Müdigkeit lähmte meine Gedanken, meine Willenskraft; ich handelte nur noch mechanisch. Ich dachte, sie muß sich genauso elend fühlen wie ich; ich werde sie völlig erschöpft auf dem Hügel wiederfinden. Ich werde sie umbringen, und der Kerl mit dem Thunderbird soll sich zum Teufel scheren … Ich kannte Sie noch immer nicht gut genug, Dany. Auf dem Hügel fand ich nur die Nachricht vor, daß Sie am gleichen Abend vor dem Haus Canebière Nummer 10 warten würden. So blieb mir die Hoffnung, Sie wiederzufinden.

Ich zerriß den Zettel. Langsam fuhr ich nach Marseille zurück und beschäftigte mich unterwegs ausschließlich mit Ihnen. Ich glaube, daß mir dabei langsam der Sinn Ihres unbegreiflichen Verhaltens aufging. Aber ich war zu müde, die ganze Wahrheit zu begreifen, ich mußte erst einmal schlafen. Ich nahm mir ein Zimmer in einem Hotel in der Nähe der Gare Saint-Charles, ließ mich angezogen aufs Bett fallen und schlief ein.

Kurz nach neun Uhr abends wurde ich geweckt, wie ich es verlangt hatte. Ich ließ mir etwas zu essen heraufbringen und nahm ein Bad. Ich war unrasiert, mein Hemd starrte vor Schmutz, aber ich war ausgeruht und hatte wieder einen klaren Kopf. Ich sagte mir, daß Sie weder von der Leiche noch von meiner Verfolgung etwas wissen konnten. Ich sagte mir, daß Sie einfach aus einer Laune heraus den Thunderbird behalten hatten, das war alles. Die Papiere waren auf den Namen von Kaubs Firma ausgestellt, auf die I. C. P., wofür immer das steht – irgendwas mit Immobilien, Konstruktion, was weiß ich. Sie hatten das sicher nicht bemerkt, Sie waren durch irgendeinen dummen Zufall auf eine oder zwei der Spuren gestoßen, die Anita in der Nacht zuvor gelegt hatte. Aber Sie hatten offensichtlich nicht begriffen, warum Sie im Waschraum der Tankstelle überfallen und an der linken Hand verletzt worden waren. Und in diesem Augenblick hatten Sie ganz gewiß nur ein Problem: Wie Sie den Wagen wieder zurückbekamen. Vielleicht war Ihnen eine Möglichkeit eingefallen, die mir entgangen war, um den Dieb wiederzufinden. Das wäre eine Erklärung dafür gewesen, warum Sie den Hügel so rasch verlassen hatten.

Vom Hotel aus rief ich Anita an. Sie hatte völlig den Kopf verloren. Klar und deutlich sagte sie durch eine Leitung, in der jedes Telefonfräulein mithören konnte, daß es besser sei, den Mord zu gestehen und alles übrige der Polizei zu überlassen. Ich sprach ihr Mut zu, so gut ich konnte. Ich sagte ihr, daß mir eine Lösung eingefallen sei und ich schon alles in Ordnung bringen würde. Ich hörte Michèles Stimme fragen: «Ist das der Papi? Ist der das?» Ich versprach Anita, daß ich am nächsten Tag zu ihr nach Genf kommen würde.

Um zehn Uhr stand ich auf der Canebière gegenüber der Nummer 10. Eine halbe Stunde später folge ich Ihnen und Ihrem Gigolo. Ich versuchte zu erraten, was in Ihren Köpfen vorging. Eines begriff ich sehr rasch: Sie wußten beide, was im Kofferraum lag. Ich hatte erwartet, Sie allein und zu Fuß auf der Canebière zu treffen, oder Sie überhaupt nicht zu treffen; den Zettel mit der Nachricht auf dem Hügel hatte ich ja zerrissen. Ich kochte wieder vor Wut, als ich Sie beide engumschlungen auf die Canebière zurückkommen sah. Ich hatte den DS in einer Seitenstraße geparkt. Als Sie beide vor dem Thunderbird stehenblieben, mußte ich Sie aus den Augen lassen, um meinen Wagen zu holen. Und in diesem Augenblick habe ich endgültig Ihre Spur verloren.

Ich fuhr aufs Geratewohl durch die Stadt, aber ich machte mir keine Hoffnungen mehr, Sie wiederzufinden. Ich fuhr einfach planlos durch die Straßen. Ich dachte daran, wie Sie ängstlich vor dem Burschen gestanden hatten, mit verbundener Hand, seine Jacke über dem leichten Musselinkleid. Später begriff ich, daß Sie nur deshalb der Polizei Ihre Entdeckung nicht mitgeteilt hatten, weil Ihnen der Wagen nicht gehörte, weil Sie ihn heimlich behalten hatten. Nach und nach versetzte ich mich in Ihre Lage. Ich nahm an, daß Sie noch am selben Abend oder spätestens am nächsten Tag nach Genf telefonieren würden, um uns um Hilfe zu bitten. Es gab jedoch noch eine andere Möglichkeit: daß Sie sich der Leiche entledigen würden, ohne sich darum zu kümmern, wer sie in den Kofferraum gelegt hatte. Aber so oder so mußte die Falle zuschnappen, die ich Ihnen gestellt hatte. Ich hatte das Telegramm aus Orly in die Tasche von Kaubs Morgenrock gesteckt; die Polizei würde es finden, und es mußte den Verdacht auf Sie lenken. Wir, Anita und ich, brauchten nur zu leugnen, daß wir Sie am Freitag gesehen hatten. Uns konnte man nichts anhaben – wir hatten weder mit der Villa in Auteuil noch mit dem Thunderbird das geringste zu tun.

Ich schlief in meinem Hotel bis in den späten Vormittag hinein. Vom Etagenkellner ließ ich mir einen elektrischen Rasierapparat und die Tageszeitungen besorgen. Während ich mich rasierte, stellte ich fest, daß nichts über den Mord an Kaub darin stand. Auch nichts über eine nicht identifizierte Leiche, die in der Gegend gefunden worden war. Ich rief Anita an. Ich sagte ihr, daß ich bis heute abend warten wolle, weil Sie vielleicht in Genf anrufen würden. Ich sagte ihr auch, daß wir keinesfalls zugeben dürften, irgend etwas von der ganzen Geschichte zu wissen, egal, was geschah, und daß sie sich zusammennehmen müsse. Ich gab ihr die Nummer meines Hotels, damit sie mir Bescheid sagen konnte. Diese Telefongespräche waren gefährlich, aber ich sah keinen anderen Weg.

Nach dem Frühstück spazierte ich durch Marseille. Ich kaufte mir das Hemd, das ich noch trage. Irgendwann bin ich vor einem Schaufenster stehengeblieben und habe mein Spiegelbild betrachtet. Das war ich, Michel Caravaille, der wohlhabende Werbefachmann, Chef einer jungen, aufstrebenden Agentur; ein musterhafter Ehemann und Vater, guter Umgang für bessere Leute ... Es war der Mann, den Sie vor sich haben, Dany; der Mann, den Sie nicht wiedererkennen und der sich selbst nicht wiedererkennt. Doch wer ist letzten Endes wer?

Anita rief gegen acht Uhr an, gleich nach Ihrem Anruf in Genf. Sie war völlig durchgedreht. Sie weinte. Sie sagte: «Ich bitte dich, tu ihr nichts an. Sie glaubt, sie hat Kaub wirklich umgebracht, verstehst du das? Ich halte das alles nicht mehr aus! Du mußt es ihr sagen, hörst du? Du mußt es ihr erklären ...» Ich weiß nicht, was ihr in diesen beiden Tagen und Nächten, in denen sie allein war mit ihrer Angst, durch den Kopf gegangen ist. Ich weiß es nicht, Dany. Ich hörte Michèle weinen. Wahrscheinlich erschreckte sie der Zustand ihrer Mutter. Ich versprach alles, versprach es noch einmal und ein drittes Mal, daß ich Ihnen nichts antun würde. Sie glaubte mir nicht. Sie sagte: «Dany soll mich anrufen und mir sagen, daß alles in Ordnung ist ... Ich schwöre dir, Michel – ich bringe mich auch um, wenn du das tust. Ich bring' mich um, verstehst du? Ich schwöre dir, daß ich mich umbringe!» Ich versprach ihr alles, was sie wollte – damit sie Ruhe gab, damit ich ein paar Stunden Zeit gewann.

Während es anfing dunkel zu werden, raste ich wie ein Wahnsinniger hierher. Ich fuhr die route de l'Abbaye in dem Augenblick hinauf, als Sie in entgegengesetzter Richtung herunterkamen. Ich wendete und folgte Ihnen bis zu dem Restaurant vor dem Bahnhof in Avignon. Ich sah den Fernfahrer, dann Ihren weißen Mantel. Es kam mir wie Hexerei vor ... Ich habe noch immer nicht verstanden, woher Sie die Hartnäckigkeit nahmen, das alles zu schaffen. Aber was soll's? Ich sah, wie Sie die Taschen des Mantels durchsuchten, wie Sie den Gehaltsumschlag hervorzogen, während Sie den anderen, den ich Ihnen wieder hatte wegnehmen wollen, noch immer in Ihrer Handtasche hatten. Ich betrat das Restaurant und ich ahnte, was Sie hinter Ihren Brillengläsern dachten. Sie waren schön, Dany, als Sie Ihren Freund auf die Wange küßten, Sie strahlten, weil Sie anhand der beiden auf Ihren Namen ausgestellten Gehaltsumschläge herausfanden, wie sich alles abgespielt hatte. Sie waren schön, ja – aber für mich waren Sie das gefährlichste Geschöpf auf dieser Welt. Ich zog mich hastig zurück.

Ich sah hinter Ihnen her, als Sie den Fernfahrer zum Bahnsteig brachten, aber ich blieb stehen, wo ich war. Sie sahen sich immer wieder um: Jetzt suchten Sie Ihren Verfolger. Zwar ging ich das Risiko ein, daß Sie Ihre Chance wahrnehmen und mit ihm zusammen wegfuhren, ohne sich um den Thunderbird vor dem Restaurant zu kümmern. Ich ließ Ihnen diese Chance. Ich öffnete den Kofferraum und stellte fest, daß Kaubs Leiche nicht mehr darin war.

Später sah ich, wie Sie den Bahnhof verließen und sich wieder suchend umschauten. Ich sah, wie Sie den Thunderbird bestiegen. Ich setzte mich wieder ans Steuer. Als ich sicher war, daß Sie wieder nach Villeneuve zurückfuhren, nahm ich ein paar Abkürzungen, damit ich vor Ihnen hier war.

Ich habe länger warten müssen, als ich vermutet hatte. Ich hielt den Karabiner, den Sie auf dem Sofa hatten liegenlassen, in beiden Händen. Sie kamen herein, Sie knipsten das Licht in der Halle an … Ich muß mich wohl bewegt haben. Sie erstarrten. Ich sah nur Ihren Umriß im Licht. Sie konnten mich nicht sehen. Aber ich mußte mich an Sie heranpirschen, ich mußte aus ganz kurzer Entfernung schießen, damit es wie ein Selbstmord wirkte. Ich war sicher, daß Sie sich auf das Sofa zubewegen und dort vergeblich nach der Waffe suchen würden. Ich stellte mich zwischen das Sofa und Sie, um Ihnen den Weg abzuschneiden. Ich fragte mich, ob Sie sich wehren würden, und wie Sie sich wehren würden. Aber auch Ihre letzten Schritte waren nicht vorauszusehen, Dany. Allen meinen Erwartungen zum Trotz gingen Sie nicht zum Sofa. Ich begriff zu spät. Sie waren bereits auf dem Weg zur erleuchteten Halle, und dann wurde plötzlich alles dunkel. Ich hörte Ihre Schritte und tastete vergebens nach einem Schalter. Und dann …

Ihre Stimme. Sie war so klar und deutlich wie immer.

«Keine Bewegung, Monsieur Caravaille! Ich habe einen Brief mit den beiden Gehaltsumschlägen und einer kurzen Erklärung abgeschickt. Er ist an mich selbst adressiert. Aber er wird geöffnet werden, wenn ich sterbe. Ich habe ihn an keinen anderen gerichtet, weil Anita meine Freundin ist, weil ich sie gern habe und ihr helfen möchte … Sie brauchen die Lichtschalter nicht erst zu suchen, Monsieur Caravaille: ich habe die Sicherung herausgeschraubt …»

Habe ich etwas vergessen, Dany? Natürlich. Sie verlangten, daß ich das Gewehr weglegte. Denn Sie hatten Angst, «mich dazu zu zwingen» … Wie Sie mich dazu hätten zwingen können, habe ich mich erst gar nicht gefragt. Ich traute es Ihnen zu. Sie hatten sich bestimmt schon etwas völlig Unvorhersehbares ausgedacht. Doch nicht Ihre Drohung brachte mich dazu, die Waffe wegzulegen, sondern das, was Sie zuvor gesagt hatten. Ich setzte mich aufs Sofa. Nachdem sich meine Augen an die Dunkelheit gewöhnt hatten, konnte ich Sie klar und deutlich sehen. Sie saßen mir gegenüber auf einer Sessellehne.

Sie haben mir zugehört, Dany, ohne mich zu unterbrechen. Sie müssen mir jetzt sagen, wo Kaubs Leiche ist. Danach können Sie Ihre Sachen nehmen und nach Hause fahren. Ich verlange lediglich von Ihnen, daß Sie sich den anderen gegenüber so verhalten, als hätten Sie nie etwas mit dieser Geschichte zu tun gehabt. Ich verlange lediglich, daß Sie schweigen und die beiden Gehaltsumschläge zerreißen. Von allen Wegen, die mir noch offenstehen, werde ich den einschlagen, der den geringsten Schaden stiftet. Ich werde hier alles in Ordnung bringen und mich dann der Polizei stellen. Ich werde die Schuld auf mich nehmen. Ich werde für diesen Mord nicht so teuer bezahlen müssen wie Anita, verstehen Sie? Ich werde den betrogenen Ehemann spielen, der sich zu einer Verzweiflungstat hinreißen ließ, als er von seinem Unglück erfuhr. Zwar hätte ich dann ein Wochenende lang den Kopf verloren, werde ich sagen, aber letzten Endes mich doch freiwillig gestellt ... Ich werde mir die besten Anwälte nehmen. Diesmal werde ich sämtliche Geschütze auffahren lassen, um meine Version zu verkaufen ... Ich bin ein erstklassiger Verkäufer, Dany – das können Sie mir glauben. Ich kann alles verkaufen, wenn ich will. Solange es nach den Spielregeln geht ... Ich werde meinen Kopf aus der Schlinge ziehen.

Das wär's, Dany. Ich habe in aller Ehrlichkeit versucht, Sie über mich ins Bild zu setzen. Ich weiß, es ist ein häßliches Bild. Aber ich möchte Ihnen begreiflich machen, daß Schön und Häßlich, Gut und Böse doch nur Spielarten der gleichen Verblendung sind. Ich habe Sie lange beobachtet; ich weiß zwar im Grunde noch immer nicht, wer Sie sind, aber eigentlich müßten Sie mich verstehen: Denn auch Sie glaubten einen Augenblick lang, nur mit Gewalt weiterkommen zu können. Bitte geben Sie mir jetzt die Sicherung zurück, Dany. Ich möchte Licht in diesem Haus ... Ach ja, und ich möchte, daß Sie Anita in Genf anrufen und ihr sagen, daß alles in Ordnung ist. Daß sie auf mich warten soll. Daß ich tun werde, was ich kann, damit sie nicht zu lange auf mich warten muß ... Das wär's, Dany. Machen Sie Licht. Haben Sie Dank für das Wochenende. Das wär's.

Die junge Frau mit dem Verband an der linken Hand belegte Zimmer 18 im Hotel Noailles. Sie ließ sich einen Kaffee und die Tageszeitungen aufs Zimmer bringen. Wort für Wort las sie in allen Marseiller Zeitungen denselben Bericht. Er handelte von einem bekannten Werbefachmann, der den Liebhaber seiner Frau umgebracht und sich spät am Abend in Avignon der Polizei gestellt hatte. Im Laufe des Vormittags ließ sie sich von einem Taxi zum quai de la Joliette bringen. Vor der Absperrung wartete sie auf einen Passagier nach Kairo, packte ihn am Arm, sagte ihm, daß sie zwar eine dumme Gans sei, doch nicht dumm genug, um sich von ihm so ausnehmen zu lassen. Er gab ihr das Geld zurück, und sie verabschiedete sich. Sie stieg in einen Autobus nach Cassis, holte ihren Koffer im Hotel Bella Vista ab, bezahlte ihr Zimmer und benutzte die Gelegenheit, um einen neuen zweiteiligen Badeanzug mit goldenen Knöpfen im Schwimmbassin auszuprobieren. Bevor sie sich wieder anzog, aß sie auf der Terrasse zu Mittag, streckte die Beine in die Sonne und betrachtete durch ihre dunkle Brille das Meer. Am frühen Nachmittag, als sie auf den Autobus nach Marseille wartete, traf sie am Hafen einen kleinen Jungen, den sie kannte. Er ging an der Hand seines Vaters. Sie küßte ihn und nannte ihn Titou. Das Gedächtnis der Vierjährigen ist noch schlechter als das der Erwachsenen, Titou erkannte sie nicht wieder. Trotzdem folgte sie ihm im Abstand von zwanzig Metern. Hätte sie die Brille nicht aufgehabt, so wäre vielleicht Sehnsucht in ihren Augen zu lesen gewesen, Sehnsucht und Trauer. Aber dann blieb sie stehen, zog eine rotkarierte Mütze aus der Handtasche, setzte sie auf und ging langsam, ihren Koffer in der Hand, zum Hafen zurück. Zwei Stunden später bestieg sie in Marseille-Marignane zum erstenmal in ihrem Leben ein Flugzeug und ängstigte sich während des Fluges zu Tode. Auch in Paris schien die Sonne. Die Straßen waren beflaggt. Sie fuhr nach Hause, rief von dort einen befreundeten Grafiker an und bat ihn, den Mund zu halten, egal, was er in der Zeitung lesen würde. Dann machte sie sich schön und wählte die Telefonnummer, die in das Futter ihrer Mütze gekritzelt war. Etwa fünf Monate später heiratete sie in Marseille, aber wider Erwarten nicht einen Fernfahrer und Veilchendieb; er war nur der Trauzeuge, und sie liebte ihn auch weiterhin wie einen Bruder. Sie heiratete seinen besten Freund, den wunderbarsten, schönsten, klügsten, lustigsten, großartigsten, umwerfendsten Mann, den sie je kennengelernt hatte. Er fuhr einen schweren Berliet und wollte Milliardär werden, weil er das noch immer für das Beste hielt. Er hieß Baptistin Laventure, und sie hieß nun Dany Laventure. Das war sehr praktisch, denn die Initialen, die sie im Waisenhaus hoffnungsvoll und kurzsichtig in ihre Aussteuer gestickt hatte, stimmten noch.